Sandora

O Império - Livro I

Aldinei Sampaio

SANDORA
O Império - Livro I

Editora Appris Ltda.
1.ª Edição - Copyright© 2020 dos autores
Direitos de Edição Reservados à Editora Appris Ltda.

Catalogação na Fonte
Elaborado por: Josefina A. S. Guedes
Bibliotecária CRB 9/870

S192s 2020	Sampaio, Aldinei Sandora: o império; livro I / Aldinei Sampaio. - 1. ed. – Curitiba: Appris, 2020. 235 p.: il. ; 23 cm – (Artêra) ISBN 978-85-473-4480-1 1. Ficção brasileira. I. Título. II. Série. CDD – 869.3

FICHA TÉCNICA

EDITORIAL
Augusto V. de A. Coelho
Marli Caetano
Sara C. de Andrade Coelho

COMITÊ EDITORIAL
Andréa Barbosa Gouveia - UFPR
Edmeire C. Pereira - UFPR
Iraneide da Silva - UFC
Jacques de Lima Ferreira - UP
Marilda Aparecida Behrens - PUCPR

ASSESSORIA EDITORIAL
José Bernardo dos Santos Jr.

REVISÃO
Natalia Lotz Mendes

PRODUÇÃO EDITORIAL
Bruno Ferreira Nascimento
Fernando Nishijima
Giuliano Ferraz
Jhonny Alves
Lucas Andrade
Luana Reichelt
Yaidiris Torres

DIAGRAMAÇÃO
Bruno Ferreira Nascimento

CAPA
Pauline Becker Hellinger

ILUSTRAÇÕES
Pauline Becker Hellinger

COMUNICAÇÃO
Carlos Eduardo Pereira
Débora Nazário
Karla Pipolo Olegário

LIVRARIAS E EVENTOS
Estevão Misael

GERÊNCIA DE FINANÇAS
Selma Maria Fernandes do Valle

Appris *editora*

Editora e Livraria Appris Ltda.
Av. Manoel Ribas, 2265 – Mercês
Curitiba/PR – CEP: 80810-002
Tel. (41) 3156 - 4731
www.editoraappris.com.br

Printed in Brazil
Impresso no Brasil

Para minha amada esposa, Édina,
por toda a paciência e apoio

"A dúvida é o princípio da sabedoria"

— *Aristóteles* —

*"Nunca ande pelo caminho traçado,
pois ele conduz somente
até onde os outros já foram"*

— *Alexander Graham Bell* —

Sumário:
O Mapa da Descoberta

Agradecimentos
Leais Camaradas

Deixo meus especiais agradecimentos aos amigos Neemias, Fábio e Gilmar, pela camaradagem e ideias que nos levaram à criação desta série.

Também manifesto minha gratidão ao amigo Ronaldo e a meus familiares, em especial minha mãe, Maria, e minha irmã, Vilma, por toda a ajuda e encorajamento.

Capítulo 1:
Punição

Uma tempestade caía, castigando o telhado e as paredes de pedra do velho castelo. Grandes bolas de granizo caíam, fazendo um enorme estrondo ao se chocarem com as velhas telhas de barro e com as portas e janelas de madeira. Relâmpagos cortavam o céu e o estrondo de trovões era quase incessante.

Dirigindo-se às masmorras da velha construção em ruínas, onde o barulho da tormenta era abafado pelas grossas paredes de pedra, Sandora se sentia absolutamente exausta, após todo o esforço empreendido no dia. Ou melhor, seu corpo se sentia exausto, mas a mente, como sempre, estava afiada e pronta para mergulhar na leitura.

Sandora fora agraciada desde criança com duas habilidades muito úteis naquela situação. Primeiro, nunca precisava mais de uma ou duas horas de sono por noite, e mesmo passar uma ou duas noites inteiras em claro nunca lhe causava problemas. A segunda habilidade era sua fenomenal visão noturna, que lhe permitia enxergar sem dificuldade em ambientes escuros.

Graças a essas habilidades, ela era capaz de, pelo menos durante a noite, escapar do controle rígido da sua mãe e dedicar-se a seu passatempo favorito: ler.

Durante o dia, ela era forçada pela mãe a fazer todo o tipo de tarefa, incluindo limpeza, preparação de refeições e mover pesados móveis e caixas de lugar, sem contar o intenso treinamento físico e mental a que era submetida.

Dois meses atrás, quando completara seus 17 anos, ela imaginara que as coisas passariam a ser diferentes já que, como a sociedade atual determinava que essa era a idade da maioridade. Mas a única diferença foi que sua carga de trabalho e esforço físico apenas aumentou desde então. Condicionada desde criança a obedecer a qualquer desejo da mãe ou enfrentar sérias consequências, Sandora nunca ousara pôr em prática seus planos de rebelião, dizendo a si mesma que ainda não chegara o momento certo.

Libertando os longos cabelos negros do pesado gorro, ela sacudiu a cabeça, soltando um suspiro e abaixou-se para passar por uma porta com batentes de ferro enferrujado. Ela sabia que era alta, mais alta que a maioria das mulheres, ou, pelo menos, que a maioria daquelas que vira durante as viagens ocasionais que fazia com sua mãe.

Também tinha certo orgulho de sua aparência, apesar de tentar não valorizar muito isso. Tinha feições suaves, mas não delicadas demais. A pele não era clara nem morena demais, o que lhe permitia se expor ao sol durante o verão sem se preocupar em se queimar demais e ainda assim conservar certo quê de suavidade.

De qualquer forma, mesmo que fosse razoavelmente bonita, aquilo não lhe dava qualquer vantagem, pensava ela, com um franzir de lábios. As pessoas normalmente tinham sempre uma entre duas possíveis reações quando topavam com ela ou com sua mãe: ou agiam com medo ou com agressividade. Eram reconhecidas de longe, provavelmente pelos trajes que usavam: roupas negras e pesadas, que ostentavam alguns símbolos astrológicos dourados, além de mantos com capuz. Era exatamente assim que Sandora se vestia agora. Ela gostava daquelas roupas, pois, apesar de parecerem pesadas e restritivas, eram muito confortáveis e leves, além de serem uma ótima proteção contra o sol do verão ou contra o frio do inverno. Os símbolos astrológicos eram, na verdade, efeito colateral de encantamentos utilizados durante a confecção dos trajes, que ajudava a torná-los mais confortáveis e duráveis.

Infelizmente era muito improvável que algum rapaz fosse se interessar por ela algum dia, já que todos se sentiam amedrontados só de olhar para suas roupas.

Já lera muitos romances e histórias sobre "príncipes encantados" e decidira há bastante tempo parar de sonhar em encontrar um deles para si. Conhecia um sem número de histórias sobre "princesas heroínas" e também não possuía mais nenhum interesse em se tornar uma, apesar de ter sonhado muito com isso quando criança.

Sobreviver ao dia de hoje e lutar para progredir em seu treinamento era tudo o que podia fazer na presente situação. E estava convencida de que havia algo de errado nos métodos de treinamento de sua mãe. Por isso decidira invadir sorrateiramente o quarto dela e pegar um dos preciosos livros. Sabia que estava se metendo em uma séria encrenca caso a mãe descobrisse, mas se sentia compelida a fazer algo para mudar sua presente situação.

Após trancar-se na cela da masmorra que Sandora adotara como seu quarto, ela retirou o pesado volume de um esconderijo na parede, no qual o tinha guardado mais cedo, tirou as botas e ajeitou-se no catre. A escuridão ali era quase total, mas aquilo não a incomodava, pelo contrário, achava o escuro reconfortante, como se fosse um manto protetor. Abriu o livro velho e começou a ler, avidamente.

Nossa realidade é um lugar muito conturbado. Vivemos em um pequeno mundo que luta para existir em meio a diversos outros mundos, ora se juntando, ora se afastando uns dos outros. Um mundo mágico, onde as pessoas são capazes de realizar proezas espantosas. Um mundo de maravilhas e, ao mesmo tempo, um mundo de guerras.

A expressão "proezas espantosas" parecia zombar de Sandora. *Eu bem que poderia aprender algumas dessas proezas*, pensou ela, completamente alheia ao fato de que era capaz de ler um livro em quase absoluta escuridão.

Vivemos mergulhados em um enorme oceano de energia invisível que alguns chamam de "campo místico". Essa energia é o fundamento daquilo que no passado foi conhecido como "magia", que é nada mais do que a aptidão natural ou desenvolvida a partir de treinamento, que permite às pessoas manipular essa energia e criar "flutuações". Essas flutuações, provocadas intencionalmente ou não, são capazes de causar a ocorrência de uma variedade muito grande de fenômenos que não ocorrem espontaneamente na natureza.

Sandora nunca gostou muito de misticismo. Ela odiava a forma como sua mãe a forçava a tentar aprender coisas que não tinha interesse. Infelizmente os poucos encantamentos que ela conseguiu aprender até então serviram para comprovar que ela, assim como a mãe, pertencia a um grupo muito temido e perseguido da sociedade humana: os chamados "bruxos". Essa era a definição dada para aqueles com poderes sombrios, normalmente especializados em causar dor e sofrimento em outras pessoas. Provavelmente seria temida e odiada pelo resto da vida.

Com um suspiro, Sandora decidiu que não valia a pena pensar no que não podia mudar e retomou a leitura.

A maioria desses fenômenos ocorre em pequena escala, dificilmente causando efeitos drásticos ou duradouros na vida das pessoas. Graças a isso, a sociedade humana evoluiu muito desde a chamada "era ancestral" até hoje, tendo vivido momentos turbulentos e muitas guerras. Grande parte das habilidades místicas são empregadas para o combate, mas, mesmo assim, raras foram as batalhas decididas unicamente por esse fator. A manipulação desse poderoso campo energético é crucial numa guerra, mas a forma como essa habilidade é utilizada é muito mais significativa do que a quantidade de energia que um indivíduo possa manipular.

É melhor ser mais esperto do que mais poderoso, disso Sandora sempre tivera certeza. A lembrança de algumas de suas "escapadas" do jugo de sua mãe lhe fizeram sorrir, antes de voltar a atenção para o livro.

Em algumas raras circunstâncias, no entanto, ocorrem fenômenos que podem causar muitos problemas. Há pouco mais de um século, portais começaram a se abrir esporadicamente em locais aparentemente aleatórios pelo mundo. Não costumam ficar abertos por muito tempo, alguns dias, no máximo, mas é o suficiente para que habitantes de outros mundos o atravessem.

Já foram feitos contatos com vários povos pacíficos dessa forma, como o do principado de Chalandri, que fica em mundo dominado por um imenso deserto, ou os monges de Odessa, um local paradisíaco dominado por extensas e pacíficas florestas.

Mas o mais preocupante é quando o portal nos conecta a mundos cheios de monstros ou criaturas malignas. Ao menos quatro acontecimentos como este foram documentados no último século, quase sempre com relatos catastróficos de cidades inteiras sendo destruídas e de inúmeras vidas sendo ceifadas.

Nesse momento a porta da cela foi arrombada com um grande estrondo e o aposento foi invadido por uma luz ofuscante. O susto fez com que ela se encolhesse instintivamente e o livro acabou caindo no chão. Após acostumar os olhos à luz, reconheceu a mulher que se encontrava na porta, carregando uma lanterna e com uma expressão hostil no rosto enrugado.

— Então, além de inútil, agora você se tornou também uma ladra?

— M-mãe?

— Eu a avisei da última vez que você me desafiou. Eu disse o que lhe aconteceria, não disse?

— Mas é só um livro, eu ia devolver...

— Não sei por que eu a aturei por tanto tempo. Você é uma imprestável! Não tem disciplina, não tem respeito, não se interessa por nada!

Sandora permaneceu em silêncio, pois sentiu o leve cheiro de álcool. Quando Liseria estava naquele estado de espírito, não adiantava tentar dialogar. Era muito raro a velha senhora entregar-se à bebida, mas quando isso acontecia, era um inferno.

— Dei-lhe uma casa! Comida! Ensinei-a tudo o que eu sei! E o que eu recebi em troca? Nada! Pois agora chega! Não vou mais lhe aturar! Você vai sair daqui e é agora! Pra fora!

Não era a primeira vez que Sandora ouvia aquela ordem. Já tinha sido expulsa de casa outras vezes, sendo obrigada a passar a noite do lado de fora. E, na manhã seguinte, a mãe sempre a acolhia novamente, fingindo que nada tinha acontecido.

No entanto, nas outras vezes, não tinha um furacão a esperando do lado de fora.

— Pra fora? Mas está caindo uma tempestade! Eu não...

Movendo-se com impressionante agilidade para uma mulher de mais de 60 anos de idade, e ainda por cima bêbada, a "bruxa Liseria", como era conhecida, aproximou-se de Sandora e aplicou-lhe um sonoro tapa no rosto, interrompendo-a. Em seguida apontou para a porta e a enxotou, voltando a desfiar um rosário de reclamações entremeadas com praguejamentos.

Liseria parecia uma típica vilã de contos de fadas. Era baixa, tinha pele bastante enrugada, andava levemente encurvada e usava um manto azul marinho cheio de símbolos dourados, cujo gorro ela costumava usar o tempo todo para esconder os cabelos brancos.

Sem ter escolha, Sandora forçou-se a se levantar, calçar as botas e seguir na direção indicada.

O castelo não tinha entradas. Ou melhor, não tinha *mais nenhuma* entrada, desde que partes da amurada externa desabaram há cerca de dez anos, obstruindo todas as portas. Tendo sido construídos com as chamadas "pedras leitosas", os muros eram quase impossíveis de serem escalados, mesmo com ajuda de cordas. E mesmo as partes que desabaram continuavam altas demais. A única forma de entrar ou sair era por meio do encantamento conhecido como "ponte de vento", que permitia transportar um volume reduzido de pessoas ou objetos de um lugar a outro quase que instantaneamente.

Sem permitir que Sandora falasse mais nada, a velha bruxa obrigou-a a caminhar até a placa verde azulada no meio do salão principal do castelo.

Mais um trovão assustador estremeceu as paredes do velho castelo.

— Mãe, por favor, lá fora, não! Não agora!

Passar a noite do lado de fora era uma experiência assustadora, pois o castelo ficava no meio da chamada Floresta Amaldiçoada, um lugar cheio de perigos. No entanto, apesar de ter sobrevivido às experiências anteriores, dessa vez a situação era muito mais séria. A tempestade parecia estar cada vez pior.

Mas a velha bruxa não se impressionava com súplicas. Aproximou-se de Sandora e aplicou-lhe um outro tapa, dessa vez muito mais forte, a ponto de fazê-la perder o equilíbrio e cair sentada sobre a placa esverdeada.

Sandora tentou se levantar rapidamente, mas, antes que conseguisse, Liseria jogou um pergaminho enrolado a seus pés. Ao tocar o chão, ele rapidamente dissolveu-se sobre a pedra verde, ativando a ponte.

Enquanto a sensação de perda de peso gerada pelo encantamento a envolvia, impedindo-a de sair do lugar, Sandora olhou para a mãe novamente, mas ela já estava virando-se para ir embora.

No instante seguinte, o mundo se tornou um borrão, enquanto era lançada pelo espaço. Sandora teve tempo apenas de vestir o capuz. No instante seguinte parecia que o mundo desabava sobre ela em forma de uma chuva torrencial.

Capítulo 2

Escuridão

Estava um frio enregelante. Felizmente o granizo tinha parado de cair, mas a chuva e o vento continuavam fortes. Ameaçadores relâmpagos pareciam cruzar o céu negro a todo instante. Os trovões pareciam cada vez mais altos, como se os raios estivessem se aproximando cada vez mais.

Sandora correu por entre as árvores deformadas e de aspecto doentio, tentando se proteger, mas sempre que parava, ouvia ruídos e grunhidos assustadores, mesmo com todo o barulho de chuva e trovões. Seu lado racional tentava lhe dizer que era apenas sua imaginação lhe pregando peças, mas ela não se sentia nada "racional" naquele momento.

Nunca havia ficado tão assustada na vida. Vinha-lhe à mente, o tempo todo, comentários que sua mãe fizera de que a floresta tinha sido invadida por monstros recentemente. As grossas roupas que usava não eram suficientes para protegê-la do frio e seu corpo estava muito cansado. Começou a entrar em pânico.

Através da escuridão quase total, quebrada apenas ocasionalmente por um ou outro relâmpago, ela percebeu um movimento e virou-se naquela direção, tensa. Sua visão aguçada então percebeu a criatura que corria em sua direção, as gigantescas presas à mostra, deslocando-se pela chuva torrencial sem o menor esforço.

Estava sendo atacada, pensou, subitamente entorpecida. Dezenas de coisas lhe passaram pela cabeça. E agora, o que aconteceria? Não tinha nenhuma arma, pergaminho ou poção consigo, apenas suprimentos. Nunca conseguira aprender as bruxarias que sua mãe insistia em obrigá-la a estudar. Também não poderia fugir, não tinha a menor chance. Não com o corpo esgotado depois de carregar caixas e pedras de uma torre para a outra durante a tarde toda – o que sua mãe irritantemente chamava de "treinamento básico". Além disso, seu atacante tinha quase o dobro do seu tamanho e, no mínimo, o dobro de sua velocidade. Sandora secretamente orgulhava-se de ter dominado alguns encantamentos que mesmo sua mãe não conseguia, como ativar a ponte de vento sem usar pergaminhos, mas nada daquilo poderia lhe ser útil naquela situação.

Ela pensou tudo isso durante aqueles poucos segundos que a fera levou para chegar até ela e, no último instante, ainda conseguiu identificar a criatura, lembrando-se de ter lido sobre ela anos atrás. Era um licantropo, um lobo gigante com características humanoides. Extremamente agressivo e carnívoro. Não era um habitante originário deste mundo.

Ela não fazia ideia de como um monstro de outro mundo viera parar ali, mas isso não importava no momento.

Ela ainda teve um último pensamento de como o ataque da criatura, em vez de aumentar o seu estado de pânico, pareceu aplacá-lo. Sabia que não tinha chances contra aquele predador, mas não podia morrer sem lutar. Se ao menos tivesse mais tempo...

A criatura era muito rápida, Sandora não teve a mínima chance de se esquivar do ataque. Ela tinha imaginado que o licantropo iria atacá-la com uma única mordida no pescoço, como muitos predadores faziam. Em vez disso, o monstro a agarrou pelos braços e a atirou com extrema violência, a ponto de rachar o tronco velho de madeira contra o qual se chocou.

Surpreendentemente, ela não sentiu nenhuma dor. Levantou-se quase sem dificuldade e olhou para o próprio corpo. Nenhum arranhão e, aparentemente, nenhum osso quebrado. Apenas uma sensação angustiante de esgotamento mental que fez com que ela sacudisse a cabeça para tentar clarear os pensamentos. Nada daquilo fazia sentido.

O licantropo rosnou ameaçadoramente, mas manteve distância, olhando para ela, desconfiado. Um raio caiu violentamente em uma árvore não muito distante. O estrondoso trovão, o clarão e o barulho de madeira rachando atraiu a atenção da fera por alguns segundos.

Esse tempo foi o bastante para Sandora perceber outra coisa que sentia. Era como se uma aura escura de energia tivesse se formado ao seu redor. Não conseguia ver, mas sentia claramente tratar-se de algo sombrio, ameaçador. E era algo que o monstro também tinha percebido, pois, nesse momento, voltava o olhar para ela, observando-a com cautela, apesar de ainda rosnar ameaçadoramente.

Quem diria? Parece que finalmente os esforços de sua mãe para transformá-la em uma bruxa deram algum resultado. Aquela energia parecia viscosa, maleável. Provavelmente era o que a tinha protegido do ataque do monstro. Seria possível usar essa energia de outras maneiras?

Vendo que Sandora não se movia, a criatura rosnou novamente e decidiu partir para o ataque. E, de alguma forma, ela soube que não sobreviveria a mais nenhum golpe. Tinha milésimos de segundo para fazer algo, mas o quê? Sabia que energias místicas podiam ser moldadas focando a mente em uma imagem específica. Subitamente lembrou-se da ameaçadora cauda de um escorpião que sua mãe a obrigara a capturar e colocar dentro de um vidro contendo uma solução alcoólica transparente. A cauda do animal, normalmente curva e com o ferrão apontando para a frente, tinha ficado esticada e rígida com o ferrão na ponta, como se fosse uma espécie de lança.

A imagem veio tão vívida à sua mente naquela fração de segundos que ela não se surpreendeu ao ver uma versão gigantesca daquela mesma cauda brotar do chão entre seus pés, projetando-se diagonalmente na direção do monstro com uma força e velocidade inacreditável.

O licantropo não teve a menor chance. Em um segundo, estava prestes a executar o golpe final. No instante seguinte, estava a mais de dois metros do chão, debatendo inutilmente seu corpo empalado pelo ferrão.

O esgotamento de Sandora parecia muito maior agora. Sentia que ela poderia adormecer a qualquer momento. Sacudiu novamente a cabeça para se manter acordada e o ferrão se desmaterializou, como se nunca tivesse existido. O corpo do licantropo atingiu o chão enlameado, com o barulho da queda abafado pela chuva.

Sandora percebeu que o monstro não apresentava nenhuma marca de ferimento, e ainda estava respirando. Ela não se surpreendeu com esse fato. Sabia que ela era a responsável. Apesar de o uso daquele encantamento ter sido puramente involuntário, no fundo ela não queria ferir a criatura e esse fato provavelmente afetou o efeito daquele ataque místico.

Sua mãe provavelmente ficaria orgulhosa, Sandora pensou olhando ao redor. Apesar de conseguir ver com clareza todos os detalhes das árvores retorcidas da floresta, não fazia ideia de para qual direção ficava o castelo. E mesmo que soubesse, não teria como entrar por causa das muralhas. E a ponte de vento, por onde viera, tinha sido selada por sua mãe. Ela não poderia voltar, pelo menos não até que Liseria voltasse a ficar sóbria.

Forçou-se a se concentrar no problema mais urgente. O licantropo poderia acordar a qualquer momento, ou pior, outros monstros poderiam aparecer. Tinha que encontrar abrigo. E rápido.

Tentando manter-se o mais silenciosa possível, ela enfrentou o aguaceiro, buscando a proteção das árvores sempre que possível, em busca de algum abrigo.

Subitamente ela se deu conta de que não sentia mais frio. Mas era uma sensação estranha: ela sabia que o clima estava gélido, na verdade sentia que a temperatura estava ficando cada vez mais baixa e ela estava ensopada, mas de alguma forma não sentia os efeitos do frio. Seu corpo estava perfeitamente aquecido. Provavelmente era outro efeito daquela aura negra de proteção que a salvou do ataque do monstro.

Depois do que lhe pareceu uma eternidade, conseguiu chegar a um vale que tinha uma cachoeira. O rio era sujo e lamacento e o fluxo de água da cachoeira não tinha aspecto melhor, além de aumentar cada vez mais por causa da chuva incessante. Ao lado da cachoeira, a uns cinco metros de altura, na enorme formação rochosa, ela avistou a entrada do que parecia ser uma caverna.

Por um momento, considerou se sua mente atordoada não estava lhe pregando peças por causa do extremo cansaço e sonolência que sentia. Mas que outra opção ela tinha, pensou, escalando as rochas com dificuldade. Depois de muito esforço, finalmente chegou ao interior do estreito túnel, que era profundo, levemente inclinado para cima e alto o suficiente para ela caminhar em pé ali dentro. Após andar alguns metros e virar uma curva, ela viu-se em um ambiente completamente seco e protegido do vento e da umidade.

Apesar de não sentir os efeitos da baixa temperatura, Sandora tratou de examinar suas coisas em busca de materiais para providenciar uma fogueira. Era a última coisa de que se lembrou, ao acordar, várias horas depois.

Sentando-se, olhou ao redor tentando se orientar. Estava totalmente escuro ali dentro e o ar estava parado. Apesar de a escuridão não a incomodar, tinha a impressão de estar presa dentro de um lugar fechado. O que não fazia sentido, pois se lembrava muito bem da entrada pela qual viera.

Olhando para o chão, ela viu suas botas e roupas molhadas jogadas em um canto do outro lado da fogueira.

Criar fogo era outro dos encantamentos que sua mãe não dominava e Sandora sempre se sentira orgulhosa de possuir essa habilidade em particular, apesar de sua mãe considerá-la "irrelevante".

Pelo visto ela tinha conseguido conjurar as chamas e tirar as roupas antes de cair no sono e... Ora, mas ela estava vestida! E não se lembrava de ter colocado nenhuma peça de roupa adicional na mochila antes de sua mãe jogá-la porta afora do castelo.

As roupas que vestia eram idênticas às que usava na noite anterior e que agora se encontravam ali no canto, tão encharcadas a ponto de formar uma poça no chão irregular da caverna. Até mesmo as surradas botas de couro que usava eram réplicas perfeitas das originais.

Aparentemente alguém ou alguma coisa estivera cuidando dela enquanto dormia. No entanto não parecia haver nenhuma outra presença ali.

Sandora se levantou e sentiu uma fome avassaladora. Precisava se alimentar, sentia-se como se fosse desmaiar se não comesse algo logo. Mas, antes, decidiu procurar a entrada da caverna e não a encontrou. Voltou e tentou ir pelo outro lado, mas novamente topou com um caminho sem saída. Sua impressão inicial estava correta, estava presa ali dentro.

Não faria sentido entrar em pânico agora, faria? Não via nem sentia nenhum tipo de ameaça, estava apenas impedida de sair daquele lugar. Ela tinha suprimentos na mochila suficientes para uma semana ou mais, uma vez que nunca sabia quando a mãe lhe aplicaria um daqueles castigos absurdos que muitas vezes consistiam em fazê-la passar fome.

Mas quanto tempo vou ficar presa aqui?

Ela se sentou, pensativa, enquanto procurava um pedaço de carne desidratada e um cantil na mochila. Ao menos podia fazer uma refeição tranquila. O silêncio dentro do túnel era total, exceto pelos ruídos que ela mesma fazia.

Pessoas normais deveriam entrar em pânico naquele tipo de situação, não? Afinal, estava confinada num espaço fechado e escuro e com suprimento limitado de comida e água. Mas, no momento, o que mais sentia era curiosidade e excitação. Os eventos da noite anterior a deixaram muito animada, era maravilhoso sentir-se capaz de derrotar criaturas monstruosas como aquela e de sobreviver a uma situação tão complicada.

O mais excitante é que ela sabia que era capaz de fazer muito mais com os poderes recém-descobertos. Ela podia sentir a aura sombria de energia a envolvendo a cada respiração, a cada batida de seu coração, era como se a energia estivesse correndo em suas veias. Só precisava aprender a manipulá-la.

Quando finalmente se sentiu saciada, recostou-se na parede e tentou recordar-se das centenas de encantamentos que sua mãe tentara lhe ensinar durante todos aqueles anos. Alguns eram constrangedores, outros ridículos e outros ainda exigiam atos tão medonhos que Sandora se recusava a fazê-los, apesar dos castigos que recebia. Mas a maioria exigia apenas concentração e alguns componentes materiais normais. Mesmo assim, ela podia contar nos dedos quantas daquelas coisas ela realmente aprendeu.

O que era uma pena, porque lembrava-se de diversos encantamentos que poderiam ser úteis naquela situação.

Nas horas seguintes, ela esforçou-se para tentar realizar alguns daqueles feitiços. Afinal, na noite anterior ela conseguira usar uma habilidade ofensiva, não tinha? Mas, como sempre, os ensinamentos dos pergaminhos de sua mãe pareciam ser demais para ela. Graças à sua memória privilegiada, conseguia lembrar-se de cada palavra escrita em cada um daqueles grimórios, tábuas de pedra e pergaminhos que estudara por anos a fio. E mesmo repetindo todas as instruções, posturas, gestos e palavras, nada funcionava.

Cansada daquelas tentativas infrutíferas, tentou uma estratégia diferente. Forçou-se a lembrar exatamente do que fez e sentiu na noite anterior durante o ataque da fera. Para sua surpresa, tudo lhe veio à mente com extrema facilidade, e, pela segunda vez, viu o chão se abrir e a lança gigante em forma de cauda de escorpião brotar do chão.

Bem, aquilo era um progresso, com certeza. Definitivamente não era um fracasso como bruxa, como sua mãe gostava de gritar a plenos pulmões. Deveria estar feliz com isso, não deveria? Mas não estava. A possibilidade de finalmente poder agradar a bruxa Liseria fora seu objetivo de vida por tantos anos. Quando será que aquilo perdeu importância? Teria sido porque encontrara uma válvula de escape emocional por meio da leitura? Era uma possibilidade, considerando as centenas de livros que já tinha lido. O velho castelo tinha uma enorme biblioteca secreta, que Sandora encontrara por acaso anos atrás. Apesar de serem todos volumes velhos, existiam livros sobre todos os assuntos que se pudesse imaginar. Um verdadeiro banquete para uma menina curiosa e com muito tempo livre.

Liseria permitiu que ela lesse tudo o que quisesse dali e logo percebeu como Sandora gostava daquilo. Tanto que uma das formas de coação preferidas dela era ameaçar queimar todos aqueles volumes se Sandora não fosse uma "boa menina".

Um fato interessante é que sua mãe tinha diversas prateleiras cheias de livros, mas, por alguma razão, nunca permitia que Sandora sequer se aproximasse deles. Aquilo sempre fora território proibido, como atestava a presente situação.

Sandora contemplou uma última vez os detalhes entalhados na lança em forma de ferrão de escorpião, antes de, com um gesto de mão, dissipar a energia e desmaterializar o objeto. Com um suspiro, sentou-se novamente e fechou os olhos. Era bom saber que era capaz de usar aquele poder, mas também era extremamente exaustivo.

Após descansar por alguns minutos da fadiga mental gerada pelo uso da habilidade recém-descoberta, Sandora olhou ao redor e percebeu algo de diferente no túnel. A abertura por onde ela entrara tinha desaparecido completamente, como se nunca tivesse existido. Pensando bem, antes, aquela câmara não era tão grande assim, era?

Após alguns minutos de atenta observação, ela percebeu que o local todo se transformava, lentamente. Algumas paredes se afastavam, outras se aproximavam, numa dança confusa. O espaço interno da câmara às vezes diminuía, mas nunca chegava a ficar menor que certo limite e depois voltava a aumentar.

Intrigada, ela passou as horas seguintes analisando a transformação da caverna. Não queria tentar usar nenhuma habilidade novamente para não correr o risco de desmaiar de exaustão.

Enquanto observava novos túneis aparecendo e desaparecendo com o passar das horas, Sandora percebeu que era a primeira vez em muito tempo que tinha o dia todo só para si, sem tarefas exaustivas e sem sentido para cumprir.

Parecia um absurdo, pois estava confinada em uma prisão mutante impossível de escapar e ao mesmo tempo nunca tinha se sentido tão livre.

Depois de fazer a terceira refeição à base de comida desidratada e água, ela concluiu que seu tempo se esgotava. Só tinha suprimentos suficientes para mais uma refeição. E ela sabia que não conseguiria racionar a comida, pois seu apetite hoje se mostrara enorme, provavelmente consequência do uso das novas habilidades.

Felizmente, logo a saída surgiu, quando duas paredes lentamente se afastaram e a luz do sol foi se derramando aos poucos pela câmara.

Sandora com certeza se lembraria daquela cena para sempre. O sol estava quase se pondo no horizonte, por trás de uma floresta que parecia infinita. Verde, vibrante, cheia de pequenos pontos coloridos, com pássaros e insetos voando para todas as direções. Assim que a passagem se alargou o suficiente, Sandora pegou suas coisas e correu para fora, respirando fundo e sentindo-se mais viva do que nunca.

Voltou-se para a abertura da caverna e percebeu que, vista dali de fora, parecia apenas uma formação natural comum, encaixando-se perfeitamente naquele cenário, como se estivesse ali, daquele jeito, desde sempre.

Esse mistério provavelmente será esclarecido em seu devido tempo, pensou ela. Virando-se, começou a caminhar.

Capítulo 3:
Descobertas

Já estava completamente escuro quando Sandora chegou a um vilarejo. Depois de todo o descanso que teve na caverna, seu corpo estava disposto a continuar a viagem pela noite toda, mas ela precisava de informações. Não fazia ideia de onde estava e precisava dar um jeito de voltar para casa.

Não que não fosse tentadora a ideia de abandonar completamente sua mãe e aquele castelo em ruínas, mas sentia que fazer algo assim seria apenas uma espécie de fuga, seria o caminho mais fácil. E a ideia de fazer as coisas do jeito mais fácil não a agradava. Depois dos últimos acontecimentos, ela se sentia pronta para se desligar completamente de sua vida anterior e seguir seu próprio caminho, mas ela sempre carregaria um vínculo indesejado com aquele lugar se não enfrentasse a situação. Precisava confrontar sua mãe, só assim ela poderia seguir em frente sem arrependimentos.

O vilarejo era pequeno, apenas cerca de uma dúzia de casas distribuídas aleatoriamente dentro de um cercado de madeira. Obviamente o lugar deveria sofrer ataques ocasionais de animais selvagens ou coisa do gênero, pois mesmo de longe podiam ser vistas muitas marcas de choques e arranhões na madeira. E diversas partes do cercado pareciam ter sido reconstruídas recentemente, com madeira mais nova.

Três homens vigiavam o portão principal. E, como Sandora previra, não tiveram uma reação muito boa ao vê-la, com os símbolos dourados de seus trajes reluzindo sob as tochas que ladeavam a entrada.

Ela tratou de tirar o capuz e o manto ao se aproximar, mas, mesmo assim, viu-se na mira das lanças de dois dos jovens, enquanto o terceiro corria para dentro, provavelmente para dar o alarme.

— Alto lá! Quem é você? De onde vem?

— Olá – respondeu ela, cautelosa. – Meu nome é Sandora, estou de passagem a caminho do Vale Azul. – Aquele era o nome da cidade mais próxima do castelo de sua mãe.

Os guardas trocaram um olhar, desconfiados.

— Você está viajando a essa hora da noite? E sozinha?

— Não conheço muito bem este lugar e tive problemas na estrada.

Um grupo de homens e mulheres, de diversas idades, todos armados, aproximou-se rapidamente do portão. Alguns deles carregavam armas encantadas, Sandora percebeu, mas pela baixa energia que captou, concluiu que não deviam ser muito poderosas. Aquelas pessoas eram agricultores, não soldados. Mas de qualquer forma, ela estava sozinha enquanto havia mais de dez deles.

Sandora levantou os braços.

— Olhem, eu estou sozinha e não quero confusão. Estou apenas precisando encontrar uma ponte de vento.

— Não temos nada disso por aqui – retrucou o mais mal-encarado dos guardas.

— Nesse caso, preciso comprar alguns suprimentos e um mapa, ou talvez apenas algumas informações para eu poder continuar a viagem.

— Não damos comida ou abrigo para forasteiros – rosnou novamente o guarda.

— Tudo bem, mas e quanto a informações ou um mapa?

— Não temos nada aqui para gente como você – respondeu um rapaz de voz rouca que usava um tapa-olho.

— Eu posso pagar.

— Não precisamos do seu dinheiro! – Agora foi a vez de uma velha de cabelos brancos responder. Sandora percebeu que ela carregava uma grande e pesada clava, apesar da óbvia idade avançada.

Eles podiam ser só agricultores, mas pareciam bem perigosos. *Melhor seguir meu caminho*, pensou Sandora, virando-se e começando a se afastar.

— Espere – disse a velha, fazendo um sinal para os guardas, que imediatamente baixaram as lanças. – Talvez você esteja falando a verdade. Mas estaremos de olho em você, por isso é melhor não tentar nenhuma gracinha.

Sandora não gostou nada daquela acolhida. Aquele vilarejo definitivamente não era como nenhum outro que ela já tivesse visto.

Apesar de ser tratada com óbvia desconfiança, foi-lhe oferecida uma generosa refeição e um catre razoavelmente confortável para passar a noite. Pela expressão das pessoas, duvidava que ela estava correndo algum risco, a menos que fizesse ou dissesse algo para fazê-los se sentir ameaçados, por isso tratou de se deitar, fechar os olhos e tentar descansar. Sabia que não conseguiria dormir, mas podia relaxar e soltar a imaginação, revivendo mentalmente os últimos acontecimentos e planejando seus próximos passos, bem como o que falaria a Liseria quando a encontrasse.

◆ ◆ ◆

Na manhã seguinte, Sandora recebeu uma nova refeição, e um mapa. Aquilo era tudo que lhe podiam oferecer, segundo a velha, pois eles não tinham suprimentos extras para lhe dar.

Ao tentar oferecer pagamento pelas refeições e pelo mapa, recebeu apenas um olhar desconfiado e um resmungo baixo e ameaçador da velha:

— Eu já disse que não precisamos do seu dinheiro!

Com um dar de ombros, Sandora pegou suas coisas e saiu sem olhar para trás. Sabia que nenhuma daquelas pessoas desconfiadas se daria ao trabalho de responder a algum gesto ou palavra de despedida, por isso decidiu abster-se de fazer qualquer coisa do tipo.

Os homens que montavam guarda no portão não pararam de observá-la, desconfiados, até ela sumir de vista, sob a luz do sol nascente.

O mapa que recebeu era um pergaminho velho, confuso e cheio de rabiscos, sem contar que tinha um bom pedaço faltando. Numa era em que todos costumavam usar papel, Sandora espantou-se ao ver aquele mapa. Diferente dos tempos antigos, pergaminhos, agora, eram usados quase que exclusivamente para encantamentos místicos. Desde que os encantamentos de processamento de madeira foram descobertos, há cerca de cinquenta anos, era muito mais simples e barato criar papel do que pergaminho.

De qualquer forma, o mapa permitia saber exatamente onde ela estava. Era uma região remota ao leste, a cerca de três semanas de viagem de sua casa, o que levantava uma série de perguntas. Como foi que ela viera parar ali? Qual era a natureza do encantamento daquela caverna? Como podia ter um alcance tão longo?

O mapa também mostrava que havia uma plataforma de vento por perto, a dois ou talvez três dias de viagem. O melhor seria voltar para casa primeiro e tentar investigar os mistérios da caverna depois.

Os dois dias seguintes foram marcados por diversas descobertas. Era como se um mundo novo tivesse se descortinado diante de Sandora de um momento para o outro. Parecia que sempre havia algo novo a aprender ou a aperfeiçoar.

Primeiro foi a teia de aranha. Sandora se lembrava bem de quando aprendera aquele truque, quando tinha 8 ou 9 anos de idade. Consistia em materializar temporariamente uma tênue rede em forma de teia de aranha entre os dedos da mão. Era um truque simples, mas de pouca utilidade, pois a teia dissolvia-se no ar muito rápido, durando apenas alguns segundos. Segundo alguns livros, no entanto, eram raras as pessoas que conseguiam aperfeiçoar essa habilidade. Na época, Sandora ficara muito orgulhosa. Até sua mãe havia lhe parabenizado a princípio, apesar de começar a desprezar completamente o truque ao perceber que a filha não conseguia aumentar o tamanho nem a duração do encanto. "Pura perda de tempo", costumava dizer ela.

Mas Sandora sempre gostara daquele truque. Costumava fazê-lo com alguma frequência quando estava sozinha. Olhar para o brilho fugaz da pequena teia até que ela desaparecesse espontaneamente era relaxante e a ajudava a pensar.

E era exatamente isso que ela estava fazendo agora, recostada a um velho tronco à beira da estrada, tentando imaginar como faria para conseguir comida, quando percebeu uma família de coelhos passeando despreocupadamente entre as árvores.

Foi mais um impulso do que uma decisão consciente da parte tela. Sem pensar, lançou a mão para a frente, como se arremessasse algo na direção dos animais. A pequena teia de aranha se tornou escura e saiu voando de sua mão em alta velocidade enquanto aumentava o próprio tamanho em mais de dez vezes. Todos os coelhos se dispersaram exceto um, que não teve tempo de escapar e foi envolvido pela teia, que se fechou ao redor dele como uma rede, apertando-o a ponto de o animal não conseguir se mover.

E foi assim que, orgulhosa de si mesma, ela conseguiu sua primeira refeição desde que deixara o vilarejo naquela manhã.

Nas horas seguintes, ela descobriu que, apesar de ser um encantamento extremamente rápido para ser efetuado, lançar a teia não era nem de longe tão fácil quanto podia parecer a princípio. Aquilo exigia um alto nível de concentração para manipular a aura negra para envolver a teia e dar forma ao encantamento. Também não tinha uma duração muito longa, apenas cerca de cinco minutos. De qualquer forma, era tempo mais do que suficiente quando se estava apenas em busca de um pouco de carne para o almoço.

Mais tarde, ao passar às margens de um pequeno riacho, Sandora descobriu que aquela habilidade funcionava até dentro da água. Sua visão privilegiada permitia que encontrasse os peixes facilmente, mesmo que a água não estivesse muito limpa, então era só lançar a teia. Após envolvidos, os peixes boiavam até a superfície. *Com isso não precisarei mais racionar suprimentos*, pensou ela. O que era ótimo, considerando o quanto andava comendo recentemente.

A determinado ponto da jornada, Sandora avistou ao longe um grupo de pessoas vinha em sua direção pela trilha. Olhou para seus trajes e lembrou-se de que eles chamavam atenção. Teria que sair de vista, se não quisesse atrair problemas. A menos que...

Franzindo a testa, ela encarou suas roupas como se as estivesse vendo pela primeira vez. Lembrou-se de que aquelas não eram suas roupas de verdade. Os trajes que usava quando fora expulsa de casa ficaram dentro da caverna, ela não se preocupara em levá-los consigo, pois ainda estavam molhados e seriam apenas um peso a mais para carregar.

A princípio, tinha imaginado que o que quer que houvesse naquela caverna tivesse criado os tecidos que ela acordara usando, mas estava tão exausta ao entrar lá que não se lembrava de muita coisa de antes de ter caído no sono. Lembrou-se de que a descoberta da habilidade de lançar a teia de aranha lhe viera naturalmente, quase que por instinto. Seria possível que...?

Dez minutos depois, o grupo de viajantes passou por uma camponesa, que trajava um vestido simples e surrado, de cor indefinível, calçava um par de chinelos velhos e tinha os cabelos amarrados com uma velha fita vermelha, também gasta. Os homens a cumprimentaram educadamente, pedindo, em seguida, informações sobre a estrada. Após se sentirem satisfeitos com as indicações dela, eles agradeceram e seguiram viagem.

Sandora ficou olhando para eles por um longo tempo, até eles sumirem de vista. Depois olhou para si mesma e concluiu que essa nova habilidade poderia facilmente se tornar sua favorita. Com um pouco de concentração, as marcas e amassados do vestido desapareceram e ele subitamente ficou com aparência de novo. Não satisfeita com o resultado, concentrou-se novamente até mudar a aparência do traje para algo similar ao que ela usava antes: calças e túnica negras e um manto também escuro com capuz. Sem nenhum sinal de runas astrológicas. Ah, sim, e botas novas. Pretas e reluzentes.

Em todos os anos que vivera com Liseria, era tão raro ter a oportunidade de conseguir roupas ou calçados novos que ela agora se sentia exultante, enquanto dava uma volta em torno de si mesma, o tecido do manto esvoaçava atrás dela.

Levantou a mão direita e observou maravilhada enquanto uma luva negra de couro surgiu. Abriu e fechou os dedos várias vezes, percebendo como o material era confortável. Parecia adaptar-se a seus movimentos ao invés de restringi-los.

Infelizmente, no entanto, tudo tem seus limites. Um cansaço enorme abateu-se sobre ela de repente, fazendo-a pensar que talvez fosse uma boa ideia deixar para mudar a aparência apenas quando necessário. A pequena indulgência a obrigaria a perder algumas preciosas horas de viagem para que pudesse descansar um pouco. *Mas valeu a pena*, pensou ela, contente consigo mesma.

Como uma última experiência, segurou as pontas da luva e puxou-a. A peça de couro saiu sem nenhum problema. Tentou jogá-la no chão e, para sua surpresa, a luva se desmaterializou assim que ela a soltou. *Interessante*, pensou ela. Aparentemente ela não precisava de concentração para manter aquelas roupas, desde que não perdesse o contato físico com elas. Materializá-las pela primeira vez, no entanto, gastava um boa quantidade de suas energias.

Enquanto descansava sob uma árvore, tomando um longo gole de água de seu cantil, ela imaginava que tipo de bruxa estava se tornando. Haveria um preço a pagar por aqueles poderes, além daquele cansaço causado por eles? Aquelas invocações eram diferentes de tudo o que já estudara. E não pareciam precisar de treinamento, apenas de intuição e concentração. Existia a possibilidade de que todo aquele treinamento físico e mental que tivera por anos a fio estivessem finalmente dando frutos, mas, por alguma razão, Sandora não acreditava que fosse o caso. Era mais como se aquelas habilidades estivessem dormentes até os eventos de dias atrás. O que será que foi a causa de seu "despertar"? O pânico que sentira na Floresta Amaldiçoada? O fato de se ver de cara com a morte certa? Ou seria outra coisa? Já lera muitas histórias de pessoas que adquiriam habilidades ao atingir determinada idade. Seria esse o seu caso? E seria normal adquirir um leque tão grande de habilidades tão rapidamente?

Definitivamente precisava aprender mais sobre si mesma. Teria uma conversa séria com Liseria assim que chegasse em casa.

No final daquela tarde, Sandora tivera mais uma oportunidade para evoluir suas habilidades. Do lado direito da trilha que seguia, podia divisar algumas construções cercadas por grandes pastagens. Provavelmente deveriam morar duas ou três famílias ali. *Ou talvez uma família bem grande*, pensou ela ao ver um grupo de seis crianças brincando na grama, sendo completamente ignoradas pelas cabras e ovelhas.

Era uma linda cena, realçada pela luz multicolorida que o sol lançava ao começar a se pôr por trás das montanhas ao longe.

De repente o barulho dos pássaros cessou e os animais todos se agitaram, levantando-se e olhando para todos os lados. As crianças continuavam brincando, ignorando completamente o que acontecia a seu redor.

Sandora não gostava de crianças. Já vira muitas nas poucas viagens que fizera com Liseria e nunca simpatizara muito com elas. Sempre lhe pareceram indisciplinadas e encrenqueiras. Por isso, surpreendeu-se com a intensidade da súbita emoção que a invadiu, fazendo-a saltar a baixa cerca de madeira e correr na direção das crianças, bem no momento em que os animais começavam a correr em disparada.

Todo aquele barulho chamou a atenção dos meninos e meninas, que olharam assustados para a estranha que vinha na direção deles.

— Corram! – Gritou Sandora.

As crianças gritaram e começaram a correr, mas já era tarde demais. Uma sombra se lançou sobre um menininho que devia ter, no máximo, 6 anos, agarrando-o pelos ombros e levando-o consigo para o céu. O monstro parecia um pássaro, mas era quase do tamanho de um homem adulto e segurava firmemente a criança com as enormes garras de seus pés.

Sandora já lera sobre essa criatura, era conhecida pelo nome de harpia. Acreditava-se que esses monstros vieram através de um portal há muitos anos e, por mais que tentassem, caçadores, aventureiros e até mesmo o Exército Imperial nunca conseguiram acabar com todos.

Assim como das outras vezes, Sandora apenas seguiu seu instinto e moveu as mãos para frente, imitando o gesto de se cortar algo com uma espada ou com uma foice. Imediatamente materializou-se um objeto negro em sua mão que passou a se expandir como se fosse uma espécie de tentáculo, alongando-se em alta velocidade pelos mais de trinta metros de distância até o predador alado, enrolando-se ao redor de uma de suas asas com firmeza.

Sandora agarrou o chicote – se é que se podia chamar aquilo de chicote – com ambas as mãos e o segurou com força. O objeto então começou a encolher e puxar a criatura na direção dela. Com uma das asas inutilizada e ainda carregando a criança, a criatura foi facilmente puxada para baixo, soltando um grito agudo e batendo inutilmente a outra asa. Ao perceber que a queda era inevitável, o animal entrou em pânico e soltou o menino, que gritava, assustado.

Sandora mal teve tempo de pular para o lado, desmaterializando o chicote enquanto tanto a criança quanto o monstro caíam no solo com um impacto violento.

No que raios eu estava pensando?

Furiosa consigo mesma, ela correu na direção da criança. Para sua surpresa, no entanto, mesmo tendo sofrido um forte impacto e rolado por mais de cinco metros, o menininho imediatamente ficou em pé e saiu correndo em direção à casa, de onde dois homens vinham, também correndo, um segurando uma foice e o outro um ancinho.

Um pio estridente vindo do outro lado alertou Sandora de que o mostro ainda estava vivo. E um movimento no céu a fez perceber que havia mais um, e que ele vinha em voo rasante na direção dela.

Sem tempo para se esquivar, ela apenas levantou a mão direita, invocando o ferrão, que saiu do chão entre seus pés e projetou-se diagonalmente para cima na direção do monstro. Sandora caiu para trás, enquanto a criatura despencava violentamente onde ela estava, empalada pela lança mística.

Ela levou longos minutos para conseguir se levantar, dominada pelo já familiar cansaço que a acometia sempre que abusava dos novos poderes. Revivendo as cenas da rápida luta, ela lembrou-se de ter visto uma pequena flutuação de energia envolvendo o garoto antes de ele se chocar com o solo. Era a mesma energia que ela sentira em torno de si mesma após ser atacada pelo licantropo, dias atrás. Tudo indicava que ela tinha conseguido inconscientemente projetar a aura de proteção sobre a criança.

Os aldeões a observavam cautelosos, à distância, tendo mandado todas as crianças para casa. Ignorando-os, ela andou alguns passos, com dificuldade, até o monstro que tinha sido empalado, que não apresentava sinais de ferimentos e ainda respirava. Parecia apenas dormir, numa posição estranha, caído de lado com uma asa ainda aberta e a língua para fora do enorme bico.

Sandora tinha certeza de ter visto a criatura ser transpassada pelo ferrão, no entanto não havia sangue. Na verdade, agora que olhava de perto, ela podia ver claramente que o monstro não tinha nenhum arranhão.

Um dos homens que a observava de longe gritou para ela. Sandora não entendeu o que ele dizia, mas a urgência óbvia no tom de voz fez com que ela olhasse em volta, bem a tempo de ver a outra criatura correndo em sua direção, as asas fechadas e a cabeça apontada para a frente. Parecia ter a intenção de usar o bico como uma lança.

Ágil, Sandora lançou o encantamento da teia de aranha e saltou para o lado, enquanto a criatura novamente ia ao chão, soltando pios desesperados ao se sentir apertada cada vez mais pela rede negra.

Sandora se sentia muito próxima da inconsciência, mas sabia que a teia não prenderia a criatura por muito tempo. Tinha que dar um jeito nela. Então se aproximou, pôs um dos pés sobre o peito do monstro e forçou-se a invocar novamente o chicote negro, com o qual envolveu o pescoço da harpia. Nesse momento, ela percebeu a aura sombria envolvendo a criatura. Era a mesma que tinha protegido a criança. Teria ela lançado a aura de proteção sobre os monstros sem se dar conta? Então puxou o chicote, fazendo com que ele se apertasse com uma força mortal. Como já imaginava, não conseguiu lhe quebrar o pescoço. A criatura parou de se mover, mas, assim como a outra, parecia não ter sofrido nenhum ferimento.

Assim que a enorme cabeça ficou imóvel e os olhos se fecharam, no entanto, Sandora percebeu que a aura enfraquecia. Esperou mais alguns instantes e tentou de novo puxar o chicote com força, ouvindo, dessa vez, o barulho de ossos se quebrando e vendo finalmente o monstro cair sem vida.

Não podendo correr o risco de deixar nenhum dos monstros vivos, Sandora forçou-se a dar cabo do outro, sendo observada, com cada vez mais desconfiança pelos dois homens, que continuavam parados no lugar. E ela estava tão cansada no momento que não tinha a menor intenção de exercitar suas parcas habilidades diplomáticas, principalmente considerando a forma como tinha sido tratada no vilarejo anterior. Então virou-se na direção da floresta e foi embora, sem dizer nenhuma palavra.

Capítulo 4:
Perda

Sandora dormiu por mais de doze horas. A manhã já ia pela metade quando abriu os olhos e olhou ao redor. De alguma forma tinha encontrado energia para subir em um dos galhos de uma enorme árvore na tarde anterior. Então havia se recostado ali para descansar por alguns momentos antes de procurar por comida e água. E caíra em um sono tão profundo a ponto de acordar só no dia seguinte. Nunca na sua vida tinha dormido tanto numa só noite, pelo menos não de que ela se lembrava. Normalmente seu organismo não precisava de mais do que poucas horas diárias de descanso. O fato disso ter acontecido essa noite era uma clara indicação de que estava se excedendo. Se não parasse de usar aquelas habilidades daquela forma, acabaria se matando.

Seu estômago roncava, parecendo revoltado com sua falta de atenção para com ele. Precisava se alimentar. Ao tentar se levantar, no entanto, percebeu que tinha os membros dormentes e acabou por perder o equilíbrio, caindo com violência sobre as pedras e pedaços de tronco que cobriam o chão ao pé da árvore. Felizmente sentiu a aura de proteção se ativando automaticamente para protegê-la instantes antes do impacto, mas aquilo nada fez para diminuir a humilhação de cair de cara no chão.

Ela sacudiu a cabeça, confusa. Era quase como os sintomas que sua mãe tinha ao exceder na bebida. A diferença era que, abençoadamente, ela não sentia dor alguma, apenas cansaço e fome. Muita fome.

— Você... está bem?

Ela olhou na direção de onde tinha vindo a pergunta hesitante. Um jovem de cerca de 14 anos a observava, cauteloso, com o corpo meio escondido atrás de uma árvore, a uma boa distância.

De volta à diplomacia, pensou ela, suspirando.

— Estou bem, obrigada.

— Tem certeza? Achei que tinha visto você cair. Não se machucou?

— Não, eu não me machuco tão fácil.

Ele continuava olhando para ela, entre curioso e assustado.

— Olha, se precisar de alguma coisa, é só pedir.

Sentindo-se desconfortável com a conversa, ela decidiu esclarecer logo as coisas.

— Escute – disse ela –, quem é você e o que quer?

O jovem pareceu se encolher.

— Eu moro ali atrás. Lembra, ali no pasto, onde você derrubou aqueles dois monstros ontem?

Ah, que droga, pensou ela, eles a tinham seguido. O que mais poderia lhe acontecer agora?

— E você me seguiu até aqui?

— Na verdade, foi meu pai. Quer dizer, ele disse que você tinha se ferido na luta e tinha saído de lá meio que se arrastando. Ele ficou com medo de acontecer alguma coisa com você no mato aqui no meio da noite.

— Seu pai veio aqui ontem à noite?

— É, mas ele ficou olhando de longe. Não quis acordar você, só ficou vigiando. Qualquer coisa podia acontecer, sei lá.

— Seu pai passou a noite toda me vigiando? Por que ele faria isso?

— Bom, você salvou meu irmãozinho, não é? Então ele, sei lá, ficou preocupado com você.

Sandora sentia os pensamentos nebulosos. Estava muito fraca, e encontrava-se numa situação surreal. Nunca tinha passado por nada parecido antes e não fazia ideia de como se comportar. Talvez fosse melhor admitir logo qual era o seu maior problema no momento, talvez assim o rapaz lhe deixasse em paz para resolvê-lo.

— Escute, estou muito fraca. Gastei energia demais ontem e preciso me alimentar. Então, se me dá licença... – Ela deu-lhe as costas.

O garoto, no entanto, pareceu estranhar aquelas palavras.

— Alimentar?! Quer dizer... comer?

Sandora se deteve, suspirou e voltou-se para o jovem novamente.

— Sim, comer. Qual o problema? Você também não precisa de comida quando está com fome?

— Mas é que eu achei que você era uma bruxa!

Mal terminou a frase, o menino tapou a boca com a mão, como se tivesse acabado de cometer um pecado grave.

— Desculpe, eu não queria chamar a senhora de bruxa, eu só...

— Está bem, rapaz, vamos esclarecer as coisas. Primeiro: eu sou uma bruxa, então não me importo de você me chamar assim. – O rapaz arregalou ainda mais os olhos, dando um passo para trás, enquanto ela continuava: – Segundo: bruxas são pessoas normais, como qualquer outra, e também sentem fome. Terceiro: se eu ficar aqui, gastando o resto das minhas forças para conversar com você, não vai restar nenhuma para eu conseguir caçar ou pescar alguma coisa, então, se me der licença... – Ela voltou a se virar.

— A sacola! – exclamou o jovem, hesitante.

Dessa vez ela não se deu ao trabalho de olhar para ele.

— Que sacola? Do que está falando?

— Tem uma sacola aí perto, no chão. Minha mãe não acreditou que você fosse uma bruxa, então ela me mandou trazer comida.

◆ ◆ ◆

A mãe do garoto era uma ótima cozinheira, Sandora concluiu, minutos depois. Recostada a um tronco, regozijou-se com o sabor da refeição, já sentindo uma parte do cansaço esvair-se aos poucos.

— Como é mesmo que você disse que é o seu nome? – perguntou o menino, que parecia ter perdido completamente o medo dela ao vê-la comendo.

— Eu não disse.

Ele olhou para o chão, encabulado. Ela suspirou novamente.

— Meu nome é Sandora.

— Sandora? Que nome legal! Quero dizer, nunca conheci uma bruxa, acho que vocês todas devem ter nomes bacanas, né?

Ela ignorou a tagarelice dele e continuou comendo.

— Se bem que nem tudo o que falam sobre as bruxas deve ser verdade, né? Afinal, você come que nem gente e fala também, ah é, e também dorme...

Aquilo chegava a ser engraçado, pensou ela.

— Quer dizer que lhe contaram algumas histórias ruins sobre bruxas, é isso?

Ele ficou sério.

— Sabe como é, né? Muita gente morreu, de vez em quando aparece algum monstro como aqueles dois que você matou ontem. Todo mundo fala que as bruxas são as responsáveis. São elas que mandam os monstros para pegar as pessoas, que eles levam pra caverna das bruxas, para elas beberem o sangue.

Ela franziu a sobrancelha.

— E você acredita que alguma dessas coisas seja verdade?

— Não sei, mas o que eu sei é que você é a primeira bruxa boazinha que eu vejo.

— Espere, você já viu outras bruxas além de mim?

Ele deu de ombros.

— Elas destruíram a vila que a gente morava lá no norte. Vi várias delas pondo fogo nas casas e atacando pessoas. Meu pai sempre diz que tivemos muita sorte de escapar e conseguir achar um lugar pra morar aqui. Ele também não acreditou que você era uma bruxa, porque você lutou contra os monstros em vez de atacar a gente junto com eles. Eu também não acreditava, porque eu não sabia que existiam bruxas boazinhas como você.

Sandora terminou a refeição em silêncio, pensativa. Então juntou as coisas e devolveu a sacola ao menino.

— Aqui está. Diga a sua mãe que lhe sou muito grata pela refeição. Foi a melhor que pude provar em muito tempo. Obrigada.

— De nada! – disse ele, alegremente. – Pode deixar que não vou contar pra ninguém que você é uma bruxa. Principalmente pra aqueles caras do norte.

Ela virou-se para ele, curiosa.

— "Caras do norte"?

— Ah, você sabe, os caçadores de bruxas.

◆ ◆ ◆

Sandora olhou para o céu, onde o sol do meio-dia se encontrava escondido atrás de pesadas nuvens. A tempestade do dia em que foi colocada para fora de casa lhe veio à mente. Parece que aquilo tinha ocorrido anos atrás e não há apenas alguns dias. Mesmo assim, ela podia muito bem passar sem tomar banho de chuva de novo por algumas décadas. Ou talvez "séculos" fosse um termo melhor. Tratou de apressar o passo.

Já podia ver a pequena vila no vale abaixo. Bem no centro dela havia uma plataforma de pedra azul esverdeada. Finalmente poderia voltar para casa. Após ouvir as histórias do menino sobre os caçadores de bruxas, tivera um mau pressentimento.

Antes de chegar ao vilarejo, esforçou-se para assumir a aparência mais comum e inofensiva que conseguiu imaginar. Como ela não podia mudar sua aparência física propriamente dita, mas apenas as roupas e os calçados, não conseguiria fingir uma idade que não tinha, mas podia tentar, pelo menos, parecer ter alguns anos a mais usando roupas mais largas nos lugares certos.

Não teve problema nenhum para entrar na vila. Os guardas, apesar de atentos, ignoraram-na depois de alguns olhares curiosos, que ela tratou de não corresponder.

No momento em que chegava à plataforma, no entanto, foi parada por homem alto e esquelético usando óculos de lentes muito grossas.

— Desculpe, senhora, precisa utilizar a ponte?

— Sim, por favor.

— Infelizmente estamos com um problema. A ponte está um pouco instável e não está aceitando pergaminhos. Se puder aguardar algumas horas, estamos para receber a visita de um técnico imperial que renovará o encantamento da ponte.

— Tudo bem, eu não preciso de pergaminho. Com licença.

Os olhos do homem pareceram dobrar de tamanho, mas Sandora estava preocupada demais para se importar em tentar entender o comportamento dele. Subiu sobre a plataforma, cruzou os braços, abaixou a cabeça e fechou os olhos, concentrando-se.

O homem de óculos e mais algumas outras pessoas ficaram olhando estarrecidas enquanto a ponte se ativava e ela desaparecia de vista.

◆ ◆ ◆

O Vale Azul estava tão bonito quanto Sandora se lembrava. A cidade era adornada por centenas de enormes pedras de cristal de rocha coloridas, a maioria delas medindo dois metros de altura ou mais e pesando várias toneladas. Todas as ruas tinham, a intervalos regulares, postes com uma tocha mística no alto. Durante o dia, como agora, as tochas apenas absorviam a energia do sol, para liberá-la durante a noite, na forma de uma luz azulada que se refletia nos cristais e criava um magnífico efeito, como se a cidade toda estivesse envolvida por uma aura azul celeste. Desse efeito é que tinha se originado o nome do lugar.

A cidade estava com um movimento maior do que o de costume. Os bares pareciam estar cheios e um volume incomum de mercadores enchiam a rua do mercado, acotovelando-se enquanto tentavam atrair a atenção dos transeuntes para seus produtos.

Sandora não queria perder tempo andando pela cidade, mas não tinha escolha. A ponte de vento não estava conseguindo fazer conexão com a plataforma que ficava em sua casa. A sensação de que algo muito ruim estava acontecendo estava cada vez mais forte.

Ela escolheu o bar que lhe parecia menos abarrotado de pessoas e entrou, dirigindo-se ao balcão, sobre o qual colocou uma moeda e pediu uma caneca de hidro mel.

— Está quente hoje, não? – comentou o atendente, com um sorriso cansado.

— Com certeza – respondeu ela, olhando ao redor.

— Deve ser o calor humano – disse ele, entregando-lhe uma caneca. – Fazia tempo que não via tanta gente na cidade.

— Acabei de chegar de viagem – disse ela, tomando um gole da bebida refrescante. – O que está acontecendo para reunir tantas pessoas assim?

— Tivemos uma execução pública hoje.

— É mesmo? – Ela sentiu um frio no estômago.

— Sim. Os purificadores acabaram de ir embora. Parece que encontraram o covil onde moravam duas bruxas. Mãe e filha. A mãe foi queimada ali na praça principal.

Sandora estava com medo de perguntar, mas precisava ter certeza.

— E o que aconteceu com a filha?

— Parece que conseguiu fugir. Mas os protetores pareciam bem competentes. Logo deverão encontrá-la e a julgarão pelos seus crimes também.

Sandora se sentou e apoiou a cabeça em uma das mãos, massageando o ponto entre as sobrancelhas.

— Você está bem? – perguntou o atendente.

— Desculpe, estou cansada. – Aquela desculpa era fraca demais, então ela resolveu inventar outra. – Além disso, sempre sinto pena ao saber que pessoas morreram.

— Ah, sim, entendo. Mas nesse caso, não precisa ter pena, pois aquela que foi destruída ali hoje – ele apontou para a praça – era culpada de mais de 60 crimes. Dá pra acreditar nisso? Ela matou tanta gente que sua alma deve ficar fervendo no inferno por milhares de anos. Pelo menos assim eu espero.

Não podia ser verdade. Liseria com certeza não era a melhor mãe do mundo, era controladora, obcecada e egoísta, mas onde poderia ter arranjado tempo para cometer tantos crimes? Passava a maior parte do tempo forçando-a a fazer aqueles treinamentos sem sentido!

— Obrigada pela bebida – disse ela, levantando-se e saindo.

Não conseguiria fazer mais nenhuma pergunta, nem para o atendente nem para ninguém mais. Precisava ir para casa. Agora.

A ponte da floresta!

Como não pensara naquilo antes? A ponte para onde Liseria a tinha mandado quando a expulsou de casa. De lá não seria tão difícil chegar ao castelo, principalmente durante o dia. Cruzar as muralhas da fortaleza poderia ser um problema, mas ela se preocuparia com isso no devido tempo.

Sandora teve que entrar numa longa fila para poder chegar até a plataforma de vento. Ao chegar sua vez, cerca de dez minutos depois, subiu na ponte e notou que, por alguma razão, chamava a atenção de muita gente, alguns a olhando de forma zombeteira.

— Esqueceu o pergaminho, dona? – gritou o próximo da fila, um homem idoso que puxava um velho cavalo pelas rédeas.

Sandora ignorou-o e se concentrou, ativando a plataforma e dando uma última olhada para as pessoas, antes de começar a levitar e ser levada pela ponte ao seu destino. Naquele instante, tinha percebido que todos olhavam para ela embasbacados. Precisava lembrar-se de não mais ativar a ponte na frente de testemunhas. Aparentemente essa habilidade não era tão comum quanto sua mãe lhe dera a entender.

◆ ◆ ◆

A Floresta Amaldiçoada que, até onde sabia, tinha esse nome por realmente ter recebido uma maldição poderosa há mais de 50 anos, continuava tão repugnante e desoladora quanto lhe parecera da última vez que estivera ali. Apesar de estar na metade da tarde, o local conseguia ser escuro e sombrio, com as árvores retorcidas e moribundas bloqueando a maior parte da luz que conseguia passar por entre as grossas nuvens.

Felizmente o céu, perpetuamente nublado, não a impedia de usar a posição do sol como ponto de referência, conforme já fizera várias vezes antes naquela floresta. Caminhando, determinada, tomou a direção que sabia que a levaria ao castelo.

Pouco tempo depois percebeu que havia uma família de licantropos numa clareira à sua direita e que eles já haviam notado sua presença. Surpreendentemente, os monstros lhe pareceram infinitamente menores e menos assustadores do que o que a tinha atacado antes. Era como se uma vida toda tivesse se passado desde que encarara aqueles rosnados e dentes salientes. Dessa vez, no entanto, ela se sentia completamente em seu elemento e não tinha nada a temer.

Continuou seguindo o seu caminho, determinada, ignorando as criaturas. Por um momento, os monstros se entreolharam para, em seguida, partirem para o ataque. Sem interromper a caminhada, Sandora derrubou um deles com a teia e outro com o ferrão. Os demais, confusos, ficaram alternando olhares entre Sandora e os companheiros caídos sem saber direito o que fazer, e ela aproveitou esse tempo para prosseguir, deixando-os para trás. Felizmente – para eles – os monstros decidiram não ir atrás dela.

Vinte minutos depois, chegou a seu destino. E seus piores temores se confirmaram. O castelo, ou melhor, o que sobrara dele, estava em chamas. Apesar de a parte externa da construção ser revestida por pedras, os castelos antigos como aquele tinham a maioria de sua estrutura construída em madeira. Se a madeira for queimada por dentro, as pedras simplesmente desabam.

Era exatamente para esse cenário que Sandora olhava, chocada. Não havia mais muralhas, nem torres, nem mais nada. Apenas pilhas e mais pilhas de pedras soltando fumaça, gerada pela madeira soterrada que continuava queimando, devagar.

Sentindo-se completamente impotente, ela caiu de joelhos e levou as mãos à cabeça. Como isso podia ter acontecido? Por quê?

Percebeu que não conseguia chorar. Sua mãe tinha falecido, ela deveria derramar algumas lágrimas, não devia? Ou será que bruxas são incapazes de chorar? Era isso que a impedia de lamentar a perda da mãe?

Sandora nunca havia duvidado de que era uma bruxa. Desde criança percebeu que gostava mais da noite que do dia, preferia a escuridão à luz. Sempre dormia mais facilmente e mais relaxada durante noites de tempestade. Quando aprendera o truque da teia de aranha entre os dedos, sua mãe lhe contara, toda excitada que logo suas outras habilidades desabrochariam também e ela seria capaz de espalhar o caos e a destruição pelo mundo se assim o quisesse. Aquelas exposições de sua mãe nunca pareceram ter conotação negativa, pareciam ser coisas grandiosas para a menina que ela era. Seus horizontes aumentaram muito quando teve acesso a todos aqueles livros e seus conceitos de certo e errado foram sendo reajustados aos poucos, mas, mesmo assim, as exposições de sua mãe continuavam soando inofensivas, como se fossem brincadeiras de incentivo.

De qualquer forma, o que ela era? Era simplesmente a filha de sua mãe. Uma bruxa. Pela definição que conhecia, uma bruxa é uma reclusa, que se afasta das pessoas para cuidar de seus assuntos. Que pega o que precisa para viver, não se importando com os sentimentos das outras pessoas.

As palavras do menino voltavam à sua mente.

Elas destruíram nossa vila. Vi algumas delas pondo fogo em casas e atacando pessoas.

Isso era ser bruxa? Era isso que ela era? Por isso as pessoas tinham tanto medo dela?

Quem era Sandora, afinal?

Sua mãe se fora, não havia mais ninguém para quem pudesse perguntar, havia? O que ela faria agora?

Após contemplar o castelo em ruínas por um longo tempo, Sandora se levantou e ergueu a cabeça. Talvez devesse começar aceitando algumas coisas. Primeiro, era uma bruxa, sempre fora e provavelmente sempre seria. Segundo, bruxas pegam o que precisam para viver. Ótimo. No momento, ela precisava de uma única coisa: respostas.

Levantando-se, ela começou a bater a poeira das roupas, mas deteve-se por um instante, pensativa, antes de se concentrar e mudar a aparência de seus trajes por completo. Apesar de ainda serem negros, os novos tecidos imitavam o estilo militar, uma falsa cota de malha, calças, botas e luvas de couro, além de uma longa capa. Os cabelos estavam presos por várias fitas de couro e caíam sobre a capa.

Deu então as costas ao castelo e rumou, com passos decididos, pelo caminho de onde viera.

Ao chegar à plataforma de vento, ela parou por um instante, pensativa. Ainda havia um outro mistério naquele lugar a ser desvendado.

Reconhecendo a trilha pela qual ela seguira durante a tempestade a tantas noites atrás, ela seguiu naquela direção.

O riacho continuava no mesmo lugar e com as mesmas águas lodosas, apesar de o fluxo de água ser agora um pouco menor do que ela se lembrava.

Olhou, então, para o barranco ao lado da pequena cachoeira. O enorme paredão rochoso era sólido e exibia uma cor esverdeada devido à umidade constante. Ela identificou o caminho que percorrera naquela noite e as pedras que ela havia escalado para conseguir entrar na caverna.

No entanto não havia mais nenhuma caverna ali.

◆ ◆ ◆

Ao chegar em Vale Azul, Sandora percebeu, antes mesmo de sair da ponte, que algo estava acontecendo. Podia ver soldados andando pela praça e conversando com as pessoas. Usavam o brasão do Império de Verídia, um pássaro de fogo entre um martelo e um machado cruzados. Alguns dos soldados eram mulheres, não que isso fosse uma surpresa, pois, nos dias atuais, em que o domínio de habilidades místicas era muito mais importante do que força física bruta, a sociedade deixara de considerar as mulheres como "sexo frágil", como era o costume séculos atrás. Mas prestando atenção aos uniformes femininos, Sandora percebeu que atingira seu objetivo ao produzir as roupas que estava usando, que eram bastante similares. Apesar de orgulhosa de si mesma pela escolha do traje, decidiu mover-se discretamente. Não queria a atenção daquelas pessoas sobre si, pelo menos não até ter algumas informações.

O sol estava se pondo e as luminárias começavam a se acender, exibindo seu brilho azulado, que era refletido nas enormes pedras de cristal espalhadas por todo o contorno da praça. Era como se a cidade toda começasse a se acender.

Sandora percebeu que alguns grupos de pessoas, que pareciam famílias de viajantes, apontavam para as pedras e conversavam, excitadas, admirando o espetáculo. Esgueirando-se por trás das pessoas, dirigiu-se a um canto mais afastado e levantou a cabeça, fingindo olhar para as luzes, enquanto analisava atentamente o movimento dos soldados.

Após alguns minutos, a tropa imperial se reagrupou a um canto, conversando entre si. Era um pelotão pequeno, apenas cinco pessoas, cada um equipado com um tipo diferente de arma. Após alguns momentos, o grupo se dirigiu a uma taverna, alguns deles alongando os músculos e soltando bocejos.

Uma característica interessante do Vale Azul era que à noite as pessoas ficavam todas muito parecidas. A luz azulada permitia a todos enxergar perfeitamente no escuro, mas, ao mesmo tempo, ocultava a maioria dos detalhes das roupas, principalmente as cores. Dessa forma, foi muito fácil entrar na taverna e tomar um lugar a um canto, sem que quase ninguém percebesse. Os soldados ocupavam uma mesa não muito distante da dela e conversavam entre si, despreocupados, enquanto aguardavam a refeição.

— O que vai querer, moça? – Perguntou uma mulher que a olhava com curiosidade. Era uma mulher grande, bem acima do peso, com enormes seios e que usava um avental e carregava uma bandeja vazia.

Sandora não tinha muito dinheiro consigo. Apenas sobras das raras vezes que Liseria a mandara à cidade sozinha para comprar mantimentos e outras coisas. Mas teria que gastar algum, se quisesse permanecer por ali sem chamar a atenção. Tratou então de pedir uma refeição, entregando algumas moedas para a mulher, que se retirou após lhe lançar um último olhar interessado.

Sandora a ignorou, recostando-se na cadeira e olhando ao redor, enquanto tentava ouvir a conversa dos soldados. Eles formavam um grupo bastante variado, um arqueiro alto de cabelos castanhos e expressão séria; uma ruiva magra que tinha uma quantidade impressionante de facas e punhais, cujas bainhas ficavam presas por toda a parte em seu uniforme, desde a panturrilha até os ombros; um moreno atarracado de cabelos muito pretos, que carregava uma espécie de martelo de combate pendurado na cintura; uma loira pequena, mas voluptuosa, usando um uniforme verde leve que valorizava cada uma de suas curvas, com uma espada curta embainhada de cada lado da cintura; e finalmente um careca de estatura mediana, mas cheio de músculos, que se sentava do lado da parede, ao lado de uma grande lança.

— 17 anos, cabelos e olhos escuros! – exclamou o moreno, com expressão de exagerada frustração, fazendo com que os companheiros rissem.

— E pra que a gente precisaria de mais do que isso? – perguntou a ruiva, com expressão irônica. – Não esqueça que temos uma super-rastreadora conosco!

— Ah, mas até a Lucine vai ter problemas com essa. Fala sério – retrucou o moreno. – Repararam na cidade? Quase todas as mulheres têm cabelos e olhos escuros.

— E não sabemos nem mesmo o nome da guria – opinou o musculoso.

— É só uma agulha no palheiro. Mais uma, diga-se de passagem – riu a loira, tomando um gole de sua cerveja.

— O problema é que nem o palheiro nós conseguimos achar ainda – disse o arqueiro. – Duvido que a garota ainda esteja por aqui, não faz sentido, ela deve saber que está sendo caçada.

Sandora mudou de posição na cadeira, enquanto aceitava a caneca de bebida que a mulher de peito grande lhe trouxe. Tomou um gole e ficou olhando para o líquido, enquanto se esforçava para continuar ouvindo a conversa dos soldados.

— É verdade – disse a loira, concordando com a última afirmação do arqueiro. – Deve estar bem longe, senão já teria sido executada a essa altura.

Um outro soldado se aproximou. Era mais alto que todos os outros e vestia um traje imponente em tons de dourado e marrom, com uma espada longa embainhada à cintura. Os outros se empertigaram e o saudaram com respeito, chamando-o de capitão.

Aquele era o homem mais impressionante que Sandora já tinha visto. Devia estar na casa dos 30, era alto e tinha um físico muito bem desenvolvido. Usava os cabelos avermelhados bem curtos e movia-se de uma forma descontraída, quase insolente, apesar do respeito óbvio que os homens tinham por ele.

Enquanto o capitão sentava-se à mesa com os soldados, a enorme estalajadeira apareceu comandando uma tropa de ajudantes, trazendo a comida, que todos atacaram avidamente.

— Onde está Lucine? – a ruiva perguntou ao capitão.

— Resolvendo um outro assunto. Conseguiram terminar a análise?

— Deu positivo – respondeu a loira. – Está confirmado, senhor, assim como imaginamos.

— Filhos de uma mãe! – resmungou o capitão. – Temos que nos apressar antes que a pista esfrie. E quanto à mulher da ponte de vento?

— Entrevistamos as pessoas que a viram ativar a ponte e não conseguimos encontrar ninguém que a conhecesse – respondeu o arqueiro.

— Analisamos as emanações da ponte e conseguimos descobrir o lugar para onde ela provavelmente foi – disse a loira. – É uma região desolada conhecida como Floresta Amaldiçoada.

— Muito suspeito. Esse não é o mesmo lugar onde...?

— Sim, senhor – confirmou a loira.

— Chegaram a procurar lá?

— Não, senhor, aquele lugar é cheio de monstros e já estava escurecendo – disse o arqueiro.

— Entendo.

— Capitão, acha que essa mulher da ponte tem alguma relação com a garota que estamos procurando? – perguntou a ruiva.

— Eu não me surpreenderia – respondeu ele, coçando o queixo, pensativo.

— Estamos numa situação complicada aqui, capitão – reclamou o arqueiro. – Não temos informações suficientes para encontrar nenhuma das duas.

— Não se preocupem, eu darei um jeito nisso. De qualquer forma, temos assuntos mais importantes para resolver primeiro. Lucine conseguiu encontrar algumas boas pistas hoje. Tenente Laina?

— Sim, senhor! – A loira se empertigou.

— Aspirante Iseo?

— Sim, senhor – respondeu o moreno.

— Quero que vocês dois fiquem comigo, os demais devem partir para o norte amanhã, ao nascer do sol, para dar suporte a Lucine. Ela vai esperá-los na praça.

— Sim, senhor! – responderam todos.

— Então, vamos comer – decretou o capitão, sorrindo.

Sandora não conseguiu mais informações úteis. Depois daquilo, a tropa passou a conversar sobre assuntos banais entremeados por piadas grosseiras que o capitão deixava passar, apesar de demonstrar certa desaprovação.

Logo os soldados terminaram de comer, deram "boa noite" e retiraram-se em direção à escadaria nos fundos da taverna, deixando o capitão terminando sua cerveja.

Sandora tomou o último gole de sua bebida e sobressaltou-se ao baixar a caneca e ver o capitão parado à sua frente, olhando para ela com um sorriso simpático.

— Posso ajudá-la, senhorita?

— Como? – respondeu, tentando recuperar-se da surpresa.

O sorriso dele se ampliou, iluminando suas feições. O homem parecia exalar simpatia por todos os poros.

— Percebi que estava bastante atenta à minha conversa com minha tropa. Oh, mas onde estão meus modos? – Ele estendeu a mão para ela. – Eu sou o capitão Joanson, do Sexto Batalhão do Exército Imperial. Mas pode me chamar de Dario.

Ela segurou a mão dele, insegura.

— Dario? Oh, sim, claro. Pode me chamar de Sandora.

— Você tem um lindo nome, Sandora.

— Obrigada – disse ela, reservada.

— Posso me sentar?

Ela deu de ombros e ele puxou uma cadeira.

— Algum motivo especial para sua curiosidade por esses assuntos, Sandora?

Ela nunca tinha encontrado um homem assim. Ele a estava interrogando, claro, mas o fazia de uma forma tão amigável e parecia tão interessado nela que a deixava ao mesmo tempo tranquilizada e confusa. Mas o que assustou mesmo Sandora foi o brilho dos olhos dele. Ela podia ter tido muito pouco contato com outras pessoas em sua vida, mas aquele olhar revelava claramente que aquele homem era muito inteligente. Melhor se manter o mais próxima da verdade possível.

— Na verdade, eu tenho uma pergunta. Essa mulher da ponte de vento, quem é ela?

Ele respondeu calmamente, sem nunca deixar de fitá-la.

— Não sabemos.

— E por que a estão procurando?

— Porque ela é capaz de ativar a ponte de vento sem um pergaminho.

— Oh! E isso é um problema? Eu achava que a ponte era só um encanto como qualquer outro.

Ele pareceu pensativo por um momento e depois voltou a sorrir.

— Sabe, é difícil de explicar isso. Vamos colocar dessa forma: as pontes são conjuradas de maneira a impedir que as pessoas as usem sem pergaminhos. Isso ajuda as cidades e o próprio Império a manterem um controle de quem entra e quem sai.

— Oh.

— E quanto a você, Sandora? Mora aqui ou está de passagem?

— Estou me mudando.

— Verdade? E pra onde?

— Pra falar a verdade, não sei ainda.

— Oh, isso dificulta as coisas, não? Conheço diversas cidades, posso recomendar alguma, se você me permitir. Tem alguma preferência? Algo que gostaria de ver ou de fazer?

Se o objetivo dele era fazê-la acreditar que realmente queria ajudar, ele estava fazendo um ótimo trabalho. Nunca uma pessoa lhe parecera mais sincera e confiável.

— Eu gosto de ler – admitiu.

O olhar dele se iluminou.

— É mesmo? Isso é muito bom. Eu acho que...

— Hã... Capitão? – chamou a estalajadeira, interrompendo-o.

— Sim? – respondeu ele, virando-se para a mulher ainda com o sorriso no rosto.

— O senhor precisa vir comigo. – A mulher olhou para Sandora, com um olhar que pedia desculpas por interromper. Parecia aflita.

Sandora percebeu que o capitão se tornava tenso, aparentemente ele sabia o motivo do chamado e não gostava muito do que quer que fosse.

— Perdoe-me, Sandora, mas preciso ir. Sabe como é, o dever chama. Foi um prazer conhecê-la.

Ela assentiu e o acompanhou com os olhos enquanto ele dirigia-se à porta dos fundos da taverna, seguido de perto pela mulher.

Sandora concluiu que já perdera tempo demais ali. Esses soldados não tinham nada a ver com a morte de sua mãe, isso não podia estar mais óbvio. Não sabia porque eles a estavam procurando, e apesar de ter toda a intenção de investigar isso, tinha outra coisa muito mais importante para fazer no momento.

◆ ◆ ◆

Mais tarde naquela noite, trancado em seu quarto, Dario Joanson pensava em Sandora ao esfregar um pequeno cristal no tecido da túnica. Em seguida colocou o pequeno objeto sobre a mesa e se sentou. O cristal lançou um brilho azulado que se transformou na imagem do rosto de um homem mais velho de feições autoritárias e olhar penetrante.

— General! – Dario cumprimentou.

— Dario! – As feições do general suavizaram-se brevemente. – Boas novas?

— Sim, senhor, encontrei a moça.

— É mesmo? – O rosto do general mostrou satisfação. – E como ela é?

— Disse que se chama Sandora. Está muito abalada, embora tente não demonstrar. É jovem, bonita, atlética e inteligente. Veste roupas de ótima qualidade, mas não é esnobe. É séria, fala pouco e é misteriosa, mas parece ser gente boa.

O general ergueu uma sobrancelha.

— Isso é inesperado. Tem certeza de que é ela mesma?

— Estou tão surpreso quanto o senhor. Ela é poderosa, apesar de não sabermos ainda a natureza de suas habilidades. É capaz de usar livremente as pontes de vento e de derrotar sozinha uma família de harpias marrons. Os aldeões não souberam dizer quantas eram ao todo, mas ela matou duas. Simplesmente quebrou-lhes o pescoço, não havia nenhum outro ferimento além disso.

— Encrenqueira?

— Em absoluto. Aparentemente ela lutou com os monstros para salvar algumas crianças. Foi ferida na batalha, mas preferiu se afastar a pedir ajuda.

— Compreensível, considerando as circunstâncias.

— Ela também sabe ser bastante discreta para ouvir conversas alheias. Misturou-se às sombras e quase passou despercebida por mim.

— Uma menina cheia de recursos – concluiu o general, pensativo. – Falou com ela?

— Sim, mas apenas para confirmar minhas suspeitas. Não vi razão para confrontá-la, pelo menos não ainda.

— Ótimo. Mantenha isso sob o máximo sigilo, até mesmo de seus oficiais.

— Sim, senhor.

De repente o olhar do general se endureceu e ele ficou muito sério.

— Quero aqueles assassinos, Dario. Todos eles.

— Pode deixar, senhor.

Capítulo 5

Retribuição

Noite, ah, a noite.

Sandora adorava a noite, principalmente as de lua nova, quando a escuridão parecia envolver a tudo como um manto protetor. Caminhar por aquelas estradas, sabendo não poder ser vista, trazia-lhe uma enorme sensação de liberdade, depois das horas passadas na cidade.

Conseguira poucas informações úteis. A que mais chamou a atenção foi sobre sua luta com as harpias no dia anterior. Parece que, sem querer, ficara famosa, pois ouvira diversas pessoas falando sobre esse mesmo assunto. Seria apenas questão de tempo alguém somar dois mais dois e deduzir que a salvadora das crianças e a filha da bruxa eram a mesma pessoa.

E, por isso, ali estava ela, voltando pela mesma trilha que percorrera ontem depois de se despedir do menino. Aquilo parecia ter ocorrido há tanto tempo. Seu mundo todo desabara depois daquilo, parecia um insulto o fato de tudo a seu redor estar exatamente no mesmo lugar e do mesmo jeito enquanto sua vida parecia estar em pedaços. Sentia que nunca mais poderia voltar a ser a mesma de antes.

Não que quisesse voltar a ser como antes, ou pelo menos era o que dizia a si mesma.

Aproximou-se do gramado onde a luta ocorrera e recostou-se à cerca, analisando tudo ao redor. Teria o restante desta noite para relaxar e pensar na vida, mas o dia seguinte com certeza seria agitado, pensou ela, pegando um embrulho do bolso, do qual retirou um grande pedaço de pão e começou a comer. Por um instante, parou de mastigar e ficou encarando o alimento, dando-se conta do enorme apetite que ela tinha agora. Suas novas habilidades com certeza consumiam muita energia.

Pondo esses pensamentos de lado, ela voltou a comer com vontade, levantando os olhos e admirando as estrelas. Não sabia nem se sobreviveria ao dia seguinte, portanto a possibilidade de ganhar alguns quilos a mais era a menor de suas preocupações no momento.

◆ ◆ ◆

Eles vieram logo à primeira luz da manhã. Sandora temia que essa visita já tivesse ocorrido no dia anterior, mas parece que estava com sorte. Três homens vestidos de forma similar e armados com espadas e maças vinham na direção do aglomerado de casas, de onde os aldeões – três homens e duas mulheres – saíam, conversando e preparando-se para mais um dia de trabalho nos campos.

Sandora manteve-se escondida e observou quando os agricultores foram abordados. Como ela imaginava, os recém-chegados apresentaram-se como purificadores e procuravam por ela.

Sua intenção era seguir esses homens e descobrir quantos deles havia antes de abordá-los, mas seus planos foram por água abaixo quando os agricultores pareceram se ofender com a conversa e começaram a discutir de forma agressiva. Os purificadores se entreolharam e riram, antes de começarem a atacar. Um dos homens teve o abdômen perfurado com um golpe de espada. Uma das mulheres correu para tentar socorrê-lo, enquanto os demais foram derrubados com golpes de maça nas pernas e tronco.

Sandora ficou tão surpresa e chocada com o cruel ataque que, por alguns momentos, só pôde ficar olhando, paralisada. Amaldiçoando a si mesma pelos preciosos segundos perdidos, tratou de entrar em ação.

Os purificadores estavam determinados a matar a todos. Um deles levantava a maça para dar o golpe final na cabeça de um dos agricultores, quando teve subitamente o peito envolvido por um tentáculo negro. Mal teve tempo de emitir um gemido de surpresa, antes de ser violentamente puxado em direção a uma árvore, contra a qual se chocou com um enorme impacto. O tentáculo desapareceu e o homem desabou no chão, inconsciente.

— A bruxa! – exclamou o purificador armado com a espada, ao ver Sandora ao lado do companheiro desacordado. – Pegue-a! – Ordenou ao outro, que brandiu a maça e partiu para cima dela, apenas para ser parado abruptamente e suspenso no ar quando Sandora levantou uma das mãos conjurando o ferrão negro.

No entanto o homem era resistente. Após cair, quando o ferrão desapareceu, ele voltou a se levantar com alguma dificuldade. Sandora então decidiu usar um pouco do que aprendera golpeando bonecos de madeira durante todos aqueles anos e lhe aplicou uma série de socos e chutes até o homem cair inconsciente.

Ao virar-se para o terceiro homem, ela estreitou os olhos ao ver que ele pegara uma das mulheres e a segurava diante dele. A pobre senhora tinha um enorme ferimento na testa e era segurada firmemente pela cintura enquanto era mantida imóvel pela ameaçadora lâmina encostada em seu pescoço.

Aquilo era intolerável, pensou Sandora. Então esses eram os caçadores de bruxas. Atacavam sem provocação e eram covardes a ponto de pegar uma pessoa ferida e indefesa como refém. Pois bem, pensou ela, levantando as palmas das mãos.

— Você quer uma bruxa? – Perguntou ela, em um tom sinistro. – Então aqui está uma!

O homem, assustado, tentava se afastar andando de costas e levando a mulher consigo, quando ouviu um barulho estranho atrás de si. Virou a cabeça rapidamente e imobilizou-se, horrorizado, ao ver uma pilha de ossos humanos brotando do chão a dois metros dele. Os ossos pareciam vivos e suspendiam-se no ar, enquanto colidiam uns com os outros e se encaixavam, até finalmente montarem um esqueleto humano completo. Um brilho arroxeado iluminava o buraco dos olhos no velho crânio cheio de rachaduras.

A mulher que tentava estancar o sangramento do companheiro ali perto se apavorou e soltou um grito agudo, o que assustou ainda mais o homem, que acabou afastando a espada o suficiente para que a mulher que segurava conseguisse escapar.

O esqueleto ambulante se abaixou e pôs os longos dedos no chão, de onde ele tirou uma velha espada enferrujada, meio torta e cheia de dentes na lâmina.

O homem levantou a espada, tentando se defender, mas tremia tanto que foi facilmente desarmado pelo primeiro golpe do morto-vivo. Tentando se afastar, mas com as pernas trêmulas demais, o homem tropeçou e caiu de costas, vendo o esqueleto vir para cima dele, segurando a velha espada com as duas mãos e cravando-a em seu peito, no que ele soltou um grito agoniado.

Sandora se aproximou, colocando-se no campo de visão do homem.

— Onde encontro o resto de sua laia? – perguntou ela, num tom ameaçadoramente calmo.

— Por favor! – implorou ele, alheio ao fato de ainda estar vivo e conseguindo falar, mesmo tendo o peito trespassado por uma espada, ferimento do qual não saía uma gota de sangue sequer.

— Não perguntarei de novo – ameaçou ela.

— Fragata! – exclamou ele. – Acampamento na montanha!

Sandora lembrou-se do velho mapa que conseguira no vilarejo. Fragata era o nome de uma vila ao sul dali, às margens de um grande rio. Satisfeita, envolveu o pescoço do homem com o chicote, e apertou até que ele desmaiasse.

O esqueleto então se levantou, retirando a espada do peito do homem que continuou desmaiado, sem nenhum ferimento aparente.

Sandora encarou a criatura por um longo momento. As mulheres e o outro agricultor que estava consciente olhavam a cena, apreensivos. Até que, finalmente, Sandora lançou a mão para trás, como se estivesse jogando algo fora e o esqueleto imediatamente se desmontou, os ossos empilhando-se no chão, onde ficaram por um momento, antes de afundarem no solo e desaparecerem, sem deixar nenhum vestígio de que tinham existido.

— Por favor, ajude! – disse timidamente uma das mulheres, que ainda segurava o homem ferido sob o qual se formava uma enorme poça de sangue. – Ele está morrendo!

Olhando para os olhos desesperados e cheios de lágrimas da mulher, Sandora quase teve vontade de rir do absurdo. Acabara de descobrir que era não só uma bruxa, mas também uma necromante, uma serva da morte. E viam lhe pedir para salvar uma vida?

Aproximou-se, ajoelhando-se ao lado do homem imaginando o que poderia fazer, vagamente ciente dos movimentos da outra mulher que corria tratar dos outros dois agricultores que tinham sido derrubados por golpes de maça. Colocando a mão sobre o ferimento do homem, podia sentir o sangue saindo, perdendo-se, assim como a vida dele.

Todas as suas habilidades recém-descobertas foram aprendidas por instinto. Agarrando-se a esta ideia, Sandora se concentrou, na tentativa de descobrir algo novo, de manipular aquela sua aura negra de alguma forma que ela ainda não conhecia, de tentar enclausurar a vida naquele corpo antes que ela se esvaísse.

Infelizmente, dessa vez, nada aconteceu. A respiração do homem simplesmente cessou, o coração parando. A batalha havia sido perdida.

Ao perceber o que tinha ocorrido, a aldeã começou a soluçar, num pranto convulsivo.

Sandora se levantou e se afastou, vendo a outra mulher se aproximar e tentar dar conforto à amiga.

— E os outros? – perguntou-lhe Sandora.

— Estão conscientes, acho que não correm perigo.

— E as crianças? – Sandora lembrava-se muito bem do grupo grande de meninos e meninas brincando no pasto no dia anterior.

— Estão na cidade. Mandamos pra lá porque era... perigoso pra elas aqui.

Sandora assentiu e observou um movimento na estrada, a distância.

— A ajuda está a caminho. Preciso ir – disse ela, começando a caminhar na direção oposta. A mulher lhe disse algo, provavelmente algum tipo de agradecimento, mas Sandora não queria ouvir mais nada.

Afastando-se das casas, seguiu caminho pela pequena trilha que contornava as plantações, sentindo o peito cada vez mais apertado. Ao aproximar-se de um grupo de árvores, não conseguiu mais se conter. Então, ajoelhando-se, segurou o abdômen e vomitou, até expelir todo o conteúdo do estômago.

◆ ◆ ◆

Tem algo errado, pensava o capitão Joanson. Levantou a mão, o que fez com que Laina e Iseo parassem imediatamente, em alerta. Experiente, o capitão deu uma série de ordens por meio de rápidos gestos. Assentindo, eles se afastaram em direções opostas. Desembainhando a espada, Joanson seguiu em passos decididos na direção das casas da pequena fazenda, deparando-se com uma cena curiosa. Três, não, quatro corpos estavam no chão imóveis, enquanto duas mulheres tentavam ajudar dois homens, obviamente feridos, a se levantar.

— Sou o capitão Joanson, da Guarda Imperial de Verídia – apresentou-se ele ao se aproximar das pessoas. – Vocês estão bem? O que houve aqui?

— Fomos atacados por aqueles homens – respondeu uma das mulheres, que apontava para os corpos caídos no chão. – Mas aí uma moça apareceu e... matou todos eles.

Iseo se aproximou, vindo pela direita.

— Tudo limpo, capitão.

Joanson assentiu e fez um gesto na direção dos corpos espalhados pelo chão. O aspirante pendurou seu martelo na cintura e foi examinar os homens caídos.

— Capitão! – gritou Laina, aparecendo sobre um barranco, a distância. – Uma mulher vestida de preto e usando capa e capuz. Está indo na direção da floresta. Vou interceptá-la.

Joanson balançou a cabeça.

— Não se dê ao trabalho. Desça aqui e venha ajudar.

— Sim, senhor.

O capitão ajoelhou-se ao lado do homem ensanguentado e imóvel.

— Parente seu? – perguntou ele a uma das mulheres, a que estava com as mãos e roupas sujas de sangue.

— Ele é... era... era meu marido – disse ela, chorosa.

— Bom, nesse caso, ele continua sendo – retrucou Joanson após um rápido exame. – Está vivo.

Ignorando as exclamações de surpresa e esperança dos camponeses, o capitão levantou o homem nos braços.

— Tem algum lugar para onde eu possa levá-lo? Uma cama, de preferência.

Após passar uma ordem silenciosa com um rápido olhar para os dois oficiais, Joanson seguiu com os camponeses para dentro de uma das casas.

◆ ◆ ◆

— Eu tinha tanta certeza! Quero dizer, a moça tentou fazer algum feitiço nele, mas não deu certo. Então ele parou de respirar, ficou imóvel, então eu...

— Calma, está tudo bem – Joanson tranquilizou a mulher. – Esse tipo de confusão é bastante comum quando habilidades de cura são utilizadas. Principalmente quando o curandeiro é bastante habilidoso. A energia mística faz com que o corpo se repare numa velocidade muito grande e em seguida o metabolismo diminui, para que o corpo possa se readaptar e recuperar-se do trauma de uma forma mais lenta e segura. A pessoa fica, então, numa espécie de coma, em que a respiração e a pulsação ficam tão fracas que é difícil percebê-las.

— Mas a moça também achou que ele tinha morrido! Eu vi, ela balançou a cabeça e se levantou, olhando para o outro lado, parecia muito abalada, coitada!

— Interessante. Talvez tenha sido a primeira vez que ela usou essa habilidade.

— E quanto tempo meu marido vai ficar assim?

— A respiração vai normalizar-se aos poucos, provavelmente daqui uma hora já vai parecer que ele está simplesmente dormindo. Creio que ele deve acordar lá pelo meio-dia, mas vai se sentir fraco por um dia ou dois.

— Isso é ótimo, muito obrigada, capitão!

— Não me agradeça, eu não fiz nada.

— Capitão? – chamou Iseo, da porta.

— Sim?

— Estamos prontos para levar os criminosos.

— Estão vivos?

— Sim, e sem nenhum arranhão. Não sei como a garota fez isso, mas parece que ela pegou os caras de jeito. Estão em coma profundo, apesar da ausência de ferimentos. Os sinais vitais estão bons, mas eles provavelmente vão dormir até amanhã. – Iseo deu um sorriso travesso. – Terão uma bela surpresa ao acordarem numa cela da prisão de Vale Azul.

Os camponeses se entreolharam confusos.

— Como isso é possível? – perguntou um deles. – Foi uma luta violenta, ela jogou um contra uma árvore com força suficiente para quebrar todos os ossos do corpo! Aí ela cravou alguma coisa no peito do outro e ficou batendo nele até ele cair e o terceiro foi esfaqueado no peito pelo morto-vivo, e depois disso ela ainda quebrou o pescoço dele! Não tinha como ninguém sobreviver a isso!

Joanson e Iseo sentiram um arrepio de horror ao imaginar a cena descrita daquela forma.

— É possível, sim – o capitão disse depois de alguns momentos. – Já vi isso antes. Mas sempre imaginei que existia uma única pessoa no mundo com essa habilidade. Essa moça com certeza é muito intrigante.

— Examinei toda a área, capitão – informou Laina, que entrava na casa segurando uma pequena varinha de ponta brilhante. – Mortos-vivos costumam deixar muita energia negativa residual, mas não tem nada nem sequer remotamente parecido com isso em lugar nenhum por aqui.

— Quer dizer que o esqueleto era uma ilusão? – sugeriu Iseo.

— É possível – ponderou o capitão, antes de se voltar para os camponeses. – Têm ideia de por que os purificadores atacaram vocês?

— Estavam procurando pela moça, que eles chamavam de bruxa. Quando falamos que não sabíamos de nada, eles disseram que era uma pena e que nós pelo menos iríamos servir de inspiração para outros. E começaram a bater na gente.

— Entendo – disse o capitão. – E quanto à moça? Ela disse algo? Vocês têm alguma ideia de pra onde ela possa estar indo?

— Ela forçou um dos homens a falar alguma coisa. Acho que ele disse algo sobre um acampamento em Fragata.

Assentindo, o capitão levantou-se.

— Muito obrigado por sua colaboração. Este é o aspirante Iseo. Ele ficará com vocês enquanto levamos os criminosos para a cidade. Isso, é claro, se vocês não se importarem de nos emprestar uma carroça. Então falarei com a guarda e encontraremos um lugar tranquilo e seguro para vocês ficarem.

◆ ◆ ◆

Sandora não se sentiu bem pelo resto do dia. A expressão de subserviência que viu nos buracos dos olhos daquele crânio velho enquanto o morto-vivo a encarava ficava voltando-lhe à mente o tempo todo, como um pesadelo do qual não se conseguia acordar.

Perambulou sem rumo pela floresta por horas até chegar às margens do rio. Sem pensar duas vezes, desmaterializou a maior parte de seus trajes, derrubando no chão todo o conteúdo dos bolsos, e atirou-se dentro das águas lodosas, sendo forçada a usar todas as suas forças para conseguir nadar contra a correnteza. Após atravessar o rio de um lado a outro pela terceira vez, sentia-se fisicamente exausta com nunca se sentira antes em sua vida.

Com dificuldade, saiu da água e deitou-se sobre a grama da margem, onde ficou por muito tempo, protegendo os olhos com um dos braços enquanto sentia o forte sol do meio-dia aquecer e secar seu corpo. Tinha que admitir que, apesar de ter odiado cada segundo do rigoroso treinamento de sua mãe, o fato de ter passado por aquilo tinha suas vantagens. Aprender a nadar não tinha sido fácil, a velha Liseria não era boa professora, mas conseguira motivá-la o suficiente para se tornar boa naquela atividade. Se bem que "motivar" alguém, no caso de sua mãe, significava uso de chantagem emocional e de ameaças, mas, de qualquer forma, no caso de Sandora, funcionara.

Seus pensamentos continuavam voltando aos acontecimentos da manhã. Tentava não pensar no momento em que tentara fazer algo pelo homem agonizante e tudo o que conseguira fora acelerar sua morte, mas a memória daquele momento estava vívida demais em sua mente para que conseguisse se livrar dela.

Quantos mais daqueles poderes malignos ela ainda manifestaria? Conseguiria controlá-los? Ou seria subjugada por eles e se tornaria uma bruxa sanguinária e começaria a cometer crimes de forma a motivar um grupo de pessoas a se unir para matá-la?

Se bem que já havia um grupo de pessoas tentando dar cabo dela, ter ou não mais poderes não faria diferença.

◆ ◆ ◆

— Então, aquela era a garota que estávamos procurando antes, não é, capitão? – dizia Laina, enquanto almoçavam, logo após deixarem os criminosos na prisão e se assegurarem de que eles não sairiam de lá. – O senhor já imaginava que ela era capaz de causar tanta confusão?

— Não foi exatamente uma surpresa – respondeu Joanson. – Quer dizer, eu não esperava uma situação como essa, mas, digamos que eu conheça uma pessoa que nasceu em condições similares a ela e… bem, essa pessoa tem uma capacidade fora do comum para atrair problemas.

— Verdade? – perguntou ela, interessada. – E quem é essa pessoa? Algum criminoso que o senhor prendeu?

Joanson virou-se abruptamente para ela, parecendo muito espantado e em seguida irrompeu numa gargalhada.

— Eu disse algo engraçado? – perguntou ela, envergonhada, a princípio, e depois rindo também, contagiada pelas gargalhadas dele.

— Desculpe – disse ele depois de alguns momentos. – Na verdade, acho que já lhe contei mais do que devia sobre isso, e provavelmente vou ganhar uma advertência por minha boca grande.

— Ah! – exclamou ela, desapontada. – Vejo que o assunto não é de minha conta. Me perdoe.

— Não é que eu não confie em você. Mas esse assunto, em particular, é considerado de segurança nacional. Para sua própria segurança, quanto menos você souber, melhor.

— Entendo – disse ela, voltando em seguida ao assunto anterior. – Mas vejo que essa garota ainda vai nos causar muita dor de cabeça.

— Muito pelo contrário – ele apontou para o outro lado da rua, onde ficava a prisão. – Ela, na verdade, está fazendo o nosso trabalho por nós. Precisamos terminar tudo por aqui e ir logo à cidade chamada Fragata, antes que ela se meta numa luta complicada, tentando pegar o bando inteiro sozinha.

— Será que ela conseguiria dar conta?

— Não sei, mas, de qualquer forma, aqueles homens são assassinos perigosos e nossa missão principal é tirá-los de circulação o quanto antes. Com ou sem a ajuda da garota.

◆ ◆ ◆

Foram dois dias e duas noites bastante desagradáveis para Sandora. Tentara cuidar de si mesma, tratando de comer bem, mesmo não tendo muito apetite e policiando-se para descansar bastante. Não teve problemas para dormir, o problema era quando estava acordada. Sentia-se mal tanto física quanto mental e espiritualmente. De alguma forma, no entanto, conseguira sobreviver e chegar até seu destino.

Fragata não podia ser chamada de cidade. Nem mesmo de vila. Parecia mais um acampamento de pescadores, um mero agrupamento de casas ao redor de uma rua principal que terminava em um cais velho cheirando a peixe, cheio de barcos também velhos.

Sandora não perdera tempo perambulando pela cidade, apenas fez um breve reconhecimento e partiu, analisando os arredores. Não havia sentido em ficar naquela vila. E nem em nenhuma outra cidade, pensou ela. Provavelmente se sentiria bem melhor dormindo ao relento ou sob as árvores da floresta em vez de em uma cama de pensão, e providenciar a própria comida funcionava como uma espécie de terapia, trazendo-lhe uma bem-vinda sensação de controle sobre a própria vida. E mesmo que estivesse disposta a ficar na cidade, ainda havia a questão do dinheiro. As poucas moedas que lhe restaram não seriam suficientes para conseguir abrigo e comida por mais do que poucos dias, por isso ela achava melhor não gastar nada além do estritamente necessário.

Sua única pista eram as palavras "Fragata" e "acampamento na montanha". A vila fora razoavelmente simples de encontrar. O grande problema era o fato de que simplesmente não existiam montanhas naquela região para nenhum lado que se olhasse. Pareciam existir apenas pequenos morros, espalhados por uma enorme região. O terreno era plano o suficiente para permitir uma vista clara de muitos quilômetros para todas as direções, inclusive se olhasse para além do rio.

Ela acabou levando mais um dia e uma noite para localizar o tal acampamento, construído em uma curiosa formação natural, um vale cercado por três pequenos morros, um local bem escondido de olhos curiosos.

Ela tratou, então, de invadir o lugar e ocultar-se nas sombras, esforçando-se para ouvir a conversa dos criminosos. Ela ainda não tinha imaginado qual seria seu plano de ação. Sua mente, atordoada pelos acontecimentos recentes, parecia funcionar em câmera lenta.

Sentiu-se subitamente lúcida, no entanto, ao perceber que aquelas pessoas – eram, ao todo, seis homens e duas mulheres – estavam planejando um ataque a uma vila. As palavras daquele garoto, ditas na semana anterior, vieram à sua mente com perturbadora clareza.

Elas destruíram a vila que a gente morava lá no norte. Vi várias delas pondo fogo nas casas e atacando pessoas. Meu pai sempre diz que tivemos muita sorte em escapar e conseguir achar um lugar pra morar aqui.

As conversas que estava ouvindo agora apresentavam perturbadora semelhança com a descrição do garoto. Vilarejo ao norte. Ataque noturno. Incendiar as casas. Mulheres passando-se por bruxas.

Sandora sentou-se no chão e cobriu o rosto. Não existia bruxa nenhuma. Tinham sido eles o tempo todo. Aterrorizaram pessoas, pilharam e destruíram cidades inteiras, além do castelo de Liseria, apenas por causa do dinheiro que conseguiam vendendo os saques. Não passavam de ladrões baratos.

Ao se levantar, um minuto depois, Sandora se sentia melhor. Muito melhor. Na verdade, estava pronta para a guerra.

◆ ◆ ◆

Joanson teve que esperar um dia para que os bandidos acordassem. Mais diversas horas para persuadir os infelizes a revelarem onde ficava o acampamento do bando. Quando finalmente estava preparando-se para partir para lá, sua rastreadora, Lucine, requisitara toda ajuda possível numa certa região ao norte. Ela encontrara não apenas um, mas vários ninhos de monstros. Com certeza era de lá que tinham vindo as harpias derrotadas por Sandora na semana anterior.

Ele não teve escolha, além de partir para o norte com toda a equipe. Levaram cerca de um dia para acabar com os ninhos e com as vidas daqueles perigosos predadores. Havia uma variedade considerável deles, o que levou Joanson a concluir que um portal entre mundos deveria ter surgido naquele local não muito tempo atrás.

Infelizmente, quando ele já pensava que a situação estava sob controle, uma família de monstros voadores conseguiu escapar, mesmo com todas as precauções que eles tinham tomado. Sabendo que não teria muito tempo se quisesse impedir Sandora de fazer alguma bobagem, chamou Laina e Iseo para voltarem com ele e mandou o restante seguir com Lucine na perseguição aos monstros.

Um pergaminho conseguido com o delegado de Vale Azul lhes permitiu viajar instantaneamente pela ponte de vento até Fragata, de onde seguiram a cavalo até o local do acampamento, torcendo para já não ser tarde demais.

Deixando os cavalos a uma distância segura, aproximaram-se com cuidado, deparando-se com a cena que Joanson temia.

Sandora encontrava-se em um canto do pátio do acampamento, duas pessoas caídas a seus pés enquanto encarava corajosamente as outras seis que se preparavam para atacá-la.

◆ ◆ ◆

Os dois primeiros tinham caído muito fácil, pensou Sandora. Usara o truque do chicote negro no primeiro, prendendo uma ponta em uma árvore enquanto envolvia o adversário com a outra ponta e fazia com que o chicote se encurtasse ao menor comprimento e o mais rápido possível. O resultado foi um choque violento contra a árvore que nocauteou o homem imediatamente. Contra o segundo, tivera que fazer uso de sua força e agilidade físicas para esquivar-se de seus ataques até ter uma oportunidade de derrubá-lo com a teia e usar novamente o chicote para apertar seu pescoço até ele perder os sentidos.

Aquilo tudo, no entanto, levara muito mais tempo do que ela havia imaginado, além de também fazer muito mais barulho. E agora se via acuada. Os seis membros restantes do bando se aproximavam ameaçadoramente, mandando-a ficar parada e se render.

Mas agora que estava ali, ela não pararia tão fácil, pensou, levando a mão para trás e fazendo o chicote se expandir cerca de dez de metros e enlaçar uma enorme colmeia de abelhas. Aquele era um trunfo que ela tinha preparado antes, colocando-se estrategicamente naquela posição ao atacar os dois primeiros homens.

Sandora então encurtou o chicote, que trouxe a colmeia consigo e a arremessou para cima dos adversários a toda velocidade.

Os adversários não esperaram para ver o que ela fazia, assim que ela se moveu, o arqueiro começou a disparar flechas, ao mesmo tempo que uma das mulheres conjurava uma pequena bola de energia dourada, que lançou na direção de Sandora.

O bandido que estava na frente ergueu o escudo para se proteger do objeto arremessado na direção dele, ao mesmo tempo que a flecha e o projétil energético atingiram Sandora. Então o caos reinou enquanto centenas de abelhas venenosas voavam para todos os lados, picando e obstruindo a visão de todos.

A aura negra protegeu Sandora do que provavelmente seria um ferimento mortal, uma vez que aquela flecha iria lhe atingir diretamente o coração, se não tivesse parado a milímetros do seu corpo, caindo no chão inofensivamente. No entanto, como já tinha percebido em outras situações, a aura não a impedia de sentir o impacto. E, com o impacto combinado da flecha e do projétil místico, ela foi lançada mais de um metro para trás.

Levantou-se com dificuldade, concluindo que não sobreviveria a muitos ataques como aqueles, com ou sem a aura negra. A mulher do projétil místico tinha conseguido, de alguma forma, conjurar um feitiço de vento, que gerou um redemoinho forte o suficiente para levar todas as abelhas e a colmeia para longe.

Enquanto a mulher ainda estava concentrada, Sandora conjurou seu ferrão, que brotou do chão sob os pés da mulher, empalando-a e segurando-a no ar por alguns segundos, antes de desaparecer. A mulher então desabou, inconsciente, como se fosse um saco de farinha.

Ao ver os outros homens se recuperarem do ataque das abelhas, Sandora concluiu que teria que usar medidas drásticas, pois sua desvantagem numérica ainda era muito grande.

Pensando que não fazia sentido entrar na água para depois ficar com medo de se molhar, ela levantou as mãos com as palmas para cima e liberou seu poder.

Os adversários ficaram paralisados de espanto por um momento, ao verem dois mortos-vivos brotando do solo, as ossadas esbranquiçadas reluzindo sob o sol enquanto seguravam armas enferrujadas.

Um dos homens não se acovardou com a visão dos seres amaldiçoados e levantou a própria mão, conjurando algum tipo de poder que Sandora não chegou a descobrir o que era. O que quer que fosse, ou não funcionou, ou demorou demais, pois os dois esqueletos atacaram e derrubaram facilmente o homem enquanto ele ainda estava concentrado, e continuaram golpeando-o até que ele estivesse inconsciente.

Enquanto os companheiros atacavam os mortos-vivos, o arqueiro recuperou seu arco e preparou-se para atacar Sandora novamente. Ela lançou a teia na direção dele, mas ele era ágil e se esquivou facilmente para o lado enquanto preparava uma nova flecha e apontava para ela.

Sandora sabia que não teria como esquivar daquele ataque, mas logo viu que não havia necessidade. Uma figura familiar, de cabelos loiros e trajando um uniforme verde muito justo, lançou-se sobre o arqueiro, golpeando-o seguidamente com suas espadas curtas.

Joanson e Iseo também entraram na luta, brigando lado a lado com os esqueletos. Sandora aproveitou a oportunidade e conjurou mais uma vez o ferrão, derrubando a outra mulher, que tentava proteger-se das investidas dos mortos-vivos.

O capitão gritava ordens para que todos atacassem com força total.

Laina, no entanto, foi surpreendida quando o arqueiro lançou algum tipo de poeira sobre seus olhos, o que a cegou momentaneamente e permitiu que o homem sacasse a própria espada curta e a atacasse várias vezes, até fazê-la cair inconsciente, a aura de proteção perdendo efeito sobre ela. Sandora envolveu-lhe o pescoço com o chicote e o fez desmaiar, mas não antes de ele cravar a lâmina na loira uma última vez.

Os outros adversários foram derrubados rapidamente e os esqueletos voltaram para a terra. Sandora caiu de joelhos, respirando com dificuldade e sentindo a familiar exaustão causada pelo uso excessivo de poder.

— Sandora, rápido! – gritou Joanson, ajoelhado ao lado da loira enquanto removia a espada de seu corpo.

— O que quer que eu faça? – perguntou ela, confusa.

— Use o poder de cura!

— Eu não tenho poder de cura.

— O mesmo que você usou no aldeão! Rápido, antes que seja tarde demais.

Sandora esforçou-se para se levantar e se aproximou dele.

— Eu não tenho poder de cura, tentei usar antes e não funcionou.

— Funcionou, sim, o aldeão está vivo e bem. Confie em mim!

— Mas eu...

— Rápido, Sandora! Mesmo que não acredite em mim, não custa nada tentar de novo, custa?

Sandora sentia-se sobrecarregada de emoções, estava muito difícil pensar. Mas Joanson tinha vindo em seu auxílio, não tinha? Devia algo a ele.

Ajoelhando-se ao lado de Laina, ela pôs a mão sobre o ferimento e tentou novamente liberar o poder, da mesma forma como fizera com o aldeão. Surpreendeu-se ao sentir a mão de Joanson sobre a dela e a voz dele lhe guiando, sugerindo-lhe em que sensações se concentrar. Ela seguiu as instruções e deu o melhor de si, sentindo sua confiança renovada por aquele breve toque de mãos e pela voz calma, mas precisa do capitão.

Sandora tomou um susto quando a moça, antes inconsciente, teve um súbito acesso de tosse e se sentou bruscamente, olhando ao redor, confusa.

Depois de olhar, embasbacada, para Laina por um momento, Sandora soltou um breve riso, levantando a cabeça e fechando os olhos. Um enorme alívio a percorreu, como se fosse uma forte correnteza arrastando consigo todo o mal-estar que a acometera durante os últimos dias.

Sentiu então uma mão em seu ombro e olhou para cima, deparando-se com o sorriso de aprovação do capitão.

— Bom trabalho!

Capítulo 6:
Direções

Dois dias haviam se passado desde então. Sandora tinha voltado para Vale Azul com o capitão, que insistiu para que ela passasse alguns dias em repouso absoluto. Diante das queixas dela de que não suportaria ficar fechada num quarto de pensão sem ter o que fazer, Joanson lhe providenciou, sabe-se lá como, um grande baú, cheio de livros até a tampa.

E assim ela passara aqueles dois dias em preguiçosa indulgência, recuperando as forças enquanto se envolvia no familiar universo literário.

Assim como nos dias anteriores, o capitão exigia a presença dela no momento do jantar. Sandora não gostava muito desses momentos, porque faziam com que ela se sentisse deslocada, fora de sua zona de conforto. Mas o capitão era tão bom e paciente que tentar atender as expectativas dele valia o esforço.

Em certo momento, Sandora chegou a se perguntar se era daquele jeito que mulheres apaixonadas se sentiam. Mas logo concluiu que, se fosse, era muito diferente e bem menos impressionante do que em todos os livros que ela já lera sobre o assunto. Ela simplesmente gostava do capitão e sentia-se protegida ao lado dele.

— Nossa heroína chegou! – disse Iseo, ao vê-la se aproximar.

— Minha salvadora! – brincou Laina, saudando-a alegre.

— Como se sente hoje? – perguntou o capitão.

— Estou muito bem – respondeu Sandora, sentando-se. – Somos só nós três hoje?

— Sim, já dispensei o resto da tropa. Eles voltaram para suas casas para um merecido descanso. É uma pena que não tive oportunidade de lhe apresentar a nossa rastreadora Lucine. Algo importante aconteceu e tive que mandá-la para outra missão assim que chegou, hoje de manhã.

— Lucine é a última integrante do Triplo L – disse Iseo.

— "Triplo L"? – Perguntou Sandora, intrigada.

— Lucine, Laina e Loren – esclareceu ele, olhando, de forma irônica, para a tenente. – É o trio lamentável!

Sandora lembrou-se de que Loren era o nome da outra mulher da tropa, a ruiva cheia de punhais.

— Lindas, levadas e luminosas! – disse Laina, encarando Iseo, desafiadora.

Seguiu-se então uma breve batalha verbal em que ambos procuravam dizer o maior número de adjetivos iniciados com a letra "L" em que conseguiam pensar.

Joanson apenas observava a cena em silêncio, com uma expressão divertida no rosto.

Devia ser maravilhoso ser parte de uma equipe como aquela, pensou Sandora. Os membros eram alegres, confiavam uns nos outros e se ajudavam mutuamente, sob a orientação calma, mas firme do capitão. Ela tinha lido muito sobre famílias e sobre o sentimento que as uniam e concluiu que aquela tropa encaixava-se com perfeição naquela definição.

A estalajadeira de busto avantajado apareceu e eles pediram a comida.

— Ei, Sandora – disse Laina, assim que a estalajadeira se foi –, por que não se junta ao Exército? Você com certeza seria muito útil e talvez pudéssemos vir a trabalhar juntas. Que tal?

— É uma ideia interessante – respondeu Sandora, com cuidado.

— Mas que você não tem nenhuma intenção de aceitar, não é? – perguntou Joanson, encarando-a.

Ela pensou por um momento, e depois baixou os olhos.

— Não, não tenho.

— Ah, mas por quê? – disse Iseo. – O pagamento é bom, temos cama e comida, e a chance de chutar o traseiro de alguns bandidos de vez em quando. Quer vida melhor que essa?

Sandora apenas sorriu e balançou a cabeça.

— Você derrotou sozinha seis atacantes – disse a loira. – Provavelmente teria derrubado todos eles, mesmo que não tivéssemos aparecido para ajudar.

— Ora, "tenente" – retrucou Iseo, com expressão irônica –, você só está é com inveja porque não conseguiu derrubar nenhum. Na verdade, se me lembro bem, em vez disso você *foi derrubada*.

— Ah, nem vem! – protestou Laina. – Aquele bandido usou um golpe baixo!

O capitão riu, enquanto Sandora ficava calada, apenas ouvindo as provocações bem-humoradas, com um leve sorriso.

— E lá estava eu – continuou Iseo, falando em tom de suspense. – Chego ao campo de batalha e o que eu vejo? Sandora cercada por seis atacantes. Aí eu penso: *ué? Não eram oito?* Então eu percebo que os outros dois estavam fora de combate. Já começou por aí. Então, quando penso em me aproximar – ele apontou para Sandora –, ela tira uma casa de abelhas assassinas *sabe-se lá de onde* e joga em cima dos caras. O lugar vira um inferno. Quando as abelhas somem e eu consigo enxergar alguma coisa de novo, outro dos bandidos já está no chão e ainda vejo duas caveiras partindo pra cima dos outros. Saio correndo pra tentar ajudar, mas antes de eu chegar os monstrinhos já deram cabo de mais um. Mal troco três golpes com um dos caras e outro é empalado do meu lado. Quando eu finalmente consigo acertar uma martelada bem dada no infeliz da minha frente e penso em partir para cima do próximo, o que eu vejo? Que já estão todos dormindo, *incluindo a senhora.* – Ele cutucou Laina no peito. – E na minha frente só tem as duas caveirinhas, olhando para o babaca que eu derrubei, como se fossem cachorrinhos olhando um osso fora do alcance. – Ele olhou para Sandora antes de continuar – Sério, cheguei até a me sentir culpado por ter estragado a diversão dos seus bichinhos.

Laina e o capitão dobravam-se de tanto rir da descrição da batalha feita por Iseo. O humor era tão contagiante que Sandora acabou rindo também.

— Aliás... – continuou Iseo – não é o cúmulo da idiotice alguém construir um acampamento ao lado de um enxame de abelhas como aquele?

— Na verdade, não – comentou Sandora. – Abelhas como aquelas são boas fontes de materiais para certos encantamentos. Acredito que tenham sido eles mesmos quem colocaram o enxame ali.

Iseo olhou para ela, fingindo-se de ofendido.

— Sandora, por favor, não estrague a piada!

Os outros riram novamente.

— A expressão de pânico no rosto daquela ruiva quando os esqueletos a atacaram com certeza foi impagável – comentou o capitão, ainda rindo. Ele olhou para Sandora. – Tenho certeza de que, se os seus construtos não fossem tão bem articulados e realistas, essa batalha teria nos dado muito mais trabalho.

— Com certeza! – exclamou Iseo, rindo. – Os caras estavam se borrando.

— Você é fantástica, Sandora – elogiou Laina. – Seria uma mão na roda ter uma aliada como você.

Sandora balançou a cabeça, séria.

— Eu não sei se quero voltar a usar esses poderes amaldiçoados.

Todos ficaram em um desconfortável silêncio. Uma garçonete apareceu nesse momento trazendo a comida. Joanson provou levemente de seu prato antes de limpar a garganta e se dirigir a Sandora novamente.

— Sandora, eu acredito que uma pessoa deve ser julgada não pelas cartas que recebe, mas, sim, pelo uso que faz delas durante o jogo. E você, até onde posso ver, está fazendo uma partida brilhante. Ao contrário do que você parece pensar, não há nada de maligno em você ou em suas habilidades. Aquele bandido que os construtos atacaram primeiro, por exemplo. Ele usou um poderoso encanto de *repreensão.* Se houvesse qualquer traço de energia negativa nos construtos, eles teriam sido destruídos, ou, na melhor das hipóteses, lançados para bem longe do conjurador. Mas o encanto teve neles o mesmo efeito que teria em você ou em mim mesmo, ou seja: nenhum. – Ele fez uma pequena pausa, antes de continuar. – Você pode ter um futuro grandioso, tudo depende de você.

— É isso aí! – concordaram os outros dois, quase em uníssono.

Mais uma vez, Sandora balançou a cabeça e respondeu, entre uma garfada e outra:

— Não sei se quero ser uma "pessoa grandiosa".

— E por que não? – perguntou o capitão.

— Basta olhar para a história do país. Quem foi a pessoa mais grandiosa? Brahan? Kirana? Moreath? Se você prestar atenção, perceberá que todos eles tinham sérios problemas emocionais ou mentais.

— Mas não precisa ser assim – comentou Laina. – Olha a forma como você curou meus ferimentos. Daria inveja até a Roseinar.

Sandora a encarou com expressão desgostosa.

— Roseinar era um jogador compulsivo que abusava de crianças.

A loira ficou vermelha enquanto os outros dois caíam na risada novamente.

— Você está brincando? Ela está brincando, não está?

— Não, o que ela falou é verdade – disse o capitão, ainda rindo.

— Ah, droga, que vergonha! – falou Laina, cobrindo a cabeça com as mãos.

— Capitão, – disse Sandora, mudando de assunto – as pessoas dizem que a bruxa Liseria foi condenada à morte na fogueira por mais de 60 crimes. Sabe algo sobre isso?

— Até onde eu sei, isso é um exagero. A guarda tem provas do envolvimento dela em diversas atividades ilegais e até mesmo em alguns assassinatos, sem contar o seu sequestro, há dezessete anos, mas não há evidências suficientes para pena capital, caso ela fosse julgada por um tribunal do Império. Creio que esses caçadores de bruxas aumentaram muito essa história.

Sandora assentiu, enquanto voltava a comer.

— Sandora, – disse o capitão, após algum tempo – quando sair daqui, o que pretende fazer?

— Preciso descobrir quem ou o que sou eu.

— Entendo. Nesse caso, lembra-se da primeira conversa que tivemos, quando eu disse que tinha algumas cidades para lhe sugerir?

Ela assentiu. Foi na noite em que ela ficara ouvindo a conversa de Joanson com a equipe ali naquela mesma taverna. Tudo aquilo parecia ter acontecido havia meses em vez de apenas algumas semanas.

— Bem, eu tenho uma coisa aqui para você.

Ele tirou uma pequena bolsa de couro de um dos bolsos do casaco e entregou para ela. Sandora afastou o prato, já vazio, e pegou o objeto, analisando-o cuidadosamente.

— Já ouviu falar de uma cidade chamada Aldera?

Ela apenas balançou a cabeça, negando.

— É um lugar bonito. Ótima comida, bons músicos. Lugar pacato, longe dos grandes centros urbanos.

Enquanto ele falava, Sandora abriu a pequena bolsa e inspecionou o conteúdo. A seguir pegou uma pequena folha enrolada e olhou para ele.

— Um pergaminho?

Ele deu de ombros.

— Imagino que, mesmo sendo capaz de ativar espontaneamente a ponte de vento, você não pode ir dessa forma para um lugar onde nunca esteve antes, não é?

Sandora assentiu.

— Então este pergaminho será sua passagem.

Pondo o pergaminho de lado, ela mexeu mais um pouco na bolsa e retirou um pequeno cartão vermelho com o brasão do Império em relevo.

— Apresento-lhe seu novo brinquedo favorito – comentou ele com um sorriso. – É um passe que transferi para você.

— Um passe? Para quê?

— Para permitir sua entrada em uma das maiores bibliotecas do reino. Devem ter tantos livros lá que até mesmo você não conseguiria ler todos em uma única vida. Aldera é uma espécie de cidade-universitária, cheia de estudiosos e pesquisadores.

Sandora ia dizer algo, mas mudou de ideia ao perceber um volume pesado no fundo da bolsa.

— O que é isso? Dinheiro?

Ele apenas assentiu.

— E por que está me dando tudo isso?

— Ei, Sandora, também não precisa bancar a ingrata – protestou Laina.

— Não, tudo bem – disse Joanson. – Ela está certa. Afinal, nós viemos até aqui com ordens para encontrá-la. E nunca lhe dissemos a razão, não é?

Sandora assentiu.

— Nós também nunca ficamos sabendo da razão – reclamou Iseo.

— O fato – começou Joanson – é que não tenho autorização para falar sobre esse assunto, e mesmo que eu tivesse, eu sei muito pouco. De qualquer forma, o que eu falar aqui precisa ficar aqui, tudo bem?

Sandora, Laina e Iseo assentiram.

— A Guarda Imperial estava presente no momento do seu nascimento, Sandora. E somos parcialmente responsáveis por Liseria tê-la sequestrado e a afastado de seus pais biológicos.

Sandora ficou encarando-o, boquiaberta.

— Não tenho como lhe dar muitos detalhes, porque eu não estava lá. Mas a tropa vem procurando por você desde então.

— Meus pais...?

Joanson balançou a cabeça, com pesar.

— Sua mãe faleceu durante o parto. Não sabemos quem era o seu pai, mas acreditamos que tenha perecido com os outros habitantes da antiga província de Atalia. Você conhece a história do massacre, não?

Sandora assentiu.

— O seu nascimento ocorreu numa situação um tanto conturbada. Mas acredito que isso seja melhor você descobrir por si mesma. – Ele apontou para o pequeno cartão passe vermelho, que ela ainda segurava. – A maior parte do que aconteceu deve estar bem documentada.

Sandora assentiu novamente, acariciando o pequeno cartão.

— Você já ouviu falar sobre uma antiga civilização chamada Damaria?

— Já li algo a respeito. Um povo antigo e de cultura bem avançada que desapareceu misteriosamente em certo ponto da história.

— Exato. Recomendo que você comece a sua pesquisa por eles. O resto virá naturalmente.

— Entendo – disse ela, desconfiada, perguntando-se qual poderia ser a ligação entre os dois assuntos. Talvez o melhor fosse descobrir por si mesma, como o capitão havia sugerido. – Nesse caso, creio que é aqui que nos despedimos.

— Se é isso que deseja, tudo bem. Eu gostaria de poder acompanhá-la, mas tenho outra missão me esperando. Eu só gostaria que você pensasse com cuidado em tudo o que eu lhe disse.

Ela assentiu, mais uma vez.

E aquela foi a última vez que ela viu o capitão Dario Joanson.

Capítulo 7:
Investigação

Aldera realmente era uma cidade interessante. Era composta, em sua maioria, por prédios antigos, grandes tanto no comprimento e largura quanto na altura. A maioria deles chegava a ter cinco pisos, e o fato de permanecerem em pé era realmente assombroso. Durante suas pesquisas, Sandora descobrira que aqueles eram os prédios mais altos de todo o país, nem mesmo Alvorada, a capital do Império, tinha construções tão majestosas.

Conhecer aquela cidade foi uma experiência agradável para Sandora. Ali havia uma grande universidade especializada no estudo e treinamento de habilidades místicas que reunia jovens promissores de todos os cantos do Império. A maior parte dos jovens que viviam ali eram mais ou menos como ela: tinham como meta principal o aprendizado e colocavam esse objetivo acima de outros interesses, como a socialização.

Não que as pessoas não fossem cordiais, muito pelo contrário, mas não se viam muitos bares, tavernas ou estabelecimentos do tipo. Se as pessoas queriam se divertir por ali, faziam isso de maneira discreta em vez de publicamente.

As pessoas costumavam organizar-se em grupos. Grupos de teologia, grupos de invocação, de herbalismo, de psicocinese, e diversos outros, além de grupos menos voltados ao misticismo, como os de leitura, os de dramatização e até mesmo um de escritores.

Basicamente os acadêmicos formavam-se em grupos segundo sua área de interesse e tendiam a permanecer no mesmo grupo durante todos os anos de vida escolar, que podia variar entre um ano e meio a dez anos ou mais. Na verdade, muitos estudantes simplesmente decidiam se mudar definitivamente para Aldera e ali permanecer o resto da vida, como professores ou monitores, mas, mesmo assim, continuavam envolvidos em atividades curriculares como pesquisas, trabalhos e avaliações periódicas. Ali, os professores não apenas monitoravam os grupos de estudo, como também eram membros efetivos.

Para Sandora, a princípio, aquele lhe parecera um lugar tranquilo e adequado para pesquisar sobre seu passado e aprender sobre si mesma. Mas alguns fatos sobre aquele local a incomodavam.

O primeiro fato irritante ocorreu logo no seu primeiro dia ali, quando tentara obter acesso à biblioteca.

A entrada principal dava para uma grande sala com filas de cadeiras nas quais algumas pessoas estavam sentadas, esperando por algo ou alguém e exibindo graus variáveis de impaciência. À frente existiam algumas escrivaninhas, atrás das quais ficavam os funcionários responsáveis por registrar as entradas e as saídas do local. Quatro soldados, entre eles uma mulher, envergavam o uniforme imperial, enquanto faziam a segurança do local.

Sandora dirigiu-se a um dos funcionários, um senhor na casa dos 40 anos de cabelos grisalhos, e apresentou o cartão vermelho que o capitão lhe dera. Após uma pequena análise do objeto, o homem sorriu para ela.

— Olá, senhorita Sandora. Vejo que foi recomendada pelo capitão Joanson, da Guarda Imperial.

— Isso mesmo. – Respondeu ela, séria.

— E como está nosso bom capitão?

— Muito bem, até onde pude constatar.

— Entendo. Bem, nós mantemos um registro de todas as pessoas que utilizam nossa biblioteca, por isso vou precisar lhe fazer algumas perguntas. Qual o seu nome?

— Sandora. Mas achei que já soubesse disso.

— Sim, mas é que no cartão só consta o seu primeiro nome.

— E este é o único nome que eu tenho.

Ele riu, achando que se tratava de alguma piada.

— Certo. Mas falando sério, preciso fazer um registro completo aqui. Qual é mesmo seu sobrenome?

— Eu estava falando sério. Não tenho sobrenome.

O sujeito encarou-a, perplexo.

— Como assim? E seus pais...?

— Nunca conheci meus pais.

— Oh, sinto muito. Mas de qualquer forma deve ter existido alguém que tomou conta de você.

— Sim, existiu.

— E essa pessoa não tinha sobrenome?

— Se tinha, nunca fiquei sabendo.

— Mas isso é bastante irregular...

Outro funcionário, um homem baixo usando óculos com voz anasalada, aproximou-se e examinou o cartão e depois olhou com atenção para o rosto de Sandora. A seguir voltou-se para o senhor grisalho.

— Qual é o problema, Cal? O cartão é dela mesmo, não há dúvida. Ela tem passe livre, e ainda por cima com autorização da Guarda Imperial.

— Mas ela está dizendo que não tem sobrenome. Como vou fazer o registro dela no livro?

O homem de óculos voltou a olhar para ela.

— Você não é nativa do Império? De onde você é?

Sandora suspirou, frustrada.

— Isso realmente faz diferença?

— Na verdade, não. Estamos apenas tentando entender o que está acontecendo, afinal, nunca vimos alguém sem sobrenome antes.

— Vivi numa região muito isolada e raramente víamos pessoas do Império. – Disse ela, procurando falar a verdade sem entrar em detalhes sobre o próprio passado.

— Entendo. Nesse caso, seja bem-vinda à biblioteca de Aldera, Sandora.

E assim ela conseguiu entrar no local pela primeira vez. Ela teria se esquecido do incidente, se não voltassem a lhe perguntar a mesma coisa no dia seguinte, e no outro, e cerca de três dias depois. Por alguma razão, existia uma alta rotatividade entre os funcionários e sempre que alguém via a ficha de Sandora, achava que esta estava incompleta e vinha lhe perguntar o sobrenome.

Independentemente do desconforto gerado pelos funcionários da entrada, aquele prédio era magnífico. Havia ali milhares de livros, sobre os mais variados assuntos e em vários idiomas. Sandora passou dois dias só andando de prateleira em prateleira, percorrendo todas as salas e corredores do lugar, enquanto se decidia por onde começaria sua pesquisa.

Sandora instalou-se numa pensão que ficava num grande prédio de três pisos, numa rua calma na periferia da cidade. Era um lugar frequentado por estudantes menos abastados ou que preferiam economizar seu dinheiro. De qualquer forma, a comida era razoável e a cama confortável o suficiente para que ela tivesse suas duas ou três horas revigorantes de sono diárias. Sandora não precisava de nada além disso e do fato da pensão ser barata a ponto de poder permanecer ali por mais de um mês antes que seu dinheiro acabasse.

O segundo fato irritante sobre a cidade era a curiosa sensação de estranheza e desconfiança que atingia Sandora quando observava ou conversava com determinadas pessoas. Mentalmente, ela classificava essas pessoas como *estranhos*. Logo na primeira semana, ela já havia se encontrado com, pelo menos, uma dúzia deles. Era curioso. Aquelas pessoas não tinham aparência nem comportamento diferente das demais, mas, mesmo assim, Sandora sentia que tinha algo errado. Era uma sensação estranha e que a deixava muito desconfortável. Havia *estranhos* por toda parte: na pensão, nas ruas e na biblioteca.

Pondo de lado suas desconfianças, Sandora focou-se em seu objetivo principal, tentando esquecer tudo o mais enquanto se concentrava exclusivamente na história da civilização damariana.

Alguns autores afirmavam que Damaria era um país que ficava em outro continente, além dos Oceanos Ocultos, um local tão perigoso e assustador que mesmo os navegadores mais experientes e destemidos nunca conseguiram atravessar.

A história dos damarianos e o contato que tiveram com os reinos que mais tarde dariam origem ao Império de Verídia era confusa. As poucas evidências concretas da existência daquela civilização eram antigas, de mais de mil anos atrás, muito antes da descoberta e popularização do uso de habilidades místicas pelo povo do Império. E, por consequência, muito antes da invenção dos métodos modernos de impressão. Hoje a maior parte dos acontecimentos era registrada em livros, em sua maioria impressos por meio do uso de energia mística e quase sem trabalho manual. Um milênio atrás, no entanto, todo documento escrito era produzido manualmente e por isso existiam poucos deles. Além disso, muito do material era questionável, sendo difícil distinguir entre o que era verdade e o que eram apenas lendas.

Era consenso entre os autores que os damarianos eram uma civilização muito avançada, ou, pelo menos, muito mais avançada do que o Império. Eles tinham um conhecimento profundo do universo. Eles conheciam a mecânica de funcionamento de coisas como tempestades, terremotos, estrelas cadentes e até mesmo o movimento dos astros pelo céu.

Existia, entre os estudiosos do Império, uma controversa ideia conhecida como Teoria da Terra Plana Circular, que era baseada em antigas escrituras damarianas. Segundo a teoria, o mundo era como uma folha de papel, totalmente plano, mas não era infinito. A parte controversa da teoria era que ela dizia que, se você andasse por tempo suficiente em linha reta, acabaria chegando ao mesmo local de onde partiu. O problema é que era impossível provar a teoria, tendo em vista que os oceanos ao redor do continente imperial eram considerados intransponíveis. Alguns professores sugeriram a hipótese de o mundo possuir formato esférico, o que daria suporte aos postulados damarianos, mas essa hipótese havia sido refutada por matemáticos que constataram não haver nenhuma indicação de curvatura na superfície do continente ou da parte navegável dos oceanos.

Sandora achava aquele assunto fascinante.

Os damarianos eram também capazes de manipular o campo místico e possuíam habilidades muito além do que qualquer pessoa comum da época atual poderia nem sequer imaginar. Eram capazes de voar e de cruzar os oceanos.

Alguns diziam que eram capazes até mesmo de viajar até as estrelas, e, dessa forma, explorar outros mundos que lá existiam.

No entanto, o mais interessante em relação ao povo de Damaria, para Sandora, era a estreita ligação que tinham com o campo natural de energia mística e a forma como eles se aproveitavam disso. Diferentemente dos habitantes do Império, eles possuíam uma aura de energia individual, invisível por meios naturais, e que eles podiam manipular essa aura livremente, criando formas e materializando objetos simples. Não era uma habilidade muito poderosa, mas eles a utilizavam de forma muito criativa, o que permitia a eles manobrarem complicados tipos de embarcação e utilizarem quase qualquer objeto como arma, apesar de serem um povo extremamente pacífico.

Era uma descrição precisa de alguns dos poderes que Sandora possuía. No entanto ela não conseguiu encontrar indicações de que damarianos tivessem habilidades ofensivas ou de cura.

Ou de invocarem mortos-vivos. Apesar de o capitão Joanson insistir que se tratava apenas de construtos, Sandora ainda se sentia intimidada com essa habilidade em particular.

Fechou o livro com força, massageando em seguida o ponto entre as sobrancelhas.

— Problemas, Sandora?

Levantando o olhar, Sandora deparou-se com Alane, uma universitária de cerca de 20 anos de idade que usava os longos cabelos loiros presos num rabo de cavalo, gostava de usar roupas curtas e provocantes e que morava na mesma pensão que ela. Tratava-se de uma garota simpática e prestativa, que adorava ajudar os outros, mas, infelizmente, era uma estranha.

Controlando o arrepio involuntário que sentia sempre que conversava com a moça, Sandora levantou a cabeça e os braços, alongando o corpo cansado após horas parada na mesma posição.

— Apenas cansaço, imagino – respondeu, finalmente. – Minha pesquisa não está se mostrando tão produtiva quanto eu gostaria.

— Oh, que pena. Escute, sei que você valoriza muito sua privacidade, mas posso me sentar aqui por alguns instantes?

Elas estavam num lugar conhecido como "a Varanda". Tratava-se de um enorme jardim contendo inúmeras mesas e bancos de pedra sob a sombra de frondosas árvores. A Varanda estendia-se por vários quilômetros em todas as direções e era mantida por diversos grupos de estudo ligados a herbalismo, agricultura e jardinagem. Era um excelente local para leitura, calmo e tranquilo, e tinha a vantagem de ser ao ar livre, o que permitia que as pessoas conversassem livremente sem incomodar quem estivesse na mesa vizinha. As mesas de pedra eram dispostas de forma aparentemente aleatória, não formando fileiras, mas eram sempre separadas umas das outras por uma distância entre sete e dez metros, intercaladas por árvores e canteiros de flores. Dizia-se que os jardineiros usavam alguma técnica especial para reduzir a população de insetos e pássaros no local.

Sandora deu um suspiro e começou a organizar os livros em uma pilha. Era desconfortável conversar com Alane, assim como ocorria com os demais *estranhos*, mas Sandora não tinha realmente nada contra o comportamento da moça, simplesmente não havia razão racional para não gostar dela.

— Tudo bem – respondeu, sem esconder o cansaço. – Acho que não vou progredir mais por hoje.

— O que está estudando? – perguntou Alane, interessada. – Posso? – A moça apontou para o livro que Sandora colocava no topo da pilha.

Sandora apenas assentiu.

— Damaria! – exclamou Alane, folheando o livro. – Nossa, eu amo as histórias sobre esse povo!

— Mesmo? – surpreendeu-se Sandora.

— Claro! Já imaginou ser capaz de navegar até as estrelas? Quantos outros mundos não existem lá fora para serem explorados?

Sandora olhou para a moça, atentamente, enquanto perguntava:

— Me pergunto que tipo de destino cruel se abateu sobre esse povo. Desapareceram sem deixar vestígios há mais de mil anos.

Alane fechou o livro, sorridente.

— Ah, mas eles não desapareceram. Eles simplesmente se mudaram para um outro mundo. Um lugar bem melhor que aqui.

— Não me lembro de ter lido nada a respeito disso.

Alane fez um beicinho.

— E provavelmente nunca vai ler. Mas eu gosto de acreditar nisso. É tão romântico!

— Entendo. Diga-me, o que você sabe a respeito das habilidades místicas deles?

Alane deu de ombros.

— O mesmo que todo mundo, eu acho. Eles eram muito inventivos. Não usavam a energia para voar e nem invocar relâmpagos ou bolas de fogo, como muitos de nós. Em vez disso, limitavam-se a criar ferramentas e usá-las para construir máquinas fantásticas. Dizem que eles usavam máquinas para tudo, até mesmo para produzir sua comida.

Sandora assentiu, pensativa. Era a mesma coisa que tinha lido em vários livros. Mas existia uma possibilidade, que ela vinha considerando nas últimas semanas, que talvez pudesse explicar a origem das próprias habilidades.

— E quanto a... relacionamentos românticos?

Alane olhou para ela, confusa.

— Como assim?

— Você sabe, entre damarianos e pessoas daqui.

— Ah, isso! – A moça sorriu. – Nunca ouvi nada sobre isso, mas seria bacana, não é? Já pensou? Alguns de nós podia ser descendente de damarianos!

Exato, pensou Sandora consigo mesma.

— Puxa, vida, que legal! – exclamou Alane, encarando Sandora com um enorme sorriso.

— O quê? – perguntou Sandora, confusa.

— Você! Tá sempre por aí tão séria e compenetrada, a gente achava que... ah, sei lá, que não pensava em coisas como romance. Mas agora estou vendo que no fundo você é uma pessoa muito legal!

Sandora manteve-se em silêncio, levemente constrangida.

— Você parece saber muito sobre Damaria.

— Pode apostar que sim! Esse foi o tema do meu TDV.

— Trabalho de Definição Vocacional, eu imagino? – perguntou Sandora, reconhecendo um dos termos bastante populares em Aldera.

— Isso! Levei um ano e meio escrevendo sobre Damaria. Posso lhe mostrar, se você quiser.

— Eu gostaria, isto é, se você não se importar.

— Claro que não! Eu adoraria! Que tal eu trazer os volumes aqui amanhã à tarde?

— Perfeito.

— Ótimo! – Alane se levantou. – Vejo você amanhã então! E não ouse não aparecer, viu?

— Estarei aqui.

Com uma despedida alegre, Alane se afastou, balançando o rabo de cavalo enquanto caminhava de modo displicente em direção ao prédio principal, cumprimentando jovialmente a todos que encontrava pelo caminho.

Sandora estreitou os olhos. Aquela sensação de "estranhice" era irritante. Não fazia ideia do que aquilo significava e nas últimas semanas já perdera muitas horas tentando encontrar uma razão para aquilo, sem sucesso. Ela imaginava que pessoas normais, quando tinham problemas que não conseguiam resolver sozinhas, deveriam pedir ajuda a outras pessoas. Mas em quem ela poderia confiar? Talvez o melhor a fazer fosse simplesmente tentar se aproximar um pouco de um dos *estranhos* e tentar obter mais pistas sobre o que exatamente significava aquela sensação. Era o mais lógico a fazer. Mas aquela ideia a deixava com a impressão de estar voluntariamente enfiando a mão num ninho de vespas.

◆ ◆ ◆

Alane e Sandora se encontraram na tarde seguinte, conforme o combinado. Alane levou uma caixa de madeira trabalhada da qual tirou cuidadosamente um grosso volume, com capa de couro, que tinha uma ilustração em relevo de um rosto feminino olhando para um céu estrelado. Seu famoso TDV.

Sandora não se surpreendeu. E tampouco se impressionou. A ilustração da capa era levemente torta e o acabamento do livro era ruim, com páginas maiores que outras. A forma como o texto fora redigido também parecia gritar que aquele objeto fora criado por um estudante em vez de um profissional.

Nas primeiras páginas havia comentários escritos à mão, aparentemente de um professor, avaliando o trabalho como um todo, elogiando diversos pontos fontes e salientando diversas coisas que poderiam ser melhoradas. A avaliação do trabalho tinha sido regular, recebendo nota 3 em 5. Em seguida, havia algumas páginas com nomes, cargos e assinaturas de diversas pessoas, junto com o carimbo da universidade, uma estrela de cinco pontas com ramos de oliveira à esquerda e à direita. Também aparecia a imagem do pássaro de fogo, símbolo do Império, próximo a alguns nomes.

Alane desculpou-se pelo trabalho que ela considerava "muito inferior a um livro de verdade" e fez o possível para atrair a atenção de Sandora para o conteúdo do trabalho, em vez de para o acabamento. A garota se mostrava muito orgulhosa de ter conseguido criar sozinha aquele volume, apesar de saber que era apenas uma obra amadora, com muitas falhas.

Infelizmente o conteúdo do trabalho não era muito mais impressionante do que o acabamento dele. *Essa garota levou mesmo um ano e meio para fazer isso?* A maioria das informações contidas ali Sandora tinha conseguido levantar em pouco mais de uma semana.

No entanto, no penúltimo capítulo do trabalho, Sandora deparou-se com algo novo.

— Donovan Veridis? — ela questionou Alane. — Esse é o mesmo Donovan que liderou uma revolta cerca de 20 anos atrás?

Os olhos de Alane pareceram dobrar de tamanho ao ouvir a pergunta.

— S-sim! Acho que é ele mesmo.

— Aqui diz que ele escreveu diversos livros sobre Damaria. Mas não me lembro de ter visto nenhum na biblioteca.

— Existem alguns nas seções mais antigas. Acho que muita coisa se perdeu em batalhas e incêndios que aconteceram durante aquela crise. Sobraram poucos volumes e vários estão incompletos.

— De qualquer forma, não sei o quanto os delírios de uma mente insana poderiam ser úteis. – Comentou Sandora, pensativa.

— Você parece saber bastante sobre Donovan.

— Donovan, Berige, Malti, Amanor... – disse Sandora, dando de ombros. – São todos personagens de uma época conturbada, que forçou o imperador a criar a Guarda Imperial.

— Uau! – surpreendeu-se Alane, com um sorriso hesitante. – Donovan é relativamente famoso, mas nunca ouvi esses outros nomes que você disse.

— São os principais inimigos da Guarda Imperial na época. Existem muitos livros sobre o assunto.

— Onde? Porque aqui em Aldera não existe nada. Quero dizer... minha própria pesquisa levou anos e nunca encontrei nada sobre Donovan e nem mesmo sobre a criação da tropa de elite do Império.

— Mesmo? – estranhou Sandora. – Havia vários volumes no castelo onde eu morava.

— Você morava em um castelo? Que legal! Onde fica ele?

Sandora fechou os olhos e sacudiu a cabeça.

— Foi saqueado e destruído algum tempo atrás. Não é uma lembrança agradável.

— Oh, me desculpe.

— Não se preocupe com isso. Mas eu gostaria de dar uma olhada nesses volumes sobre Donovan.

— Claro! Posso lhe mostrar assim que... – Alane interrompeu-se de repente, olhando por sobre o ombro de Sandora e sorrindo. – Olha! É o Mestre Gil!

Sandora virou-se e percebeu uma pequena comoção na entrada da Varanda, onde um grupo de jovens animados conversavam com um senhor idoso, aparentemente, mostrando-lhe o lugar. Era uma cena inocente, bonita, romântica até. Meia dúzia de rapazes e moças desdobravam-se em gentilezas para com o ancião, que lhes sorria e fazia comentários, aos quais todos prestavam atenção.

Só havia um problema com aquela cena: com exceção do senhor idoso, eram todos *estranhos*.

— Senhor simpático – comentou Sandora. – Quem é ele?

— Você não conhece o Mestre Gil? Nossa, tenho que lhe apresentar, você vai adorá-lo, garanto. Ele é a pessoa mais gentil e amável do mundo!

Sandora forçou-se a disfarçar um estremecimento involuntário. De repente, o nível de "estranhice" de Alane voltara a seu nível máximo novamente.

— Talvez quando ele não estiver tão ocupado – comentou Sandora observando o pequeno grupo que se afastava, contornando as árvores e jardins da Varanda.

— Ele deve estar ajudando os grupos de herbalismo hoje. É incrível! Ele deve ter quase 70 anos, mas tem muito mais energia que a maioria dos jovens por aqui. Vive ajudando todo mundo. Ninguém entende tanto de misticismo quanto ele. Aqui! – Alane abriu o livro do TDV em uma das primeiras páginas. – Essa é a assinatura dele! Ele foi meu monitor. Nem sei como eu teria conseguido terminar esse trabalho se não fosse por ele!

— Interessante – disse Sandora, pensativa.

◆ ◆ ◆

Nos dias seguintes, Sandora dedicou-se a pesquisar sobre Donovan Veridis. Os livros a que Alane se referira realmente existiam, escondidos entre volumes antigos e esquecidos. A maior parte do material naquelas prateleiras eram de autores de reputação duvidosa. Sandora folheou alguns volumes aleatoriamente e concluiu que a maioria, senão todos aqueles autores, possuía uma característica em comum com Donovan: a insanidade.

Donovan era um revolucionário cheio de ideias inovadoras, ou pelo menos ele parecia gostar de pensar em si mesmo dessa forma. Uma dessas "ideias inovadoras" era o fato de ele repudiar o uso de sobrenomes. Segundo ele, uma pessoa deveria se valer por si mesma e a família da qual ela provinha era irrelevante. Por isso, diferente da maioria das figuras históricas, ele era conhecido apenas pelo primeiro nome.

Sandora deu-se conta então de que essa parte do discurso de Donovan deveria ter influenciado Liseria. Devia ser por isso que a velha bruxa não lhe dera um sobrenome.

Donovan também tinha opiniões bastante radicais em relação ao uso de poder místico. Segundo ele, cada ser humano tinha a responsabilidade de se descobrir, aprimorar, crescer e superar seus ancestrais. Sem medo, sem hesitação e sem escrúpulos.

Diversos templos da Irmandade da Terra, habitados por monges pacíficos, haviam sido saqueados e destruídos por seguidores de Donovan, que considerava que o conhecimento místico não podia ser concentrado nas mãos de poucas pessoas.

A Irmandade da Terra era uma organização pacífica, criada centenas de anos atrás, que se dedicava a estudar e proteger a natureza. Mostraram uma força admirável em momentos difíceis, como nas épocas em que portais entre mundos se abriram e criaturas monstruosas invadiram o Império. Inclusive, a principal sacerdotisa da irmandade era hoje uma integrante permanente da Guarda Imperial, uma equipe pequena, mas letal, composta apenas pelos maiores e mais poderosos heróis do Império.

Tendo sido generosamente recompensado pelo imperador, Nostarius fora promovido a general e hoje liderava, junto a meia dúzia de outros generais, o poderoso Exército Imperial. E quando ocorria alguma crise grave o suficiente para o Exército não dar conta, o general juntava-se a seus antigos companheiros da Guarda Imperial para resolver o problema.

O capitão Dario Joanson também era membro dessa equipe. Ele não fazia parte da tropa original, entrou na guarda bem depois do fim da batalha contra Donovan, para substituir um dos membros, que pereceu em combate. Sandora leu bastante a respeito de Joanson. Ele era o membro mais jovem da guarda, tendo sido treinado pelo general Nostarius, e hoje era considerado seu braço direito.

Sandora não conseguiu nenhuma indicação de que fosse verdadeira a afirmação de Joanson, de que os fatos ocorridos durante o nascimento dela estavam bem documentados. Se essas informações existiam, pareciam não estar ali. Ela também não conseguiu encontrar maiores detalhes sobre o massacre da província de Atalia, que supostamente havia tirado a vida de seu pai. Tudo o que havia sobre Atalia eram informações que ela já conhecia, de que um rebelde terrorista havia liberado uma substância altamente venenosa, matando milhares de pessoas e transformando a província inteira em um deserto inabitável.

Alguns autores pareciam acreditar que Donovan era o responsável pelo massacre, mas não havia provas disso, então esse parecia ser um assunto bem controverso.

Será que Donovan tinha algo a ver com o nascimento de Sandora? Joanson afirmara que a Guarda Imperial estava presente em seu nascimento e que não conseguira evitar que ela fosse sequestrada por Liseria. Sandora havia nascido há pouco mais de 17 anos, – presumindo que Liseria não tenha mentido em relação à data de seu nascimento – data que coincidia com as últimas vezes em que Donovan fora visto. Uma das obras de Donovan tratava especificamente de um estudo sobre os poderes da antiga civilização damariana, sendo que as habilidades da própria Sandora eram bastante similares.

E havia outros fatos mais perturbadores, como o de Donovan ter feito experiências com crianças para dar-lhes poderes. Havia vários livros sobre o assunto no velho castelo de Liseria, mas não havia nada sobre isso ali em Aldera, naquela gigantesca biblioteca. O que isso poderia significar?

Aquela busca pelo próprio passado era ao mesmo tempo fascinante, frustrante e aterrorizante. Muitas das informações que tinha eram meras conjecturas e Sandora odiava aquilo. Precisava de respostas. Precisava encontrar a Guarda Imperial. Com certeza a pessoa mais indicada para responder as suas perguntas era o comandante da guarda, o general Nostarius. A grande questão era como conseguir chegar até ele.

— Parece preocupada, minha filha.

Acomodada em seu habitual banco de pedra na Varanda, Sandora levantou a cabeça, encontrando os olhos azuis do ancião conhecido como Mestre Gil.

Capítulo 8:

Treinamento

— Posso me sentar? – perguntou Mestre Gil, educadamente.

Sandora olhou para ele, curiosa.

— Estou surpresa em vê-lo andando sozinho, normalmente há sempre uma espécie de séquito ao seu redor.

O ancião sentou-se e fixou os pequenos, mas inteligentes olhos verdes nela.

— Eu a vi por aqui diversas vezes e notei que os jovens que cuidam de mim parecem causar algum tipo de desconforto em você.

Sandora definitivamente não esperava por isso. Mediu as palavras, cuidadosa.

— O senhor é bastante direto.

Ele riu.

— Quando tiver minha idade, filha, vai perceber que fazer rodeios é pura perda de tempo.

— Não tenho nada contra os seus... seguidores.

— Mas sente que tem algo errado com eles, não é?

— Bem...

— Há uma razão bastante simples para isso. Pouquíssimas pessoas, no entanto, conseguem perceber algo de errado, por isso eu decidi vir conversar com você sozinho.

— E qual seria essa razão "bastante simples"?

— Eles não são humanos.

O velho parecia gostar muito de chocar. As palavras que ele usava pareciam cuidadosamente planejadas para causar o maior impacto possível. E ele estava tendo bastante sucesso nisso.

— E como isso é possível? – perguntou ela, cuidadosa.

— Bom, na verdade, eles são humanos, mas não como eu e você. Ele vêm de outros mundos. – A voz do velho endureceu, parecendo lembrar-se de coisas bastante desagradáveis. – Sociedades terríveis, que escravizam e torturam pessoas por razões sem o menor sentido.

— Oh.

— Dediquei muitos anos da minha vida à tarefa de libertar pessoas da escravidão. Infelizmente não fui muito bem-sucedido nessa empreitada.

— Você tem um número considerável de... seguidores. Se você conseguiu libertar todos eles, me parece que foi razoavelmente bem-sucedido.

Mestre Gil recostou-se no banco e cruzou os braços.

— Na verdade eles não estão livres, ou, pelo menos, não tanto quanto eu gostaria.

— Entendo.

Ele sorriu.

— Não, não entende. Mas está se esforçando para não soar rude com um velho que não fez nada além de falar um monte de bobagens. E lhe agradeço por isso.

Sandora apenas o encarou, em silêncio. Depois de alguns instantes, ele riu novamente.

— Você é uma garota e tanto, filha, gostei de você. Parece que você tem diversas dúvidas, mas, ao mesmo tempo, tem uma saudável desconfiança em relação a estranhos.

— E o senhor parece ter uma curiosa fascinação por palavras dramáticas.

Ele olhou para ela, surpreso, depois deu de ombros.

— Hehe... Quem poderia culpar um velho como eu por gostar de um pouco de atenção? De qualquer forma, não é minha intenção incomodá-la, minha filha. Alane me falou um pouco sobre você e eu quis conhecê-la, isso é tudo.

— Ela falou?

— Ah, sim. Ela acredita que eu sou a pessoa mais confiável do mundo e que eu nunca seria capaz de trair algum segredo seu.

Sandora percebeu que aquelas palavras continham uma grande dose de amargura.

— E ela está certa?

Ele pareceu confuso.

— Como?

— Você seria capaz de trair a confiança dela?

— Ora, é claro que não! Ela é como uma filha para mim. Todos eles são.

— Bom – respondeu Sandora, recostando-se no banco e cruzando os braços. – E o que foi que ela disse que fez com que você quisesse vir me conhecer?

— Na verdade, eu andei xeretando um pouco por aí. Alguns dos porteiros da biblioteca são amigos meus, sabe? Eles me contaram que você apareceu de repente com uma autorização imperial para acesso irrestrito e isso parece ser algo muito raro de acontecer. Um deles, inclusive, chegou a contatar a universidade e descobriu que você não estava matriculada. Sabe como as pessoas podem ser curiosas. De qualquer forma, quando Alane começou a falar sobre você, o quanto você era inteligente e disciplinada, bom, eu também fiquei um tanto quanto curioso.

— E está preocupado que eu possa ser uma má influência para sua "filha"?

— Você não poderia me culpar por isso, poderia?

Com expressão impassível, Sandora prendeu uma mecha de cabelo atrás da orelha, enquanto respondia:

— É claro que não.

— Muito bem – disse ele, com um suspiro. – Eu não irei mais aborrecê-la, minha filha. Mas quero que saiba que eu gostei de você, assim como Alane. – Ele levantou-se devagar, mas sem nenhum esforço aparente. – Se eu puder fazer qualquer coisa por você, bem... Alane sempre sabe onde me encontrar. Tenha um bom dia.

Sandora apenas assentiu, observando-o ir embora, caminhando devagar e cumprimentando as pessoas com quem encontrava, sempre com aquele sorriso amável no rosto.

◆ ◆ ◆

— Conversei com seu Mestre Gil – começou Sandora, assim que encontrou Alane no refeitório da pensão naquela noite.

— Oh, é mesmo?

— Sim. – Sandora olhou ao redor e confirmou, satisfeita, que o lugar estava vazio. A maior parte das pessoas já tinha feito a última refeição do dia e a proprietária estava começando a limpar o lugar, esfregando o chão da parte mais afastada do grande salão. – Ele me disse que você não é humana.

Alane não pareceu nem um pouco surpresa ou incomodada pela revelação. Apenas deu de ombros.

— Sim, creio que você pode colocar dessa forma.

— Esse assunto lhe incomoda?

— Na verdade, não. O mestre sempre insiste para que guardemos segredo, ele diz que isso é essencial para que possamos nos adaptar à nossa nova vida neste mundo. Pelo menos até que ele consiga libertar o resto do nosso povo.

— Entendo – disse Sandora, estudando-a atentamente.

A sensação de estranheza continuava presente. Agora que sabia a causa, Sandora esperava que fosse se sentir um pouco mais confortável na presença de Alane, mas a sensação não havia se modificado em nada.

— Como conseguiu entrar para a universidade? – perguntou Sandora, intrigada. – Quase não consegui entrar nem mesmo na biblioteca devido ao fato de eu não ser daqui e não ter pai, mãe ou sobrenome.

Alane riu.

— Eu não sei dizer. Mestre Gil arranjou tudo para mim. Eu não fazia ideia de como as coisas funcionavam por aqui.

— Mas como é no seu mundo natal?

Um súbito calafrio fez com que Alane estremecesse da cabeça aos pés.

— Eu... – disse ela, debilmente. – Eu preferia não falar sobre isso, se você não se importar.

Vendo o quanto a garota se sentia desconfortável, Sandora tratou de se desculpar.

— Oh, claro, sem problemas. Sinto muito ter tocado nesse assunto. Desculpe-me.

— Tudo bem. – Alane cruzou os braços sobre os seios, obviamente muito incomodada pelas lembranças.

— Imagino que a vida de vocês mudou completamente quando Gil os trouxe para cá?

— Ah, sim, com certeza. – Alane voltou a sorrir. – Este mundo é maravilhoso! Pessoas simpáticas, muita comida, posso ficar sozinha sempre que quiser. E temos o Mestre Gil, que cuida de nós e nos protege.

— Eu fiquei curiosa em relação a como o Mestre Gil conseguiu entrar no mundo de vocês e libertá-los.

— *Nossos* mundos, na verdade. Eu e mais alguns como eu viemos de um mundo, os demais vieram de outro. Existem portais, sabe? O Mestre conseguiu prever quando o portal se abriria, então contratou um grupo de soldados e invadiu nosso mundo. A intenção dele era libertar todo o nosso povo, mas imagino que isso é uma tarefa grande demais para um pequeno grupo de guerreiros. Então ele resgatou tantos de nós quanto conseguiu e partiu, jurando que voltaria quando o portal se abrisse novamente. Algum tempo depois, o portal se abriu para o outro mundo e acho que aconteceu a mesma coisa. Eu queria participar desse ataque e lutar ao lado do Mestre, mas ele não permitiu. Disse que precisávamos nos recuperar e fortalecer, porque haveria muitas outras batalhas.

— Ele consegue prever quando os portais se abrem?

— Pois é, o Mestre é fantástico, não é? Ele sempre sabe quando algum portal vai abrir, então nos reunimos e atacamos. Na maioria das vezes, os portais se abrem para mundos cheios de monstros e criaturas malignas. Nesses casos, nós apenas precisamos encontrar o catalisador e destruí-lo.

— Catalisador?

— É assim que o chamamos. Normalmente é um objeto pequeno que emite bastante energia e pode ter formas variadas. Ao ser destruído, o portal entra em colapso depois de alguns minutos.

— E como vocês encontram esse objeto?

— É ele que fornece energia para o portal, então está sempre próximo à passagem, em um dos dois mundos que ela interliga.

Sandora ficou pensativa por um momento.

— Você disse que a equipe de ataque é sempre composta por Gil e vocês? E quanto às tropas do Império? Por que não pedem ajuda a eles?

Alane balançou a cabeça.

— Mestre Gil costuma dizer que há muita corrupção no governo e por isso não dá para confiar nas tropas imperiais. Achamos, inclusive, que muitos dos portais são abertos propositalmente pelo próprio Império.

Para Sandora, aquela parecia ser uma acusação bastante grave.

— E o que os faz pensar assim?

— Grande parte dos portais se abre espontaneamente, sem a ajuda de ninguém. Fenômenos como esse o Mestre Gil consegue prever. No entanto, já nos deparamos com portais que simplesmente não deveriam estar lá. Mestre Gil diz que a existência deles entra em contradição com a estrutura do campo de mana que envolve o mundo. Enquanto os portais espontâneos são de certa forma benéficos, pois ajudam a estabilizar as energias místicas, os artificiais afetam negativamente o delicado equilíbrio entre matéria e energia, e se não forem fechados rapidamente, podem causar grandes desastres.

Alane fez uma pequena pausa, olhando sem ver a caneca de cerveja à sua frente.

— Já encontramos agentes do Império próximo a portais artificiais várias vezes. Sempre são hostis para conosco e tentam nos impedir de fechar os portais, mesmo quando existem monstros saindo deles.

— Interessante. E há quanto tempo vocês vêm fazendo esse trabalho?

— Quase dez anos.

Sandora olhou para ela, espantada.

— Mas você não parece ter mais do que 20 anos de idade.

Alane olhou para Sandora por um momento, depois riu.

— Ah, sim, claro. É que esta não é minha verdadeira aparência. Imagino que você não vá gostar muito da minha forma real. Todas as pessoas que já chegaram a me ver sem este disfarce fugiram assustadas. – Ela deu uma pequena risada. – Incluindo alguns soldados do Império.

— Não me subestime. Eu até gosto de me sentir bonita, aparentemente tanto quanto você, mas sei muito bem que aparências enganam.

— Hehe. É verdade, eu adoro este corpo, mesmo sabendo que é falso. Sobre minha verdadeira idade, no entanto, eu não posso lhe dizer, pois eu mesma não sei. O tempo que passei no meu mundo original foi imenso, talvez umas dez ou cem vezes mais do que vivi aqui. Ou, pelo menos assim me pareceu.

Sandora se levantou, olhando ao redor.

— Bom, acho que devemos ir pra cama e deixar a proprietária fazer o trabalho dela. – Voltou a olhar para Alane. – No entanto, eu não me importaria de vê-la em sua forma original qualquer dia desses.

Para surpresa de Sandora, Alane levantou-se num salto, contornou a mesa e lançou-se sobre ela, abraçando-a com força. Sobressaltada, Sandora não teve escolha a não ser retribuir timidamente o abraço, com um sorriso hesitante.

Se simplesmente conversar com a garota já lhe causava calafrios, estar abraçada com ela era uma das piores experiências que já tinha vivido. Seu corpo inteiro parecia querer empurrar Alane para longe e se afastar o máximo possível dela. Apesar disso, Sandora forçou-se a ficar imóvel, trincando os dentes.

Alane afastou-se brevemente e a encarou.

— Sabe, eu gosto de você. Acho que você é a melhor pessoa do mundo! Depois do Mestre Gil, é claro!

◆ ◆ ◆

Depois daquilo, parece que todos os *estranhos* subitamente passaram a considerar Sandora como a melhor amiga deles. Alane tratou de apresentá-la a toda a sua família.

Mestre Gil parece ter avisado a Alane sobre o desconforto que eles causavam em Sandora, pois todos eles sempre a cumprimentavam a distância e quando precisavam se aproximar, pediam permissão. Aquilo era um tremendo alívio para Sandora, apesar de ela quase se odiar por se sentir daquela forma. Ela gostava da personalidade de Alane, sempre alegre, prestativa e impulsiva. O único problema que a garota parecia ter era que seu interesse em ter uma vida pessoal era nulo. Nada de relacionamento afetivo, nenhum sonho de ter ou ser alguma coisa no futuro ou de viajar pelo mundo ou qualquer coisa do gênero. Sandora imaginava se isso era uma característica comum entre as pessoas de outros mundos, pois todos os colegas dela pareciam ser assim também.

Sandora logo descobriu que era capaz de diferenciar os *estranhos* em dois grupos distintos, pois a sensação de "estranheza" era levemente diferente, apesar de sempre ser desagradável. De qualquer forma, era fácil para ela saber quais deles pertenciam ao mundo de Alane e quais pertenciam ao outro mundo. O interessante é que Sandora não conseguia encontrar nenhuma outra diferença entre os dois grupos, seja na aparência, seja na forma de se expressar, seja no comportamento. Todos eram muito gentis e prestativos. E previsíveis. Quando o Mestre Gil estava por perto, eles o seguiam como um bando de cachorrinhos abanando o rabinho. *Curioso*, pensava ela, *muito curioso*.

Alane tinha se tornado mais amigável do que nunca. Agora que tinha contado tudo a respeito de si mesma, começava a sentir-se no direito de saber tudo a respeito de Sandora também. Em uma certa tarde de sábado, decidiu deixar a diplomacia de lado e perguntar diretamente.

— Vai, me conta, Sandora! Estou curiosa!

— Tudo bem, tudo bem – disse ela, com suspiro. – O que quer saber?

— Como você veio parar aqui nesta cidade? Por que veio sozinha?

Sandora deu de ombros.

— O castelo onde eu morava com minha mãe foi pilhado e destruído. Não tinha mais onde morar. Aí encontrei com alguns soldados e por acaso um deles era membro da Guarda Imperial. Ele simpatizou comigo, me deu algum dinheiro e um pergaminho de vento, que me trouxe até aqui.

— E sua mãe?

Sandora apenas balançou a cabeça.

— Oh, sinto muito. E quanto aos bandidos que saquearam o castelo?

— Os soldados que encontrei estavam atrás deles. Quando saí de lá, estavam levando os bandidos para a prisão da capital, onde aguardariam julgamento.

— Então, pelo menos dessa vez, justiça foi feita. Fico feliz por você. Nem sempre dá para confiar nesses soldados do Império.

— Este soldado, em especial, me pareceu bem confiável – Sandora sentiu-se na obrigação de falar. – Me ajudou muito.

— Que bom. E por que ele resolveu lhe mandar justamente pra cá?

— Eu comentei com ele que eu gostava de ler, aí ele me mandou para a maior biblioteca que existe.

— Certo. E com todos esses livros para ler, por que você decidiu se concentrar na civilização damariana?

— Foi ele quem me sugeriu.

— E por que ele sugeriria uma coisa dessas?

Sandora pôs as mãos no quadril, fingindo exasperação.

— E por que toda essa curiosidade de repente?

Alane não sorriu, como Sandora imaginava que faria. Em vez disso, ficou séria, adotando uma expressão quase solene.

— Porque acho que isso é importante. Você ficou semanas estudando esses livros praticamente dia e noite. Está preocupada com alguma coisa. Sei que você não gosta que se metam na sua vida, mas estamos todos preocupados com você. Queremos ajudar.

— Tudo bem. Já que você quer saber, vamos lá. – Sandora recostou-se no banco de pedra e cruzou os braços. – Sabia que você me provoca calafrios?

Alane apenas olhou para ela, sem saber o que dizer. Sandora continuou:

— Sabia que aquele abraço que você me deu dias atrás foi uma das piores experiências que eu já tive?

Alane agora parecia revoltada.

— Ei! Eu não...

— É exatamente isso que estou tentando entender – Sandora a interrompeu. – Eu tenho essa sensação estranha em relação a vocês, também tenho habilidades de cura e de ataque, além de diversas outras. E não faço ideia de como isso é possível. A variedade de poderes é tão grande que parece exceder a capacidade de uma pessoa normal. Você me parece uma ótima pessoa e eu gosto de você, mas, ao mesmo tempo, tenho essa sensação estranha e desagradável sempre que você está por perto, e eu não faço ideia de por que isso acontece. Resumindo, eu não sei quem eu sou ou por que sou assim. E é isso o que eu vim fazer aqui: tentar descobrir.

— Puxa! Que barra! Desculpe, eu não tinha como saber. Quero dizer, o Mestre me contou que você se sentia desconfortável com a gente, mas isso é...

Sandora balançou a cabeça.

— Não importa.

— Claro que importa! Vamos conversar com o Mestre Gil. Ele com certeza sabe sobre alguma coisa que pode ajudá-la.

— Não sei...

— Vamos lá. Você não pode lutar uma batalha como essa sozinha. Todos precisamos de ajuda às vezes.

◆ ◆ ◆

O Mestre Gil não pareceu surpreso nem preocupado quando Sandora lhe contou sobre suas habilidades. Pareceu apenas levemente intrigado e pediu a ela para lhe mostrar aqueles estranhos poderes. Todos eles. E ele não demorou para lhe dar seu diagnóstico.

— O tal capitão estava certo em sugerir que lesse a respeito de Damaria. Seus poderes são fundamentalmente damarianos, sem sombra de dúvida. Mas não é só isso. Você apresenta também diversas características intrínsecas aos membros da Irmandade da Terra. É como se você fosse dois seres poderosos de origem completamente diferente mesclados em uma pessoa só. Em vez das energias incompatíveis se repelirem, como era de se esperar, algum agente catalisador permite que ambas trabalhem em harmonia. Você disse que não sabia quem ou o que você era, não é? Bem, essa é a sua resposta.

— Mas como isso é possível? Que elemento catalisador seria esse?

— Não tenho todas as respostas, minha filha. Posso tentar lhe indicar o caminho, mas é você quem deve percorrê-lo. Inicialmente, eu sugiro que você pare um pouco de estudar os livros e se dedique mais a estudar a si mesma. Conheça suas capacidades e seus limites. Isso poderá nos ajudar a chegar a algumas conclusões.

E então Sandora, pela segunda vez na vida, teve que encarar uma rotina de treinamento. Dessa vez, no entanto, não havia ninguém lhe obrigando a nada. Mestre Gil apenas sugeria as competências que ela poderia aprimorar e ela dedicava-se ao treinamento, sempre seguindo seus instintos, que já haviam lhe salvado a vida diversas vezes até então.

Em determinado momento, Sandora lhe contou sobre a estranha experiência naquela caverna, durante a noite de tempestade, tantos meses atrás.

— Interessante – comentou ele. – Da forma como você descreveu, parece-me que você conseguiu criar uma bolha de espaço alternativo.

— "Espaço alternativo"?

— Sim. Isso é uma habilidade bastante útil. Não é um poder incomum, na verdade existem inúmeras pessoas que conseguem dominar essa técnica por meio de muito estudo, disciplina e o nível certo de aptidão.

Mestre Gil a levou até o laboratório da universidade, onde ela seguiu as instruções dele para tentar reproduzir o encantamento. O resultado, depois de horas e horas de esforço e concentração, foi a criação de um objeto bastante curioso.

— Chama-se "bolsa do espaço infinito" – explicou o Mestre. – Este artefato que você conseguiu criar é um pequeno portal dimensional que torna possível armazenar uma grande quantidade de objetos em um espaço alternativo. É como se fosse um outro mundo, onde normalmente não deveria existir nada. Você pode guardar objetos lá e depois pegá-los de volta, desde que se lembre exatamente do tamanho e da forma do que guardou. Como o objeto não fica dentro da bolsa, mas, sim, num espaço alternativo, você pode usar o artefato para transportar objetos muito pesados com muito pouco esforço, afinal, você sente apenas o peso da bolsa em si e não do que está dentro dela.

— Espaço infinito?

Ele riu.

— Nome pomposo, não? No entanto é apenas uma expressão popular e que não poderia estar mais longe da realidade. O espaço disponível da bolsa é sempre limitado, mas costuma ser bem grande. Esta que você criou na primeira tentativa, pelo que pude avaliar, deve ter a capacidade de uns duzentos litros, o que não é muito, mas isso pode ser melhorado. Creio já ter ouvido falar em espaços alternativos entre 500 a 1000 vezes maiores que esse. Depende muito da habilidade e aptidão do conjurador. Sua aptidão é absurdamente alta, já que seu poder é inato e não adquirido. Quanto à habilidade, isso é só uma questão de treinamento e determinação.

— Mas isso quer dizer que eu sou capaz de abrir portais para outros mundos?

— Não necessariamente, minha filha. Acessar espaços alternativos é infinitamente mais simples do que abrir uma brecha nas poderosas barreiras que separam os mundos reais uns dos outros. Mas eu creio que algumas surpresas ainda nos aguardam se continuarmos trabalhando em suas habilidades.

— Mestre Gil, posso fazer uma pergunta?

— Claro, minha filha, terei prazer em responder, se eu souber a resposta.

— O senhor sabe alguma coisa sobre um homem conhecido como Donovan?

— O herói da guerra da unificação?

— Sim, e que depois se tornou um dos maiores adversários da Guarda Imperial.

— Sim, eu me lembro dele. Um homem notável. O que quer saber sobre ele?

— Alguns volumes citam algo a respeito de ele ter feito experiências com crianças.

Ele olhou para ela com expressão compreensiva.

— Isso diz respeito a você, não é? Acredita que você seja uma dessas crianças?

— Não sei. Mas tudo indica que eu nasci nessa época. E a pessoa que dizia ser minha mãe, bem, tenho quase certeza de que não era minha mãe de verdade.

Ele suspirou.

— Não posso dizer muita coisa, minha filha. Imagino que quem possa saber exatamente o que aconteceu na época sejam apenas os membros da Guarda Imperial, além do próprio Donovan, é claro. Pelo que eu saiba, os seus poderes se encaixam no que o vilão estava planejando criar. Eu não me surpreenderia se você fosse um dos bebês que a Guarda Imperial resgatou na época.

— *Bebês*? Havia mais do que um?

— Sim, eram dois, se minha memória não me falha. Um deles ficou sob a proteção da guarda, mas o outro foi raptado e desapareceu. Infelizmente isso é tudo o que eu sei. Já deu uma olhada nos livros? Deve ter a história completa por aí em algum lugar.

— Não, não consegui encontrar nada.

— Estranho – disse ele, pensativo. – Vou dar uma olhada depois, talvez pedir para alguém ajudar. Eu sei que esses livros estão por aí.

— Eu agradeço.

Capítulo 9:
Cataclismo

O capitão Dario Joanson mal podia esperar para tomar um bom banho e vestir roupas limpas, para, em seguida, dedicar-se a um farto jantar. Ou talvez fosse melhor chamar de *farto café da manhã*, considerando que o sol estava nascendo neste momento. Ele se sua equipe haviam passado a noite toda caçando monstros.

Era incrível a quantidade de criaturas que haviam infestado o Império ultimamente, mantendo a ele e sua equipe ocupados há vários meses. Sempre que um ninho era aniquilado, parecia aparecer um novo em algum lugar do outro lado do país. Eles estavam todos exaustos.

Ao entrar em seu quarto da pensão barata, o cristal especial de comunicação vibrou em seu bolso. Ele estacou por um momento, franzindo o cenho. Aquilo nunca era bom sinal. Com um suspiro cansado, ele ativou o cristal e colocou-o sobre a cama. Não demorou muito a aparecer o rosto sério e aparentemente muito preocupado do general Nostarius. E aquilo, definitivamente era um péssimo sinal.

— General! – disse Dario, com uma ligeira continência.

— Dario. Temos uma situação.

— Pois não, general, prossiga, por favor.

— Preciso que você volte a Talas imediatamente.

— Aconteceu alguma coisa?

— Localizamos Donovan.

Por aquela, Joanson não esperava. Desabou na cadeira mais próxima e olhou para o teto, desolado, todo o estresse dos últimos dias evidente em sua expressão.

— Eu esperava que ele estivesse morto – comentou, após alguns instantes.

— Eu também, capitão. Reunimos a Guarda Imperial e estamos de partida.

O capitão se empertigou.

— Naturalmente, pode contar comigo, general.

— Na verdade, Dario, eu preciso de você aqui.

Joanson inclinou-se para a frente, surpreso.

— Como assim? Eu devo ficar em Talas enquanto vocês...

— No momento, eu não tenho mais ninguém em quem confiar, Dario. Se algo acontecer comigo, preciso saber que uma pessoa de confiança estará aqui para liderar as tropas e impedir que o Conselho aproveite este momento de transição política para fazer alguma bobagem.

O imperador havia falecido no ano anterior. Sua sucessora já tinha sido indicada, no entanto ainda não tinha completado a idade mínima de dezessete anos para que pudesse assumir o trono. No momento o Império de Verídia era regido pelo Conselho, um grupo de pessoas cuja principal função deveria ser legislativa e não executiva.

— E o senhor acha que...

— Essa será a batalha final, Dario. Donovan é perigoso demais para continuar à solta e resolveremos este problema de uma vez por todas. Mas não a qualquer custo. Por isso, preciso de você aqui. Toniato e Lemara já indicaram pessoas confiáveis para assumir na ausência deles e eu preciso fazer o mesmo.

Joanson não gostou nada daquele plano, mas ele sabia que o general tinha razão em relação a uma coisa: o Conselho não era confiável.

— Entendo. Nesse caso fico honrado pela confiança, general. Mas bem que eu gostaria de ir com vocês para poder acertar alguns sopapos naquele maluco.

— Obrigado, capitão. Estamos partindo para Aldera imediatamente.

Joanson se levantou, sobressaltado.

— Aldera! Donovan está em Aldera?! Mas foi pra lá que nós mandamos Sandora! Ela está em perigo!

— Exato.

◆ ◆ ◆

O treinamento sugerido por Mestre Gil estava sendo muito produtivo. Após algumas poucas semanas, Sandora já estava conseguindo dominar muito melhor suas habilidades e suas reservas de energia agora estavam sendo mais bem utilizadas. Com isso, o efeito de exaustão que ela costumava sentir sempre após o uso de seus poderes diminuíra consideravelmente. Fazer mudanças em seus trajes, por exemplo, praticamente não consumia mais energia. Modificar pequenos detalhes de suas roupas no decorrer do dia tornou-se seu passatempo favorito.

Em certo momento, Sandora decidiu investigar a sensação de *estranheza* e percebeu que conseguia reunir em um ponto do espaço certa quantidade de energia que gerava nela uma sensação de desconforto bastante similar.

Mestre Gil ficou maravilhado.

— Um portal! Isso é o início do processo de catalisação de energia que permite abrir um portal! Isso é magnífico!

— Mas por que a sensação é tão ruim?

— Porque portais são muito perigosos. Seu subconsciente deve sentir o perigo e essa deve ser a forma que ele encontrou de avisá-la sobre isso para que você se mantenha longe. Pela Fênix! Passei mais da metade da minha vida procurando por um poder como este!

— Fico satisfeita em saber, Mestre. Mas não creio que eu vá conseguir dominar essa habilidade tão cedo.

— Não, claro que não, você está absolutamente certa. Você precisa ter muita paciência e treinar diligentemente, seu domínio sobre a aura de energia precisa ser lapidado e sua autoconfiança tem que ser inabalável. Só assim essa sensação de perigo irá abandoná-la. E quando isso acontecer, você saberá instintivamente o que fazer. Mas esteja avisada, minha filha: isso pode levar décadas.

Sandora estudou o ancião atentamente.

— Diga-me, mestre, eu tenho a impressão de que você possui certa obsessão em libertar o restante do povo de Alane. Um poder como este seria a chave para realizar o seu sonho, não?

— Claro que sim, minha filha. Não passo um dia sequer sem sonhar com isso. O dia em que conseguirei libertar meus queridos filhos definitivamente de seu cativeiro eterno com certeza será o melhor dia da minha vida e fará com que minha existência tenha significado. Mesmo que eu não consiga libertar todos os prisioneiros daqueles mundos, se eu conseguir remover os grilhões de Alane e de seus companheiros, já me sentirei realizado.

— Como assim, Mestre? Você já libertou Alane e os outros anos atrás, não?

— Você acha? Preste atenção neles. Estão condenados a usar um disfarce para ocultar sua real aparência. Não envelhecem, não namoram, não se casam, não têm filhos. Estão congelados no tempo, incapazes de prosseguir com uma vida normal. – Ele fez uma pausa, respirando algumas vezes. – Não, filha, eu não libertei nenhum deles. A única coisa que eu consegui fazer foi transferir os grilhões. Em vez de estarem acorrentados aos tiranos de seus mundos natais, agora eles estão presos a mim.

Sandora ouvia tudo em silêncio, muito espantada com aquele desabafo.

— Você é inteligente, filha. Já deve ter percebido que eles têm uma obsessão anormal por mim. O objetivo de vida deles parece ser tornar minha vida mais confortável. A única satisfação que eles possuem é em proporcionar satisfação a mim. Eles não têm noção de certo e errado ou de autopreservação, suas ações são todas guiadas unicamente pelo desejo de me agradar. Eu poderia pedir qualquer coisa a qualquer um deles, qualquer coisa mesmo, e eles fariam sem hesitar por um único instante, mesmo que isso pudesse lhes provocar sofrimento. Eles não se importam consigo mesmos.

— Mas você se importa com eles, não? Não creio que você possa ser capaz de fazer algo como o que acaba de sugerir.

— É claro que não! Mas olhe pra mim, filha. Estou prestes a completar 73 anos de idade. Já vivi quase o dobro do tempo que a maioria das pessoas desse mundo vive. Quanto tempo mais eu posso ousar ter esperanças de permanecer por aqui? E o pior: o que vai acontecer a eles quando eu me for?

— Tudo isso, pra mim, significa apenas uma coisa: preciso aprender a abrir este portal o quanto antes.

Ele balançou a cabeça.

— Isso está fora de cogitação, minha filha.

— Mas eu...

— Você tem um longo caminho a percorrer. Precisa de autoconfiança e paz de espírito. E isso você só vai conseguir quando finalmente descobrir suas origens e aceitá-las.

— Mas deve haver algum meio...

— Sim, é claro que há. Vários deles, inclusive. Mas que sentido há em condenar uma pessoa para salvar outra? Não vou sugerir nada que possa levá-la à sua própria destruição, esse não é o caminho natural das coisas. Não importa o quão desesperado eu esteja para cumprir meus próprios objetivos, nunca irei colocar essa responsabilidade sobre os seus ombros.

◆ ◆ ◆

Sandora decidiu fazer um passeio pelos corredores da biblioteca enquanto meditava sobre as palavras do Mestre Gil. Tudo o que ele dissera fazia sentido, mas ela não conseguia decidir o que pensar em relação ao assunto. Desconfiada por natureza, ela sempre tinha a tendência de analisar os motivos que levavam as pessoas a dizer ou fazer coisas, e isso a levou a perceber que tinha algo a mais motivando o velho ancião. Algo que ele não estava disposto a contar.

Ela nunca havia visto o Mestre naquele estado, deprimido, sentindo-se impotente. Ele era sempre muito equilibrado e sereno, vendo sempre o lado bom das coisas.

E ela, o que faria?

◆ ◆ ◆

— Meus filhos – começou Mestre Gil, assim que conseguiu reunir Alane e todos os companheiros dela na praça principal de Aldera –, temos um trabalho muito importante a fazer. Sandora descobriu uma nova habilidade e precisamos ajudar a desenvolvê-la.

— Pode sempre contar conosco, mestre – disse Alane, sendo apoiada imediatamente por todos os outros.

— Sei disso, meus filhos, e agradeço. Vocês! – O mestre escolheu quatro dos jovens. – Sandora está na biblioteca agora. Conto com vocês para pôr em prática os planos de treinamento que combinamos.

— Sim, senhor – responderam os quatro, em uníssono, antes de partirem.

— O resto de vocês, fiquem comigo. Estamos aguardando um velho amigo.

Mestre Gil e seus seguidores não precisaram aguardar muito. Logo perceberam a pequena luminosidade esverdeada vindo da plataforma de vento no centro da praça, indicando que alguém estava chegando.

E então surgiu uma pequeno grupo de soldados. Quatro homens e duas mulheres, todos de idade avançada, na faixa dos 40 ou 50 anos, aparentando excelente forma física, fortemente armados e vestindo trajes com as cores e o brasão do Império.

Mestre Gil adiantou-se para saudá-los.

O mais imponente dos soldados se adiantou dois passos e olhou para o ancião sem esconder a fúria, enquanto desembainhava a espada.

— Donovan!

— Prazer em revê-lo, general Nostarius!

◆ ◆ ◆

Sandora gostava muito de andar pelo salão inferior da biblioteca. Era uma grande área circular, com mesas de estudo no centro e com todas as paredes recobertas de livros. O teto do salão ficava a mais de 10 metros de altura e dele pendia uma sequência de lustres de cristal brilhante, que mantinha todo o salão permanentemente iluminado. Um eficiente sistema de andaimes ligados por lances de escada permitia acesso às prateleiras mais elevadas, como se fosse um prédio com vários andares. Sandora imaginava que existia algum eficiente de ventilação invisível por ali, pois, exceto pelo fato de não haver janelas, nada mais indicava que pudesse estar no subterrâneo. Uma perpétua brisa de ar puro e fresco podia ser sentida em quase todo o salão.

Dois estudantes de expressão entediada se encontravam sentados em uma das mesas, ao lado de uma pilha de livros e faziam anotações. Duas garotas encontravam-se no andaime mais alto, rindo baixinho e conversando por meio de sussurros. Um funcionário da biblioteca se encontrava perto da grande porta de acesso, limpando o chão com um esfregão com cabo longo de madeira, o qual ocasionalmente ele mergulhava em um velho balde.

Sandora se encontrava diante da prateleira mais próxima da entrada, olhando distraída para os livros antigos quando o barulho começou. Primeiro foi o som de madeira se partindo, seguido por um estrondo como se centenas de pedras grandes e pesadas estivessem se chocando umas com as outras repetidamente. As paredes de pedra vibravam conforme o barulho aumentava.

Sem pensar duas vezes, ela lançou seu chicote e envolveu o faxineiro pela cintura, puxando-o para longe da porta bem no momento em que uma avalanche de pedras irrompeu pela escadaria e invadiu o recinto, levantando uma enorme nuvem de poeira.

— Estamos presos! – gritou uma dos estudantes, que olhavam incrédulos para a saída bloqueada.

— Vocês, desçam daí! – disse Sandora para as duas garotas que permaneciam no último andaime, abraçadas uma à outra. – Agora!

As garotas trataram de sair correndo, descendo as escadas o mais rápido que podiam. Antes que conseguissem chegar ao piso inferior, no entanto, outro estrondo ocorreu, vindo do teto.

— Se encostem nas paredes! – gritou Sandora para os estudantes e para o faxineiro. – Saiam do meio do salão!

Segundos depois o enorme lustre desprendeu-se do teto e espatifou-se sobre as mesas e cadeiras, mandando pedaços de cristal e lascas de madeira para todos os lados.

Tendo sua estrutura seriamente avariada, o enorme lustre parou de brilhar, deixando o ambiente em completa escuridão.

— Por favor, moça! – Sandora ouviu o faxineiro dizer ao seu lado. – Me diga que você conhece algum encantamento para nos tirar daqui!

E um novo estrondo se ouviu, enquanto o salão inteiro tremia, como num terremoto. Dessa vez o barulho vinha de uma das paredes. Livros e pedaços de madeira começaram a cair sobre eles. Com sua visão noturna, Sandora pôde ver claramente quando uma enorme rachadura apareceu na parte da parede que ficou visível após a queda de uma prateleira.

Sandora não conseguia imaginar o que estava acontecendo, mas era óbvio que não tinha muito mais tempo. Seus instintos nunca tinham falhado. Aquele era o momento de confiar neles mais uma vez.

◆ ◆ ◆

As pessoas fugiam assustadas da praça central de Aldera. O lugar tinha virado uma zona de guerra, enquanto os soldados da Guarda Imperial combatiam Donovan e a tropa de demônios e de seres alados que ele comandava.

Bolas de fogo, terremotos e descargas elétricas causaram sérios danos à praça e a todos os edifícios ao redor.

Sendo uma equipe forjada em inúmeras batalhas no decorrer dos últimos 30 anos, a Guarda Imperial de Verídia era uma força considerada imbatível. Os generais Nostarius, Toniato e Lemara formavam uma poderosa força de vanguarda, assistidos pelo arqueiro Nevana e pelos poderes místicos de Romera e Istani.

Luma Toniato era uma mulher magra e alta, com os cabelos negros sempre envolvidos em um turbante que apresentava uma ametista em formato de losango na parte frontal. Era a mais jovem da equipe, com 45 anos de idade e sua especialidade era a alquimia: a habilidade de transmutar materiais e energias. Era a general da segunda divisão do Exército Imperial.

Galvam Lemara, um especialista em combate corpo a corpo, era um gigante, com mais de dois metros de altura e pesando cento e vinte quilos. General da terceira divisão, estava com 49 anos e era incrivelmente forte e ágil, apesar da idade e do peso. Usava uma pesada cota de malha sob o uniforme imperial, um elmo aberto que escondia os cabelos castanhos e um grande escudo com o brasão do Império estampado. Derrubava seus oponentes com poderosos golpes de sua pesada espada longa.

A sacerdotisa da terra Gaia Istani era a mais baixa do grupo, com menos de 1,60m de altura. Com seus 52 anos, tinha conseguido alcançar o cargo máximo de "Sacerdotisa-Mestra" da seita religiosa conhecida como Irmandade da Terra. Tinha uma aparência delicada, com seus cabelos em um curioso tom negro-azulado e carregava o que parecia um cajado de madeira simples. Seus encantamentos de proteção e bênçãos de batalha, no entanto, eram uma força decisiva em qualquer conflito.

O professor Lutamar Romera era conhecido por muitos como "O Sábio Imperial". Tinha sido consultor do imperador por muitos anos e era considerado uma das maiores autoridades em misticismo no Império. Próximo de completar seus 54 anos, mantinha os cabelos negros rebeldes curtos e seus expressivos olhos verdes pareciam brilhar quando conjurava certos encantamentos.

O capitão Erineu Nevana era o mais velho da equipe, próximo de completar 60 anos. Era alto e atlético, com os cabelos loiros e olhos azuis quase sempre cobertos por um capuz. Os arqueiros do Exército o consideravam uma lenda. Lutava com um grande e imponente arco composto que ele manobrava com incrível facilidade.

Principal estrategista e líder da Guarda Imperial, Leonel Nostarius era o general da primeira divisão do Exército. Com 55 anos, possuía cabelos e olhos negros e quase sempre apresentava uma expressão séria no rosto angular que tinha várias cicatrizes. Não usava elmo, escudo ou armadura, apenas um traje militar levemente reforçado, criado especialmente para ele e que possuía diversos encantamentos de proteção. Lutava com uma única espada longa, fazendo uso de uma agilidade quase sobre-humana.

Não demorou muito para a Guarda Imperial mostrar a sua superioridade em combate, derrubando a maior parte dos adversários.

Nostarius avançou sobre Donovan, que foi salvo no último minuto, quando um dos demônios jogou-se na frente e recebeu o golpe mortal por ele. O demônio possuía feições femininas, apesar dos enormes chifres, presas, garras e da cauda, que terminava em uma ponta muito afiada.

O general puxou a espada e a criatura caiu no chão, mortalmente ferida. Logo as feições dela começaram a ficar indefinidas quando seu corpo enrijeceu e começou a se desintegrar, como o general sabia que aconteceria. Ela estava voltando para o lugar de onde nunca deveria ter saído.

— Alane! – exclamou Donovan. – Eu juro, Nostarius, essa é a última coisa que você vai tirar de mim!

— Renda-se, Donovan! – respondeu o general. – Seus bichinhos não são páreo para nós. E ao contrário do que aconteceu anos atrás, dessa vez eu não vim para negociar.

— Cuidado, Leonel! – gritou Lutamar Romera, invocando um escudo de força bem a tempo de proteger o general de uma saraivada de bolas de fogo vindas do outro lado, lançadas por um dos seres alados, que foi imediatamente abatido por uma das flechas mortais do capitão Lemara.

Quando a fumaça se dissipou, os membros da guarda olharam, consternados, enquanto Donovan se escondia atrás de quatro de seus homens alados, cada um deles segurando um refém.

— Qual o problema, Donovan? – esbravejou Leonel Nostarius. – Está sem cartas na manga desta vez?

De repente um poderoso terremoto se abateu sobre a cidade, desequilibrando a todos, inclusive os servos de Donovan, que acabaram soltando os reféns. Diversos prédios começaram a rachar e desabaram.

— Adeus, Nostarius – gritou Donovan por sobre o barulho, com um sorriso enquanto apoiava-se sobre as mãos e os joelhos. – Você foi um adversário formidável.

◆ ◆ ◆

Sandora não esperava por aquilo. Ignorara a sensação incômoda e tentara invocar o portal, acreditando que poderia instintivamente encontrar uma forma de controlar aquele poder, mas descobriu que não havia o que controlar. Era como se tivesse rompido um dique de uma represa, por onde a água passava com violência e sem a menor possibilidade de parar.

O fluxo de energia enchia o ambiente. Sandora sentia-se como se não tivesse mais um corpo. Estava ciente de tudo o que ocorria ao seu redor, mas não sentia mais nada, era como as imagens de um sonho, onde não existia cheiro nem dor, nem frio, nem calor e nem luz.

Sentiu a energia formar um redemoinho, no centro do qual surgiu um pequeno ponto negro. E então tudo virou caos.

As paredes desabavam sobre e ao redor dela, mas aquilo não importava, pois o pequeno ponto negro era como uma besta faminta, sugando e devorando tudo a seu redor. Sandora percebeu quando as pessoas que estavam com ela eram sugadas, esmagadas e mortas pela inimaginável força do buraco negro. Logo, o próprio chão começou a ser engolido. O restante do prédio veio abaixo e também foi sugado, junto com dezenas de pessoas que se encontravam dentro dele.

E a sede de destruição do buraco negro apenas aumentava a cada segundo que se passava.

◆ ◆ ◆

— Pela misericórdia! – exclamou o general Nostarius, ao ver prédios desabando e sendo sugados para o lugar onde antes ficava a grande biblioteca. – Romera! Tire essa gente toda daqui!

— Aquela coisa desestabilizou completamente o campo natural de energia da região, general – respondeu o professor. – Não dá pra saber o que um encanto de transporte em massa faria numa situação dessas!

Donovan e seus demônios já tinham desaparecido, provavelmente utilizando um encantamento como aquele.

— Se tem uma pequena chance de salvar vidas, cale a sua boca e tente! Agora!

◆ ◆ ◆

Sandora sabia que se encontrava em estado de choque. Continuava sendo bombardeada pelas sensações de morte e destruição que sabia que ela mesma estava causando, mas aquilo foi passando a ficar difuso e embaçado, como se estivesse se afastando cada vez mais de tudo aquilo. Seus instintos lhe diziam que aquilo não duraria muito mais. Estava quase acabando. O buraco negro estava enorme agora, mas sua estrutura energética começava a mostrar sinais de ruptura. Logo aquilo acabaria e ela sabia, com uma surpreendente certeza de que ela própria seria a última coisa a entrar por aquele buraco. Ela seria o último tijolo do novo dique que se formaria para fechar aquela represa. E passaria a fazer parte daquela parede para sempre. Aquele, ela sentia naquele momento, era o seu devido lugar.

Subitamente, no entanto, uma onda de energia diferente a envolveu, acariciando-a, agarrando-a, puxando-a. Ela tentou se debater, mas seu corpo estava imaterial, etéreo. Assim, sem ter outra alternativa, ela deixou-se levar, em um absurdo estado de apatia, para longe, muito longe dali. Afastando-a cada vez mais da coisa que ela mais desejava naquele momento, o merecido repouso eterno.

◆ ◆ ◆

Joanson estava saindo de mais uma frustrante reunião burocrática. A sucessora do imperador tinha desaparecido e o conselho imperial parecia mais interessado em condená-la por traição do que em descobrir que raios tinha acontecido com a pobre garota. Seu respeito pelo general Nostarius aumentou consideravelmente quando considerou que o homem precisava lidar com essa gente todo santo dia.

— Capitão!

Joanson virou-se na direção da voz cansada e deparou-se com um soldado jovem e coberto de poeira prestando continência. O rapaz respirava com tanta dificuldade que parecia ter corrido vários quilômetros.

— À vontade, soldado. O que houve com você?

— Desculpe, senhor. Trago uma mensagem urgente do Major Iguiam.

O soldado abriu uma bolsa que carregava no ombro e pegou um envelope com selo imperial. Joanson pegou a carta, mas preferiu ignorá-la e se concentrar primeiro no homem suado, sujo e exausto à sua frente.

— Imagino que seja *muito* urgente mesmo. Você parece ter vindo correndo de lá até aqui.

— O portal de vento de Aldera não está disponível, capitão. Passei um dia e uma noite viajando a cavalo para poder usar o portal da cidade mais próxima e poder chegar a Talas. Então corri para cá.

Joanson arregalou os olhos.

— E o que houve com a Guarda Imperial? Por que eles ainda não me contataram?

— Não sabemos, senhor. Nossa unidade estava fora de Aldera, vasculhando os arredores, conforme ordens do general. Então ouvimos um barulho muito estranho vindo da cidade. Fomos lá ver e... bem...

— E...? – Perguntou Joanson, impaciente.

— A cidade não estava mais lá.

Capítulo 10:
Masmorra

Estava tudo silencioso. E escuro, graças aos céus. A escuridão total era como um manto confortável e acolhedor, que fazia com que ela se sentisse em seu elemento. Era uma sensação confortadora. Ou, pelo menos era agora, quando finalmente tinha conseguido se acalmar um pouco.

Sandora sentou-se no chão frio, sentindo-se horrível. Os olhos ardiam, o estômago dava voltas e o corpo todo estava esfolado e dolorido. Sua cabeça doía terrivelmente e sua garganta também. Cuspiu várias vezes, tentando tirar o gosto de pedra e poeira da boca, mas sem muito sucesso.

Não se lembrava de muita coisa, exceto da sensação brutal de pânico, remorso e desespero que a fizera rolar no chão e quase arrancar os cabelos enquanto gritava de desespero durante o que lhe pareceram horas. Uma sensação que naquele momento tentava desesperadamente superar, esquecer, trancar a sete chaves dentro do próprio peito.

Aparentemente ela perdera os sentidos depois de debater-se até não aguentar mais. Não tinha como saber quanto tempo havia se passado.

Sua excepcional visão noturna lhe permitiu olhar para seu próprio corpo pela primeira vez desde que chegara àquele lugar, onde quer que aquilo fosse. Estava nua. Em seu desespero ela devia ter instintivamente desmaterializado as roupas, provavelmente tentando se livrar daqueles poderes amaldiçoados que a colocaram naquela situação. Estava imunda. Havia muita poeira no chão e, ao rolar sobre ele, ficara coberta de sujeira. Sua pele estava cheia de cortes, arranhões e hematomas. Alguns pareciam feios, e as manchas pelo chão de pedra confirmavam que ela tinha sangrado bastante. Aparentemente ela dormira por tempo suficiente para que todos os sangramentos se estancassem, mas não para que parassem de doer. Quase que por instinto, levou a mão ao peito, invocando a aura negra, que a envolveu suavemente, curando-lhe os ferimentos completamente.

Que ótimo, pensou ela, contrariada. *A maldição continua aqui.* Cerrando os punhos, esforçou-se para se concentrar e tratou de materializar novamente suas roupas. Vestida com seus trajes negros favoritos, ela olhou para si mesma por um instante e chegou à conclusão de que tinha se tornado muito dependente daqueles poderes. Usá-los tinha se tornado tão natural e instintivo para ela quanto respirar. Provavelmente teria problemas para se readaptar à vida comum quando se livrasse deles.

E, no que dependesse dela, aquilo aconteceria o mais brevemente possível. No momento ela se sentia como se o seu lado "bruxa" fosse uma segunda pessoa habitando o mesmo corpo que ela. Uma pessoa intrusa e indesejada. E que iria sair.

Com os ferimentos de seu corpo todo curados, seu couro cabeludo tinha parado de doer, o que tinha diminuído consideravelmente sua dor de cabeça. Surpreendeu-se, no entanto, quando seu corpo se recusou a se levantar, apesar de seus esforços. Percebeu, então, que não deveria ter usado os poderes, pois eles acabaram drenando as últimas reservas de energia que ela ainda tinha.

Olhou ao redor e notou que estava em uma câmara pequena com paredes de pedra que pareciam muito velhas. Um dos lados da câmara tinha uma espécie de altar, com uma imagem esculpida na pedra retratando uma criatura estranha, que parecia ter cabeça e asas de águia e o tronco e as patas de um urso.

Notou um pequeno embrulho de tecido negro num canto. Sua bolsa de espaço infinito. Era a única coisa que carregava consigo na biblioteca antes de... *daquilo.*

Forçou-se a rastejar alguns passos e pegou a bolsa. Felizmente, ela tinha guardado um bom estoque de comida ali como prevenção em caso de alguma emergência. Tirou um cantil da bolsa e tratou de lavar o interior da boca para diminuir um pouco daquele horrível gosto de poeira, antes de tomar um gole de água. A seguir pegou um pequeno pacote com pão e queijo e recostou-se na parede. Não tinha fome no momento e nem sabia se seu estômago aceitaria alguma comida, mas precisava recuperar as forças, então forçou-se a comer, devagar.

Foi difícil empurrar a comida garganta abaixo a princípio, mas ela continuou mastigando e engolindo aos poucos, intercalando com pequenos goles de água e eventualmente seu estômago pareceu se acalmar e a sensação de mal-estar começou a desvanecer. Ela continuou comendo até julgar que já tinha ingerido comida suficiente para considerar aquilo uma refeição decente.

Notou, satisfeita, que sua cabeça parecia bem mais leve e a sensação desagradável de letargia se desvanecia gradualmente. Dessa vez, conseguiu levantar-se com relativa facilidade. Tratou de alongar os músculos e criar um compartimento especial em seu novo traje, onde guardou a bolsa.

Não podia ficar parada, ou corria o risco de voltar a sucumbir à depressão novamente. *Hora de descobrir onde estou. E também como sair daqui.*

Para sua surpresa, percebeu que havia alguém bloqueando a saída da câmara. Estivera ocupada demais cuidando de seu mal-estar e não havia prestado muita atenção na estreita abertura que se abria para um corredor sinuoso, com paredes de pedra que exibiam ocasionalmente imagens de criaturas estranhas.

Bem no meio do corredor, a poucos metros de distância e de costas para ela, havia uma figura imóvel, vestindo uma velha armadura de batalha vermelha em péssimo estado de conservação e um elmo antigo, ornado com um par de chifres quebrados. Baixando o olhar, Sandora arregalou os olhos ao ter um vislumbre das pernas, ou pelo menos do que era visível, uma vez que a armadura surrada terminava pouco acima dos joelhos e a pessoa usava botas de couro de cano alto também muito surradas. Aquelas pernas eram finas demais para um ser humano. Na verdade pareciam não ter... Não, elas realmente *não tinham* carne alguma sobre os ossos.

Causando-lhe um sobressalto, a criatura se moveu, voltando-se para ela, de braços cruzados. Sob o velho elmo, havia um crânio humano bem velho com diversas rachaduras e que parecia encarar Sandora com os buracos dos olhos escuros e vazios. As mãos estavam envolvidas com luvas de couro rasgadas, deixando entrever diversos detalhes dos ossos das mãos e dos pulsos.

De repente, Sandora sentiu-se desapontada consigo mesma por um dia ter se considerado capaz de criar mortos-vivos de verdade. As figuras que ela conseguia materializar não tinham praticamente nada em comum com a criatura à sua frente, que emanava uma aura macabra e arrepiante.

Por um longo tempo, os dois apenas encararam-se em silêncio. Embora um tanto quanto assustada, Sandora não se amedrontava com facilidade e apenas aguardou para ver o que a criatura faria.

Então o esqueleto simplesmente descruzou os braços e saiu de seu caminho, quase encostando as costas na parede de pedras do corredor. Sandora imaginou consigo mesma se aquele gesto representava um convite ou uma ordem para que ela saísse da câmara.

Sem deixar de fitar a criatura, ela saiu para o corredor com passos surpreendentemente firmes, considerando o quanto ela se sentia trêmula por dentro. O esqueleto então virou-se para a frente e começou a caminhar devagar pelo corredor, arrastando de leve as velhas botas no chão entre um passo e outro.

— Espere! – disse ela, com a voz terrivelmente rouca.

A criatura parou imediatamente. Depois virou-se para ela devagar, aguardando Sandora recuperar-se do acesso de tosse que subitamente a acometeu. As habilidades dela haviam-lhe curado a garganta, mas o trauma sofrido pelo corpo ainda não tinha sido completamente superado.

Ela então olhou para os buracos dos olhos daquele crânio à sua frente e por um instante não conseguiu dizer nada. Foi tomada por uma sensação de irrealidade tão grande que por vários instantes não pôde fazer nada além de ficar olhando, boquiaberta, para o esqueleto. Aquela situação era surreal demais, parecia até algum tipo de sonho.

— Você... você conhece minha língua? Consegue me entender? – A voz dela ainda saía pastosa, arrastada.

A criatura assentiu devagar com a cabeça e continuou encarando-a.

Claro que consegue, pensou Sandora, massageando a garganta enquanto tentava clarear os pensamentos. Ainda se sentia um tanto grogue. Tinha dificuldade em forçar para o fundo da mente as lembranças da experiência traumática naquela biblioteca subterrânea. Se deixasse as memórias aflorarem, com certeza seria tomada pelo pânico novamente. Talvez aquilo realmente fosse um sonho. Devia estar dormindo em algum lugar, recuperando-se, e sua mente estava apenas criando imagens para distraí-la, para ajudar em sua recuperação.

Sacudiu a cabeça e tentou focar-se no momento atual. Sandora nunca gostara de fazer as coisas do jeito fácil. Sempre lutou pelo que queria de acordo com as regras impostas. Durante décadas derrotou sua mãe adotiva no próprio jogo dela.

Não vai receber o jantar enquanto não conseguir acertar a flecha naquele alvo! E Sandora praticava até conseguir.

Não vai voltar a ler nenhum livro enquanto não conseguir fazer um movimento direito com essa espada! E Sandora focava-se em driblar os movimentos de Liseria e atacar no momento certo, até conseguir desarmá-la. O que não era muito difícil, já que as habilidades marciais da mãe adotiva não eram nada impressionantes.

Claro que existiam muitas coisas que ela simplesmente não conseguia fazer. Os encantamentos que Liseria invocava tão facilmente estavam muito longe de suas capacidades. A velha bruxa então a colocava de castigo por ser *incompetente* e *preguiçosa*. Sandora sempre aguentou as punições em silêncio e, na medida do possível, de cabeça erguida.

A vida toda ela sempre encarou todos os desafios que surgiram de frente, sem meias medidas, sem fugas, sem atalhos. E pretendia continuar assim. O fato de não saber se estava sonhando ou não era irrelevante.

Sandora tivera tanta certeza de que morreria naquela biblioteca, mas alguma força externa a tirara de lá. Um poder maior, mas refinado, algo que ela nunca vira antes. Ela não podia negar que a possibilidade da morte chegava a parecer de certa forma atraente perto de todo o sofrimento que passou, mas já que aquilo lhe fora negado, sua única alternativa era seguir em frente, como sempre fizera. E como sempre faria. No momento, sua maior preocupação era conseguir manter aqueles poderes amaldiçoados sob controle até que pudesse encontrar um meio de se livrar definitivamente deles.

Voltou a encarar o morto-vivo.

— Você é capaz de falar? – perguntou, sentindo-se ridícula.

Lentamente, a criatura balançou a cabeça duas vezes para ambos os lados, negando.

Então terei que me contentar apenas com respostas do tipo "Sim" e "Não", pensou ela. *Bom, podia ser pior.*

— Você é alguma espécie de guardião desse lugar?

Um balançar de cabeça. *Não.*

Ela tossiu mais uma vez, limpando a boca com o punho em seguida.

— Então está aqui contra a vontade, assim como eu?

Um assentimento. *Sim.*

Sandora pensou que não fazia sentido perguntar se a criatura pretendia lhe fazer algum mal. O esqueleto poderia simplesmente mentir e ela não chegaria a lugar algum.

— Eu já estava aqui quando você chegou?

Não.

— Faz muito tempo que está aqui?

Sim.

— Dias?

Ele negou com a cabeça e fez um gesto elevando a palma da mão enluvada virada para cima. *Mais.*

Ah, então ele é capaz de mais do que apenas "Sim" ou "Não", pensou ela. *Interessante.*

— Semanas?

Mais.

— Meses?

Mais.

Sandora arregalou os olhos.

— Quer dizer que está aqui há anos?

Um dar de ombros com as palmas das mãos voltadas para cima. Talvez ele já tivesse perdido a noção do tempo, o que fazia sentido, já que pareciam estar no subterrâneo de algum tipo de templo.

Sandora recostou-se à parede de pedra, sentindo as pernas ainda fracas. Suas energias pareciam estar voltando devagar, mas ela continuava um tanto trêmula.

— E quanto a mim? Você me conhece? Sabe quem eu sou?

Não.

— Tem ideia de como ou por que eu vim parar aqui?

Não.

Ela suspirou, frustrada.

— Tem mais alguém aqui embaixo?

Sim.

— São hostis?

Sim.

— São perigosos? Precisaremos lutar com eles?

O esqueleto deu de ombros. *Talvez.*

— Você estava parado aqui no corredor, como se estivesse montando guarda na entrada daquela câmara. Estava me protegendo?

Sim.

Sandora ficou pensativa por alguns instantes, ponderando se podia ou não confiar nele. De certa forma, perguntar se a criatura queria protegê-la era tão inútil quanto perguntar se ela desejava lhe fazer mal, mas o esqueleto realmente parecera estar parado ali montando guarda e a linguagem corporal da criatura não dava indícios de que estivesse mentindo.

Se bem que nenhum dos livros que lera até hoje citaram um morto-vivo que ao menos *tivesse* linguagem corporal. Esse que estava à sua frente, apesar de não possuir um rosto, parecia-lhe muito expressivo.

— Sabe como sair daqui?

Ele ficou imóvel por tanto tempo que Sandora começou a imaginar se ele tinha entendido a pergunta. Mas antes que ela pudesse dizer qualquer coisa, ele assentiu de leve.

Seria aquilo uma espécie de "sim com ressalvas"? Fazia sentido, pois se ele realmente estava ali há anos já teria tido tempo mais do que suficiente para descobrir uma saída. Talvez ele simplesmente não fosse capaz de sair por alguma razão. Mas se ele conhecia o caminho, pelo menos, aquilo já seria um bom começo.

— Me mostre, então.

Algum tempo depois, Sandora concluiu que aquele esqueleto conseguia enxergar no escuro tão bem quanto ela. Caminharam em silêncio, sempre na escuridão total, por uma infinidade de corredores e passagens, para depois subir uma escadaria de pedra e entrarem em um novo labirinto de corredores de pedra.

Sandora não conseguira ainda determinar qual a finalidade daquele lugar, mas com certeza era uma construção enorme. O ar era pesado, seco, estéril, como se o ambiente todo estivesse isolado do mundo exterior por muitos anos. Uma fina camada de poeira parecia cobrir todo o chão e as paredes. Em alguns cantos existiam teias de aranha, mas eram tão velhas e empoeiradas que Sandora começou a duvidar que algum inseto ou aracnídeo ainda vivia ali.

Em determinado momento, entraram em uma câmara maior, que parecia uma sala de armas. Uma das paredes estava coberta de um lado ao outro com uma coleção dos mais variados tipos de arma, incluindo arcos e flechas de diferentes tamanhos, adagas, espadas, lanças, alabardas, machados, maças e diversas outras. A maioria delas Sandora nunca tinha visto pessoalmente e muitas delas ela nunca tinha visto nem mesmo em livros. Eram obviamente muito velhas, deviam estar ali há dezenas, talvez até mesmo centenas de anos.

Do outro lado da câmara havia uma infinidade de baús, muitos deles pareciam ornados com ouro e pedras preciosas, todos esbranquiçados pela camada de poeira.

— Será que tem algum problema se eu pegar emprestado algumas dessas? – Perguntou ela, apontando para a coleção de armas.

O esqueleto deu de ombros novamente.

Ela analisou os baús e abriu um deles. Estava cheio de moedas e de diversos objetos que pareciam ser de ouro. Os outros baús tinham conteúdo semelhante. Quem quer que tenha construído aquela tumba tinha sido obviamente muito rico.

— Sabe a quem pertence tudo isso?

Novamente a resposta foi um dar de ombros, mas dessa vez o esqueleto virou-se para o outro lado e ficou vigiando o corredor.

Ela o observou por um momento, curiosa com a atitude reticente. A criatura parecia incomodada com suas perguntas sobre essa câmara. Mas era melhor deixar para esclarecer aquilo depois.

Sem o menor interesse naquela riqueza, Sandora fechou os baús deixando-os como os encontrou e dirigiu-se à parede das armas. Pegou uma das espadas e girou-a no ar algumas vezes. Parecia em boas condições, apesar de possuir diversos pequenos dentes. Olhando ao redor, encontrou uma pedra de amolar a um canto e tratou de trabalhar um pouco na lâmina, que pareceu muito melhor sem os pequenos pontos de ferrugem que o metal tinha adquirido com o passar dos anos. Na verdade, era incrível que aquela lâmina não estivesse totalmente arruinada como a maioria das outras. Provavelmente ela tinha recebido algum encantamento antes de ser colocada ali.

Numa das portas da câmara, o esqueleto vigiava o corredor, ocasionalmente lançando olhares para ver o que ela estava fazendo.

Sandora olhou para a lâmina, satisfeita. Automaticamente, materializou uma bainha presa à sua cintura e guardou nela a espada. Depois estacou e ficou olhando para suas roupas por alguns instantes.

Realmente seria difícil de se acostumar a viver sem seus poderes, principalmente sem aquele em particular. Sandora nunca se considerara vaidosa, mas encontrara um prazer inesperado em poder criar seus próprios trajes, podendo assumir a aparência que quisesse. E a perspectiva de não ter mais esse prazer, de ter que adquirir e vestir roupas comuns, causava-lhe repulsa.

Preciso diminuir essa dependência aos poucos, pensou ela. Aquela espada seria o começo. Primeiro aprenderia a lutar com armas comuns. O resto viria em seguida.

Tratando de arrumar as coisas na sala do jeito que encontrara, exceto pela espada que levava presa à cintura, ela assentiu para o esqueleto e ambos seguiram pelo corredor, deixando para trás a fortuna incalculável contida naqueles baús e a imensa coleção de armas deterioradas na parede.

Não demorou muito para a determinação de Sandora de lutar sem usar seus poderes ser posta à prova.

Logo chegaram a um imenso salão, cujo teto era sustentado por duas fileiras de colunas de pedra com formato arredondado. Sandora precisou fechar os olhos quando o salão de repente se iluminou. Pequenos cristais presos a intervalos regulares nas paredes, bem como nas colunas, emitiam um brilho alaranjado forte o suficiente para tornar o ambiente tão claro como o dia.

Quando conseguiu acostumar os olhos à luminosidade súbita, ela percebeu que o esqueleto tinha assumido posição de combate, com os punhos erguidos e joelhos flexionados. No centro do salão havia um grupo de estátuas representando o que parecia ser uma tropa de soldados.

As estátuas estavam de costas para ela e formavam três colunas representando soldados marchando, carregando espadas e lanças. À frente deles havia uma estátua solitária, como se fosse o capitão da tropa, também marchando enquanto mantinha a espada levantada, apontando para uma enorme e pesada porta de madeira que existia do outro lado da parede.

De repente, as estátuas começaram a emitir um brilho sinistro.

Sandora imediatamente sacou a espada e preparou-se. Após alguns instantes, três das estátuas começaram a se mover e voltaram-se para ela. O brilho sinistro parecia moldar e modificar a rocha e em alguns instantes as três figuras transformaram-se em pessoas de verdade. Ou pelo menos assumiram a aparência de pessoas. O brilho alaranjado nos olhos e a total falta de expressão dos rostos indicava que aquelas criaturas não eram mais humanas do que os falsos mortos-vivos que os poderes de Sandora eram capazes de criar.

Então os falsos soldados sacaram as armas e partiram para o combate. O esqueleto colocou-se entre Sandora e os atacantes e repeliu agilmente os primeiros golpes. Aparentemente havia partes de metal nas luvas que ele usava, pois as espadas retiniam quando ele aparava os golpes com os braços. A agilidade dele era incrível, conseguia repelir os ataques e ao mesmo tempo se aproximar o suficiente dos inimigos para contra-atacar com socos, chutes e fortes golpes de cotovelo e joelho.

Sandora adiantou-se e brandiu a espada para proteger o esqueleto quando um dos atacantes tentou golpeá-lo pelas costas. Após trocar alguns golpes com o falso soldado, ela sentiu-se como se estivesse revivendo os dias do passado e o treinamento implacável de Liseria. Para poder derrotar sua mãe adotiva, ela tinha que focar sua atenção totalmente na batalha e esquecer tudo o mais.

Usando essa estratégia, ela conseguiu se sair razoavelmente bem nos primeiros 30 segundos da luta, aproximadamente. Ainda estava muito fraca e suas mãos não eram acostumadas àquele tipo de atividade. Então a espada escorregou de suas mãos quando aparou um golpe mais forte do adversário. O soldado então tentou cravar a espada em seu ventre e ela foi salva pela aura negra, que impediu que a arma penetrasse, mas não a poupou da força do impacto, que a lançou para trás, fazendo com que caísse no chão com um estrondo. A aura a protegeu também do impacto, mas uma grande parte da energia dela foi involuntariamente consumida para isso.

Antes que o soldado pudesse atacar novamente, o esqueleto saltou sobre ele, atacando-o pelo flanco com uma série de socos e o derrubou. A seguir, saltou sobre ele e cravou os dedos em seu tronco. O falso soldado fez alguns movimentos convulsivos antes de ficar imóvel e começar a se erodir, como se fosse areia soprada pelo vento. Em alguns segundos tudo o que restava dele era uma pilha disforme de pó sobre o piso de pedra.

Só então Sandora percebeu outras duas pilhas de poeira a alguns metros de distância. O esqueleto tinha derrubado os três agressores com imensa facilidade.

Ela sacudiu a mão direita, que ainda doía depois do golpe que a tinha desarmado. Percebeu que não sairia viva dali se dependesse apenas de suas habilidades marciais. Poderia até mesmo se virar em uma luta, mas precisaria de muito mais treino. Liseria não tinha nem a metade da força física daquelas estátuas.

Subitamente lembrando-se das demais estátuas do centro do salão, Sandora levantou os olhos e percebeu, desanimada, que a luta tinha apenas começado. Cerca de vinte outros soldados se aproximavam devagar, formando um semicírculo ao redor dos dois. Não havia para onde fugir, apenas o caminho por onde viera e que dava para um beco sem saída.

Certo, um passo de cada vez. Primeiro preciso sair daqui viva.

Era exatamente o que ela tinha pensado na biblioteca. Apenas em sobreviver. E causara mais morte e destruição do que jamais poderia se redimir. Mas a situação atual era diferente. Não havia outras pessoas vivas por perto, além disso poderia lutar apenas com os poderes que já tinha dominado, aquilo bastaria. *Tinha* que bastar.

Inspirou fundo e levantou as mãos, materializando o maior número de construtos em forma de esqueleto que ela era capaz. Pela primeira vez, ela viu o esqueleto de armadura vermelha expressando espanto, ele chegou a se afastar alguns passos dela, apreensivo. Mas então os soldados se aproximaram e a batalha começou.

◆ ◆ ◆

Quinze minutos depois, Sandora apoiava-se, exausta, a uma das colunas do salão, que estava cheio de pilhas de pó espalhadas por todo o chão. Aqueles soldados de poeira parecia ser vulneráveis às habilidades de Sandora e caíam com poucos golpes de seus construtos. As incríveis agilidade e força do seu companheiro também eram extremamente efetivas numa luta como aquela. As estátuas não tiveram a menor chance.

Olhando para o esqueleto, no entanto, ela percebeu que ele tinha sentido alguns dos golpes que recebera. Apesar de ele ter sido protegido pela aura negra, que Sandora não fazia ideia de como desativar e que sempre surgia espontaneamente, ele perdera parte da armadura e um dos braços estava imóvel, com o osso rádio fraturado. Sentindo-se compelida a ajudá-lo por ele ter-lhe salvado a vida, ela aproximou-se e estendeu a mão para ele, na direção do braço. A criatura inclinou a cabeça para o lado, como se expressasse curiosidade, e levantou o braço ferido para que ela examinasse.

Ela tocou as pontas do osso quebrado por um momento e juntou as duas partes. A criatura não parecia sentir nenhuma dor, então ela uniu as duas partes do osso e instintivamente usou sua habilidade de cura para soldá-las.

Ao se dar conta do que fizera, no entanto, deu um pulo para trás, temendo tê-lo ferido ainda mais, pois era consenso que mortos vivos se degeneravam quando entravam em contato com energias curativas. A criatura, no entanto, apenas inclinou a cabeça para o outro lado, curiosa, e levantou o braço, analisando o trabalho dela. O osso estava curado e tinha um aspecto muito melhor do que antes. Na verdade, estava novo em folha, branco, brilhante, parecendo cheio de vida, em enorme contraste com o restante dos ossos que tinham cor acinzentada e aspecto decadente.

O esqueleto virou o braço de um lado para outro, depois olhou para ela e estendeu a mão com o polegar para cima, num sinal de "positivo".

Aquela cena parecia tão surreal, tão absurda, e Sandora estava tão cansada, que não teve como evitar um acesso de riso. Às gargalhadas, encostou-se na coluna e deslizou até o chão onde ficou sentada, ainda rindo, enquanto lágrimas escorrendo de seus olhos. Não se lembrava de ter rido tanto algum dia em sua vida. O esqueleto voltou a inclinar a cabeça para o lado, encarando-a atentamente com suas órbitas oculares vazias.

Em certo momento ela acabou inalando uma grande quantidade da poeira que cobria o ambiente, gerada pelos soldados desintegrados e pela movimentação da luta, sendo forçada a parar de rir abruptamente ao ser tomada por um forte acesso de tosse.

O esqueleto estendeu-lhe a mão e ajudou-a a se levantar e a guiou na direção do corredor, pela passagem por onde eles tinham vindo.

— Desculpe – disse ela, ainda tossindo, enquanto caminhavam. – Tive um dia muito ruim e estou exausta. Nunca me senti tão patética na minha vida.

Sandora percebeu que a luz que iluminava o salão se enfraquecia. O brilho dos cristais estava diminuindo. Um a um, eles começaram a se apagar e, subitamente, a câmara foi novamente mergulhada na escuridão total.

— Acha... que estamos seguros agora? – perguntou ela, esforçando-se para controlar a tosse e adequar os olhos à escuridão.

O esqueleto olhou para o salão e para a porta fechada que existia do outro lado dele, então voltou a cabeça para ela e assentiu. Em seguida ele voltou para dentro da câmara e abaixou-se para recolher a espada que tinha ficado esquecida em um canto.

Apoiada na parede, ela aguardou ele retornar e devolver-lhe a arma. Sandora observou a peça de metal por algum tempo e depois virou-se, voltando para a câmara anterior, que continha os baús e as armas na parede. O esqueleto a seguiu, em seu costumeiro silêncio.

Sandora foi até a galeria de armas na parede e pendurou a espada novamente no lugar onde a havia encontrado. Então virou-se para ele.

— Me dê sua mão, deixe-me ver se posso fazer mais alguma coisa por você.

Com uma lentidão cautelosa, a criatura estendeu-lhe uma das mãos esqueléticas coberta pela luva de combate. Sandora segurou-a e concentrou-se, reunindo as últimas reservas de energia que tinha. Aos poucos, a aura negra envolveu o corpo inteiro do esqueleto, que pareceu sobressaltar-se, mas não soltou a mão. Em alguns poucos momentos, os ossos do corpo todo da criatura foram restaurados, rachaduras foram fechadas, pequenas partes que faltavam foram regeneradas, até mesmo a armadura, as luvas, as botas e o elmo foram consertados e rejuvenescidos. Nem mesmo os chifres do elmo foram esquecidos na "reforma": as pontas quebradas voltaram a crescer e ficaram como novas.

Continuava, no entanto, sendo um morto-vivo sem nenhuma carne cobrindo os ossos, mas com certeza agora tinha um aspecto bem melhor do que antes.

Sandora percebeu, nesse momento, que não eram seus poderes de cura que causaram aquela mudança. A sensação era muito diferente de quando usava a habilidade em si mesma ou em outras pessoas. Era como se a criatura tivesse absorvido suas energias e se restaurado sozinha.

O esqueleto olhava para si mesmo, parecendo tão incrédulo quanto ela.

Sentindo a exaustão ameaçando dominá-la a qualquer momento, Sandora aproximou-se de um canto vazio perto da parede.

— Preciso descansar por algumas horas, está bem?

A criatura assentiu.

Então, sentindo-se segura pela primeira vez desde que acordara e tomada pela exaustão, ela tirou um cobertor da bolsa, juntamente com um pequeno travesseiro e improvisou uma cama no chão de pedra. A seguir, deitou-se, soltando um suspiro cansado.

— Você é uma criatura misteriosa, meu amigo – disse ela, sonolenta, encarando o esqueleto. – Preciso descobrir o que é você e de onde veio.

A criatura não respondeu. E mesmo que tivesse respondido por meio de algum gesto, Sandora não teria visto, pois tinha imediatamente caído num abençoado, reparador e profundo sono.

◆ ◆ ◆

A porta do escritório do general estava aberta. Mesmo assim, Lucine bateu educadamente à porta antes de entrar.

— Com licença, capitão.

Joanson estava sentado atrás da mesa do general, segurando um pequeno cristal diante de si e encarando-o como se esperasse que o pequeno objeto o atacasse a qualquer momento. Ao perceber a presença dela, ele pôs o cristal em cima da mesa com cuidado e saudou-a com um sorriso.

— Olá, Lucine. Feche a porta e sente-se, por favor.

Lucine Durandal fez o que lhe foi ordenado e sentou-se na cadeira diante dele. Era uma bonita garota de 19 anos, que tinha sido forçada a abandonar a inocência da juventude muito tempo atrás. Tinha cabelos loiros muito brancos, com um brilho prateado que Joanson achava fascinante. Como sempre, no entanto, ela preferia mantê-los presos e bem escondidos por baixo de um elmo aberto. Como sempre também, ela estava vestida para batalha com sua cota de malha leve sobre a qual usava uma túnica sem mangas em um tom discreto de alaranjado. Seus movimentos eram precisos e ela tinha uma postura capaz de fazer inveja a qualquer militar, apesar de, oficialmente, não pertencer ao Exército.

Ela exibia uma expressão séria no rosto delicado. Na verdade, ela quase nunca sorria, e Joanson não podia culpá-la por aquilo.

— Tenho um trabalho para você.

Ela deu de ombros.

— O que quiser, senhor.

— Essa não é uma missão comum, trata-se de um assunto delicado e muito sigiloso.

Ela apenas assentiu.

— Há dois dias a Guarda Imperial precisou ser reunida novamente.

Ao ouvir aquilo ela pareceu muito espantada.

— Achei que vocês tinham se aposentado, capitão.

Ele suspirou.

— Essa era a ideia. Mas aí descobrimos que Donovan continua vivo.

— Donovan? Esse é um dos vilões que foram derrotados pela guarda anos atrás, não?

— Exato. Dezessete anos atrás, para ser mais preciso. Foi um dos mais perigosos inimigos que a guarda já enfrentou. Ele assassinou a capitã Ada Gamaliel e foi por causa disso que eu entrei para a guarda. Fui nomeado substituto dela por ser da mesma província. Se bem que é impossível substituir alguém como ela.

Ele fez uma pausa, pensativo. Depois de um momento ele voltou a encarar Lucine com determinação e continuou:

— Dois dias atrás recebi ordens do general Nostarius para retornar para cá e assumir o gabinete enquanto ele liderava a guarda no que ele chamou de "batalha final" contra Donovan. Você conhece o general. Ele tomou todas as precauções humanamente possíveis e partiu para encarar o inimigo na frente de batalha.

Ela assentiu.

— Ele nunca manda outras pessoas para lutar em batalhas em que ele próprio não lutaria. – Disse ela, lembrando-se das inúmeras histórias e lendas que se contavam a respeito da poderosa Guarda Imperial.

Joanson suspirou.

— Exatamente. Então fui colocado atrás dessa mesa enquanto o resto da guarda ia para a luta. – Joanson fez uma expressão exagerada de desagrado. – Imagino que sou jovem demais para ser tratado por eles como um igual.

Ela fechou os olhos por um momento, sua expressão se suavizando. Joanson sabia que aquilo era o mais próximo que ela conseguia chegar de um sorriso.

— Ou talvez eles é que sejam velhos demais para você – disse ela.

Joanson soltou um riso nervoso.

— É, ou isso – ele voltou a ficar sério. – De qualquer forma, a batalha em Aldera ocorreu há dois dias e não tivemos nenhuma notícia deles desde então.

Ela se surpreendeu.

— Mas como...?

— Algo aconteceu lá. Algo muito ruim. Um mensageiro me contatou hoje de manhã, trazendo uma mensagem de um oficial que tinha sido designado para investigar os arredores da cidade e montar armadilhas para impedir que Donovan utilizasse encantos de transporte para fugir. Segundo a mensagem, a cidade de Aldera simplesmente desapareceu, juntamente com uma boa porção de terra ao redor dela. Tudo o que restou no lugar é uma imensa cratera, de vários quilômetros de diâmetro e de largura.

— Céus! – exclamou ela, arregalando os olhos.

Ele assentiu, muito sério.

— Não temos ideia do que aconteceu por lá. Segundo alguns estudiosos que consultei, as leis de... ah, agora nem lembro o nome do sujeito, só sei que esse cara fez um estudo que especifica os limites do que qualquer encanto é capaz de fazer e isso que aconteceu com a cidade excede em muito esses limites. Eles acreditam que tem que haver alguma outra explicação, deve ser ilusão ou algo assim, pois não existe poder no nosso mundo capaz de tamanha destruição. Ou, pelo menos, não deveria existir.

— Então o senhor acredita que os membros da guarda estejam vivos?

Joanson balançou a cabeça, com um meio sorriso.

— Você não conhece aqueles caras. As coisas estavam bem mais tranquilas quando eu entrei para a equipe, mas mesmo assim, as coisas pelas quais passamos foram... – Ele balançou a cabeça. – Puxa, não sei nem como explicar. Eles sempre encontram uma saída, não importa o tamanho da encrenca. Então, sim, não importa o que Donovan jogou contra eles, eu não acredito que eles seriam derrotados tão facilmente.

Ela assentiu.

— O senhor disse que o general mandou ativar armadilhas, certo?

— Exato. Diversas pessoas que tentaram sair da cidade por meios místicos foram capturadas e estão sob custódia. Mas não tivemos nenhum sinal de Donovan ou da Guarda Imperial.

— Essas pessoas foram interrogadas?

— Aí é que está. Um jovem acadêmico que foi capturado insiste em dizer que a culpa pela destruição da cidade é de uma bruxa.

— "Bruxa"? Nos dias de hoje alguém ainda usa essa palavra?

Ele deu de ombros.

— As pessoas sempre têm medo do que não compreendem e começam a aplicar rótulos. Imagino que faça parte da natureza humana. De qualquer forma, segundo ele, uma mulher vestida de preto da cabeça aos pés invocou algum tipo de feitiço que prendeu ele e mais uma meia dúzia de pessoas numa biblioteca subterrânea e que depois disso ela se transformou em uma espécie de fantasma com uma aparência difusa, transparente. Então tudo ao redor começou a ser sugado para dentro dela, inclusive as pessoas. Ele jura que teve muita sorte em conseguir ativar o pergaminho de teletransporte que seu pai tinha lhe dado antes de também ter sido sugado e provavelmente morto.

— "Pergaminho de teletransporte"?

— Pois é, aparentemente o pai do garoto é podre de rico. Para criar um pergaminho desses é necessário gastar uma quantidade exorbitante de ouro.

Ela apoiou o queixo em uma das mãos, com expressão cética no rosto.

— É uma... história e tanto, não?

— Sim. Mas a mulher aparentemente é real, outros sobreviventes capturados na armadilha afirmam tê-la visto andando pela cidade nos últimos meses. – Ele fez uma pausa, suspirando antes de voltar a encarar Lucine. – E creio que eu sei quem ela é. E é por isso que chamei você aqui.

Capítulo 11:
Liberdade

Sandora não sabia dizer quanto tempo havia dormido, mas sentia-se muito melhor ao acordar. E faminta. De certa forma era reconfortante voltar a sentir novamente aquela fome fora do comum. Era uma sensação familiar e muito bem-vinda naquele momento em que sua vida parecia totalmente fora de prumo.

O esqueleto estava sentado sobre um dos grandes baús, de braços cruzados, atento a ambas as entradas do aposento. Ele percebeu quando ela acordou, mas virou a cabeça para o lado quando ela ofereceu-lhe comida. Com um dar de ombros, ela tratou de matar a fome.

Ela acabou devorando grande parte de suas provisões, que não durariam quase nada naquele ritmo. Seria sensato racionar a comida, mas ela sabia que se não estivesse saciada poderia ficar sem energia durante algum momento crítico. E não lhe interessava sobreviver naquele lugar pelo maior tempo possível, sua prioridade era sair dali o quanto antes.

Quando ela terminou de guardar cuidadosamente suas coisas na bolsa, o esqueleto já tinha se levantado do baú e a aguardava no corredor.

Conhecendo a si mesma como conhecia, ela sabia que a natureza faria seu chamado muito em breve. Mas ela não tinha a menor intenção de esvaziar a bexiga em algum canto daquela tumba. Era melhor se apressarem.

Caminharam até o aposento onde haviam lutado contra as estátuas. Ele estava vazio agora, exceto pela poeira que ainda não tivera tempo suficiente para assentar e continuava espalhada pelo ar por quase todo o salão. Os cristais de iluminação continuavam em seus lugares nas paredes e nas colunas, mas não voltaram a se acender.

Atravessando a câmara, chegaram até a grande porta. Analisando-a de perto, Sandora percebeu que havia letras gravadas na madeira. No entanto as palavras não eram mais legíveis por causa de dezenas, não, centenas de marcas de golpes. Havia arranhões, golpes de impacto e de corte, como se alguém tivesse passado muito, mas muito tempo mesmo batendo nela.

Ela tocou em uma das marcas e virou-se para o morto-vivo.

— *Você* fez isso?

Ele assentiu.

Sandora olhou ao redor, mas exceto pela poeira espalhada pelo ar e pelo chão, não havia mais nada ali. Considerando o estado das armas daquele pequeno arsenal, era improvável que a criatura tivesse usado alguma delas para bater nessa porta. Elas se quebrariam num instante. E, pensando bem, muitas das marcas na porta pareciam ser bem antigas.

— Não foi a primeira vez que lutou com aquelas estátuas, não é?

Não.

— Isso quer dizer que elas estarão de volta em breve?

Sim.

Ela voltou a se concentrar na madeira. Era bem óbvio que se tratava de uma porta, pois ela podia ver a pequena fresta entre a madeira e a esquadria de pedras ao redor, também cheia de marcas de golpes, mas não havia fechadura nem maçaneta. E nenhuma pista de como ela poderia ser aberta nem em qual direção. Também não parecia haver nenhum tipo de dispositivo de abertura em nenhum lugar próximo.

Ela voltou a olhar para o esqueleto.

— Não parece ter nenhum dispositivo de abertura deste lado. Será que tem algo do lado de fora?

Talvez.

Sandora cruzou os braços e ficou olhando para a porta, pensativa. Ela conseguia invocar os construtos em forma de esqueleto a uma boa distância. Além disso, tinha uma espécie de elo com eles, podendo controlá-los e fazê-los lutar mesmo sem precisar olhar para eles. Não era como se ela pudesse enxergar pelos olhos deles, mas sempre fazia uma boa ideia de onde estavam e de que direção vinham os ataques dos adversários deles. Valia a pena uma tentativa.

Ela abaixou-se próximo da porta e se concentrou, abaixando a cabeça até encostá-la na madeira. E assim ficou por vários minutos.

O esqueleto ficou olhando para ela, arqueando a cabeça para o lado. Um minuto se passou, depois outro. A criatura passou a olhar para os lados, sem saber muito bem o que fazer, até que um estrondo pôde ser ouvido através da madeira.

Sandora levantou-se e olhou para ele.

— Você é bem forte, não? Acho que agora é a hora de usar tudo o que você tem. Venha cá e empurre.

A criatura não precisou de uma segunda ordem. Apoiou as mãos enluvadas na madeira e empurrou. A porta era muito grossa, devia pesar centenas de quilos, mas logo começou a se mover. Levou vários minutos, mas finalmente a porta desencaixou-se do batente e caiu para a frente, com um enorme estrondo e levantando uma nuvem de poeira.

Sem parecer nem um pouco cansado, o esqueleto pulou sobre a porta e olhou para ambos os lados do corredor de pedra.

Sandora saiu também, abanando a mão para tentar proteger-se da poeira. Ao chegar ao corredor e sentir a diferença na atmosfera do ambiente, respirou fundo várias vezes, deliciada. O ar ali era fresco, úmido e, apesar de continuarem na mais completa escuridão, havia sinais de vida por toda parte. Havia insetos andando pelas paredes e alguns presos em teias de aranha. E havia também uma leve brisa vinda do corredor à sua direita.

O esqueleto terminou de avaliar os arredores e aproximou-se dela, cruzando os braços, como se exigisse uma explicação.

Ela apontou para uma pesada viga de madeira caída no chão ao lado da porta.

— Essa era a trava que mantinha a porta no lugar. Usei meus construtos para tirá-la.

De ambos os lados da entrada podiam ser vistos os suportes de metal que tinham o tamanho exato para que a viga fosse encaixada, bloqueando a porta.

O esqueleto olhou para a porta, depois para os suportes e depois para ela novamente. Em seguida, pôs o antebraço direito na frente do corpo, paralelamente à linha da cintura e inclinou-se diante dela, numa óbvia e antiquada saudação.

Sandora soltou um riso quase involuntário.

— Sabe, meu amigo, acho que você foi capaz, desde que nos conhecemos, de me fazer rir mais do que eu já ri em toda a minha vida.

O esqueleto se endireitou e estendeu a mão para frente, fazendo novamente o sinal de positivo.

Nesse momento, um barulho chamou a atenção de ambos, que voltaram a olhar para a câmara de onde tinham saído.

A poeira do chão parecia ter se movido sozinha e montes de pó branco pareciam crescer no centro do aposento. As estátuas estavam começando a se reconstituir.

— É melhor sairmos daqui. – Disse Sandora, começando a se afastar.

Ignorando-a, o esqueleto foi até o outro lado da porta e enfiou as mãos por baixo, esforçando-se para erguer o pesadíssimo pedaço de madeira. Sandora mal podia acreditar que existia uma criatura com tanta força bruta. Com muito esforço e várias mudanças de posição, o esqueleto finalmente conseguiu colocar a porta de novo em pé. Então começou a empurrá-la pela abertura, o que, novamente, levou vários minutos. Depois, já com a porta no lugar, ele tratou de erguer a viga e colocá-la no lugar, deixando as estátuas aprisionadas.

Sandora sentiu uma emanação energética vindo da tranca. Era muito similar à sua própria aura negra e pareceu envolver toda a porta de repente.

— É um selo místico. – Concluiu ela. – Por isso não existem nem mesmo insetos vivendo lá dentro, o local todo deve ficar completamente selado quando a tranca está no lugar. Isso também explica porque, mesmo com sua força, você nunca foi capaz de derrubar essa porta por dentro.

A similaridade daquele selo com seus próprios poderes era perturbadora. Sandora ia dizer mais alguma coisa, mas esqueceu-se completamente do que era quando percebeu as letras gravadas deste lado da porta. Eram parecidas com as que tinham do outro lado, mas estas estavam claramente legíveis.

Aqui jaz uma alma enclausurada e condenada ao sofrimento para expiação de seus crimes contra o universo.

Sandora leu a frase em voz alta, incrédula. Depois olhou para o esqueleto.

— Faz alguma ideia do significado disso?

Não.

— Se lembra de quando ou como foi preso aqui?

Sim.

— Então a tal "alma enclausurada" deve ser você?

Talvez.

— Se lembra de quem prendeu você?

Não.

— Sabe qual foi a razão de ter sido preso?

Não.

— Então não se lembra de ter cometido nenhum crime?

Não.

— Se lembra de qualquer coisa de antes de ter sido encarcerado?

Não.

Subitamente, Sandora lembrou-se de outro fato que a deixara curiosa antes.

— Aquelas armas e baús! Você sabe quem é o dono, não sabe?

Assim como da outra vez que ela perguntou sobre os baús, o esqueleto olhou para o outro lado, evitando responder.

— São seus, não são? Foram trancados ali dentro com você! Podem ser a razão de você ter sido preso.

A criatura voltou a olhar para ela, apontou para a própria cabeça e fez um gesto negativo.

— Não se lembra? Não sabe de mais nada sobre tudo aquilo?

Não.

— Você era humano antes de ter sido aprisionado aqui, não era?

Talvez.

Sandora suspirou, incomodada com aquela conversa.

— Devem ter tirado sua humanidade juntamente com sua memória. Sinto muito. Nem imagino pelo que você deve ter passado durante todo esse tempo.

A criatura simplesmente deu de ombros novamente.

Sandora olhou novamente para a mensagem. *Alma condenada ao sofrimento para expiação de seus crimes.* Como alguém poderia "expiar seus crimes por meio do sofrimento" sem nem saber que crimes havia cometido? Não fazia sentido.

— Não há nenhuma outra pista aqui além da mensagem em si. Vamos seguir em frente, talvez possamos encontrar mais alguma coisa em outro lugar.

O esqueleto apenas assentiu e a seguiu. Do lado esquerdo o corredor terminava abruptamente em uma parede sem nada de especial, exceto por mais decorações de criaturas estranhas. Seguiram pelo lado direito até uma curva para a direita, que dava para outro corredor comprido. Esse novo corredor, no entanto, possuía degraus, como se fosse uma escada, no entanto, cada degrau possuía vários metros de comprimento. O corredor terminava em uma outra curva abrupta para a direita.

Após algum tempo de exploração, Sandora concluiu que estavam no interior de uma espécie de pirâmide. Os corredores pareciam espiralar ao redor da tumba de onde eles tinham saído e subiam, tornando-se cada vez mais curtos. Os degraus de cada novo corredor também eram menos compridos do que do anterior, de forma que cada corredor tivesse sempre o mesmo número de segmentos.

Depois da segunda volta completa, finalmente ela conseguiu ver a luz do dia. Seguindo a leve brisa que sentira lá embaixo, ela encontrou uma parte danificada da parede, de onde algumas pedras tinham caído. O buraco não era o suficiente para caber uma pessoa, mas pelo menos permitia a entrada de ar fresco e de umidade. Boa parte daquele canto era coberta de limo, musgos e até mesmo algumas pequenas samambaias.

De repente ela percebeu que a imagem de uma pirâmide com corredores em espiral lhe era familiar. Onde já lera a respeito disso? Em casa? Não, se fosse lá ela se lembraria. Então tinha sido em Aldera. Seria em algum livro sobre a civilização damariana? Sim! Era isso mesmo. Um livro bastante obscuro ao qual ela não dera muito crédito devido à forma de narração confusa do autor. O livro era cheio de contradições e tinha um tom fervoroso, com um cunho mais religioso do que erudito. O autor pensava que os damarianos eram deuses que vieram ao mundo para libertar o povo de uma suposta opressão e que deveríamos construir altares e templos para venerá-los.

O que isso queria dizer? Que esta pirâmide onde estavam havia sido construída por algum fanático religioso? Ou existiria alguma outra explicação?

Continuando a subir o caminho em espiral, perceberam que existiam várias outras frestas na parede, que parecia ficar mais fina a cada volta. Logo chegaram ao que parecia o fim da linha. O corredor terminava bruscamente depois da última curva. A parede do lado esquerdo, no entanto, tinha uma figura decorativa em relevo. Uma imagem que ela vira em muitos livros sobre a antiga civilização damariana. Uma imagem que, pelo que ela sabia, havia se popularizado por todo o Império nos últimos cinquenta anos.

O *Avatar*.

A figura retratava, de forma estilizada, um guerreiro usando armadura e elmo dourados. O elmo cobria a boca, mas era aberto na parte dos olhos, que não apareciam na imagem. Dos lados da cabeça existiam decorações, como se fossem penas, mas pareciam disformes e eram retratadas apenas com traços brancos. A armadura dourada também cobria os braços e pernas. Assim como não era possível ver os olhos do guerreiro, também não era visível nenhuma outra parte de seu corpo, como as mãos e os pés. Talvez aquilo fosse apenas o estilo do artista que criou aquele desenho, mas, de qualquer forma, aquela figura tinha uma impressionante semelhança com o *Avatar*, uma entidade sobre a qual ela vinha lendo desde criança.

Ela sempre considerara aqueles relatos como lendas ou simples histórias infantis, provavelmente criadas por alguma fértil imaginação. O fato daquela imagem estar dentro de uma pirâmide, no entanto, dava a entender que havia uma ligação entre o *Avatar* e a civilização damariana.

Sandora se aproximou mais e tocou a pedra. De repente, tornou-se claro que não era apenas o Avatar que tinha ligação com Damaria, mas ela também. Podia sentir a aura que cobria aquela porta. Era um selo mágico, exatamente como o outro, mas a sensação ali era diferente, convidativa, quase como se pedisse a ela para se aproximar mais e mergulhar naquela energia.

Com o coração disparado, ela retirou rapidamente a mão e deu um passo atrás, suas costas chocando-se com a parede. Então respirou fundo diversas vezes, tentando controlar a súbita sensação de pânico.

Sobressaltou-se novamente ao sentir um toque no ombro, mas controlou-se ao perceber que era apenas o esqueleto, que a olhava inclinando a cabeça para o lado, expressando curiosidade ou preocupação.

— Estou bem – disse ela, sacudindo a cabeça. – Tive um... pequeno problema com um de meus poderes e agora eu... não me sinto muito à vontade com a perspectiva de ter que usá-los.

Ela forçou-se fechar os olhos e relaxar. Depois de alguns momentos, começou a sentir-se melhor e voltou a abrir os olhos.

— Acho que posso abrir esta porta. Afaste-se.

O esqueleto deu um passo para trás e ficou observando.

Decidida, ela aproximou-se, estendendo novamente a mão e se concentrou, focando a mente em uma única palavra. *Abra.*

Imediatamente a porta de pedra se moveu, abrindo-se para fora e Sandora foi subitamente banhada pela luz do sol, o que a fez dar um passo para trás, protegendo os olhos sensíveis com a mão. Quando finalmente acostumou-se com a luminosidade, adiantou-se e viu que estava no topo de uma enorme escadaria que descia até a base da pirâmide. A construção realmente era enorme e era cercada por uma densa vegetação por todos os lados. Também havia altas montanhas quilômetros adiante, muitíssimo mais altas do que a pirâmide em si, com seus picos embranquecidos, cobertos de neve, projetando-se acima das nuvens.

Ainda protegendo os olhos com a mão, ela arriscou dar alguns passos para fora e percebeu que havia uma pequena plataforma de observação circulando o topo da pirâmide. Dali ela tinha uma vista fantástica. A cadeia de montanhas dava uma volta completa e cercava o vale por todos os lados. Uma brisa soprava, balançando suas roupas e seus cabelos. Fechando os olhos, ela levantou a cabeça e ficou ali, sentindo o vento e os raios de sol. Parecia que estava no topo do mundo. Depois do que lhe pareceram dias trancada naquela tumba, a sensação era simplesmente maravilhosa.

◆ ◆ ◆

Lucine olhou desolada para o enorme abismo diante de si. Aquilo não era natural, *não podia* ser natural. Aquilo era simplesmente hediondo.

A gigantesca cratera estendia-se por uma imensa extensão de terreno, quase nem dava para ver direito o que tinha do outro lado devido à enorme distância. As bordas do barranco estavam começando a se erodir pela ação da chuva que caíra no dia anterior. Enormes porções de terreno já tinham desabado e muitas ainda seriam tragadas por aquele buraco até que as bordas do barranco se suavizassem o suficiente para que a vegetação pudesse crescer. E aquilo era um processo que provavelmente levaria décadas. O que, em nome de Verídia, seria capaz de fazer algo como aquilo?

Ela suspirou e voltou a olhar ao redor. Era como se uma criança tivesse feito um buraco na areia, enfiando nela um recipiente circular e girando-o até que ficasse enterrado e então puxasse o objeto para cima. Ela mesma tinha brincado muito desse tipo de coisa quando criança. A diferença era que, no caso daquela cratera, o recipiente circular tinha sido um pouco maior. Entre dez a quinze quilômetros maior, pelo que ela conseguia estimar.

Antes havia montanhas, vales, rios e plantações ali. Céus, tinha existido uma cidade inteira ali, uma das maiores do Império. De onde estava, ela podia ver um rio que havia se transformado numa cachoeira, derramando suas águas no abismo.

Amarrando a corda ao redor da cintura e assegurando-se que a outra ponta estava bem presa a uma rocha sólida, ela aproximou-se da base do buraco e olhou para baixo. A formação rochosa onde ela estava parecia ter sido cortada com uma lâmina. A borda estava completamente lisa. Abaixo dela, o diâmetro do buraco ia diminuindo, primeiro aos poucos e depois mais acentuadamente, até terminar no que parecia uma névoa negra. Mesmo com o sol do meio-dia, era impossível enxergar o que havia no fundo daquele buraco.

Ela pegou uma pedra e atirou no abismo, vendo-a ricochetear diversas vezes no barranco até sumir de vista. Aquilo, definitivamente, não era uma ilusão. Um crime realmente fora cometido ali. Muitas pessoas provavelmente foram mortas. E a função de Lucine era encontrar o culpado. Ou culpada.

Capítulo 12

Recuperação

O esqueleto parecia não ter nenhum problema em perambular pelo lugar, sob o forte sol do meio-dia. O mesmo, no entanto, não ocorria com Sandora, cujos olhos sensíveis se incomodavam com a claridade excessiva, de forma que ela logo tratou de se embrenhar na floresta, grata pela sombra das árvores.

Após tratar das necessidades básicas e voltar a se alimentar – desta vez esgotando definitivamente todos os suprimentos que tinha consigo –, ela ficou um tempo sentada num velho tronco caído, pensando no que faria a seguir.

O esqueleto caminhava em círculos por entre as árvores, quase sem emitir nenhum ruído, atento aos arredores. Era curioso, mas ela sentia como se tivesse formado um vínculo com a criatura. Era muito fácil comunicar-se com ele, e a presença silenciosa a seu lado era reconfortante.

— Você parece ter bastante energia para gastar, meu amigo.

A criatura olhou na direção dela por um instante, mas não parou de caminhar com seus passos lentos e silenciosos.

— Diga-me. Para onde você vai agora? Quero dizer... tem algum lugar em especial para onde você gostaria de ir?

O esqueleto parou e a encarou, balançando a cabeça. *Não.*

— Ainda não se lembra de nada?

Não.

— Gostaria de vir comigo? Pretendo investigar aquilo. – Ela apontou para a pirâmide. – E talvez eu possa encontrar a pessoa que o prendeu e descobrir por que ela fez isso.

A criatura pareceu pensar por alguns instantes, antes de assentir devagar. *Sim.*

— Você, por acaso, sabe escrever?

Uma sequência de gestos. *Talvez. Não me lembro.*

Ela pegou um graveto e escreveu algo no chão.

— Sabe o que está escrito aqui?

Ele analisou as letras por um longo tempo, até finalmente desistir e sacudir a cabeça.

— É o meu nome. Me chamo Sandora.

Ele assentiu.

— Você se lembra do seu nome?

Um dar de ombros.

— E como poderei chamar você?

Ele deu de ombros novamente, depois olhou para ela e apontou-lhe o indicador.

— O quê? Quer que eu lhe dê um nome?

Sim.

Ela pensou por um instante.

— Não sei, isso é difícil. – Ficando em silêncio, pensativa, por um longo tempo, ela tentou recordar-se de nomes dos personagens de seus livros preferidos. – Que tal Laio? Ou Ormeu? Ou Gram?

Ele fez um gesto afirmativo ao ouvir a última sugestão.

— Gram? Gostou desse nome?

Ele assentiu novamente.

— Tudo bem então... Gram – ela sorriu. – Mas devo avisá-lo que esse era o nome de um homem muito forte, mas metido a valentão, que se tornou o pior vilão do mundo. Ou, pelo menos, no mundo de um dos livros que eu li quando criança.

Ele levantou os dois braços esqueléticos, apertando os punhos com força, exibindo os músculos inexistentes.

Ela ampliou o sorriso.

— Será mesmo que você é tão forte assim? Não me parece muito impressionante neste momento.

Ele baixou os braços e curvou os ombros, num gesto de desânimo.

Antes que ela tivesse tempo de registrar o movimento dele, no entanto, foi dominada por uma familiar, mas bem desagradável sensação. De repente sentiu-se dentro da biblioteca novamente, o mundo fechando-se sobre ela enquanto lutava para não se afogar no que parecia um oceano de emoções desagradáveis.

O suor lhe escorria pela têmpora quando percebeu que o pânico ameaçava tomá-la novamente. Então sentiu uma mão no seu ombro. Uma mão familiar, reconfortante. Ela olhou para trás. Gram a encarava, parecendo preocupado, enquanto mantinha a mão esquelética e enluvada sobre ela.

Sandora engoliu em seco e respirou fundo, tentando se acalmar. Após alguns momentos o pânico arrefeceu, mas a sensação desagradável continuava ali. Mas agora ela percebia que era bastante diferente do que ocorrera em Aldera. A sensação ruim não vinha dela própria, parecia originar-se de outro lugar, de outra coisa. Algo que vinha na direção dela.

Franzindo o cenho, séria, ela forçou-se a vencer os tremores involuntários, levantou-se e fez um gesto para que Gram a seguisse. Passaram por entre duas árvores e chegaram a uma trilha que parecia cortar a floresta até sumir de vista na direção das montanhas. E deram de cara com três pessoas.

Os recém-chegados sobressaltaram-se ao vê-los. Eram dois homens e uma mulher. Todos usavam roupas comuns e pareciam camponeses, mas Sandora tinha certeza de que era só um disfarce. O que vinha na frente era um moreno alto e musculoso, com cabelos pretos e de expressão mal-encarada. O outro era de estatura mediana e atlético, loiro e parecia muito jovem. A mulher era morena e magra como uma vara.

Sandora estreitou ainda mais os olhos. Eram *estranhos*, assim como os seguidores de Mestre Gil.

O musculoso gritou para a mulher:

— O prisioneiro está solto. Avise o mestre, nós vamos prendê-lo de novo.

A mulher fez menção de se afastar, mas não teve chance, pois Sandora levou a mão direita para a frente, lançando a teia de aranha, que a envolveu completamente, derrubando-a no chão. Quase que ao mesmo tempo, como se tivessem sincronizado os movimentos, Gram avançou sobre o musculoso com sua incrível agilidade, pegando o homem de surpresa e lhe infligindo uma poderosa sequência de golpes.

Sandora olhou para o outro homem e o viu subitamente mudar de aparência, sua pele se tornando negra e escamosa, os olhos se tornando vermelhos e grandes e curvados chifres, como os de um bode, surgiram em sua testa. Suas mãos adquiriram garras poderosas e em suas costas brotou um par de asas como as de um morcego, mas que pareciam danificadas demais para voar. Uma cauda grande e pontuda também surgiu, completando o visual demoníaco.

A sensação ruim que ele emitia aumentou consideravelmente, fazendo com que Sandora se sentisse nauseada. O trauma recente ainda a afetava muito e ela estava trêmula demais para reagir quando o demônio correu para ela dando-lhe um golpe em diagonal com a garra.

Se não fosse pela aura negra protetora, aquele monstro provavelmente teria lhe cortado ao meio. Em vez disso, ela sentiu apenas o impacto do golpe e foi lançada para trás. O monstro então virou-se e foi ajudar o companheiro. Ao ser atingida, Sandora perdeu a concentração e a teia acabou se enfraquecendo, o que permitiu que a mulher se soltasse. Em seguida ela se transformou também, mas em uma criatura muito diferente.

A pele adquiriu um tom claro e brilhante, os cabelos tornaram-se prateados e cresceram abundantes pelas costas, quase chegando à altura dos joelhos e um par de grandes asas cobertas de penas surgiu de suas costas.

Ela então abriu as asas, deu um salto e saiu voando, ignorando completamente a luta à sua frente.

Sandora tratou de se levantar e correu para ajudar Gram. O musculoso tinha se transformado também e o esqueleto estava em desvantagem. Ela invocou seus construtos e entrou na briga.

Foi uma luta demorada. Os demônios eram muito resistentes, mas não tinham muitas habilidades além da força física. Sandora e Gram conseguiram dominá-los sem grandes problemas, mas levaram um bom tempo para isso.

— Vocês são servos do Mestre Gil – afirmou ela, ao vê-los caídos e quase sem energia.

Os monstros não negaram nem pareceram surpresos com a afirmação.

— Como você conseguiu libertar o prisioneiro? – perguntou um deles. – Ninguém além do Mestre poderia abrir aquela porta.

Ela estreitou os olhos.

— Está falando dele? – ela apontou para Gram. – E por que ele estava preso? Qual a razão de tudo isso?

— Você vai ter que perguntar ao Mestre – o outro disse. – Não sabemos de nada.

— E onde está o Mestre?

— E por que eu deveria contar?

Sandora olhou atentamente para os dois. Apesar da aparência monstruosa, eram muito parecidos com Alane e os outros seguidores do mestre. Não se preocupavam consigo mesmos e ela nunca conseguiria forçá-los a contar nada.

Materializando seu chicote, ela desferiu um golpe em cada um deles. A aura negra, como sempre, protegeu-os dos ferimentos corporais, mas drenou o restante da energia espiritual de ambos, fazendo-os desmaiar.

Depois de alguns segundos, no entanto, Sandora presenciou um fenômeno curioso.

Os corpos dos demônios endureceram e depois pareceram virar pó, assim como as estátuas do interior da pirâmide. Depois de algum tempo, a única coisa que restava era uma pequena pilha de poeira branca no chão.

A sensação desagradável desapareceu totalmente, o que foi extremamente bem-vindo, uma vez que Sandora estava quase a ponto de vomitar.

Depois de respirar fundo e engolir a saliva diversas vezes, ela voltou-se para Gram.

— Temos que sair daqui.

Sandora não sabia bem em que momento tinha começado a desconfiar do Mestre Gil. Tanto que não tinha ficado nem um pouco surpresa quando os demônios deram a entender que eram enviados dele. De alguma forma, em seu inconsciente, ela desconfiava que ele estava envolvido com o que ocorrera com ela na biblioteca de Aldera. Ele lhe dera as dicas para que ela descobrisse aquele encantamento. Ele a havia deixado curiosa e confiante naquela habilidade amaldiçoada. Tinha que ser ele!

No entanto uma parte racional dela sabia muito bem que aquilo não passava de uma tentativa desesperada de isentar-se de sua culpa, de jogar a responsabilidade para outra pessoa para que ela se sentisse melhor. Ela não iria por aquele caminho. Tinha que confrontar o Mestre e tirar aquela história a limpo, só assim poderia voltar a ter paz de espírito. Se é que isso ainda fosse possível algum dia.

Sandora e Gram seguiram na direção que a mulher voadora tinha tomado, na esperança de encontrar uma forma mais fácil de sair daquele lugar. A ideia de ter que escalar uma daquelas enormes montanhas não era nada agradável. Sandora tinha esperanças de que não houvessem mais deles por ali, afinal era óbvio que eles não esperavam encontrar visitantes.

Após alguns minutos, chegaram numa clareira onde havia algumas cabanas rústicas de madeira e diversos apetrechos espalhados que sugeriam que alguém vivia por ali. Sandora invocou um construto e enviou-o para o meio das cabanas. Não houve qualquer reação, aparentemente o lugar estava vazio.

Sandora se aproximou e começou a vasculhar as cabanas enquanto Gram montava guarda. Definitivamente alguém tinha vivido por ali e provavelmente por um bom tempo. Devia ser onde aquelas *coisas* moravam. Em uma das construções rústicas, ela encontrou livros e papéis com anotações. Sem hesitar, Sandora enfiou tudo o que pôde em sua bolsa de fundo infinito. Não poderia perder muito tempo ali. Ao entrar na última cabana, ela finalmente achou o que procurava: uma plataforma de vento.

— Gram, venha cá! – chamou ela, enquanto se aproximava e olhava para o teto da construção, onde havia um buraco exatamente sobre o local onde se encontrava a plataforma.

Sandora sabia que, acima das nuvens, o campo de energia era muito espesso e movia-se em altas velocidades, formava correntes parecidas com as correntes marítimas. O funcionamento básico da ponte de vento era projetar pessoas ou objetos diretamente para cima a fim de pegar "carona" numa corrente específica capaz de levar a pessoa até seu destino. As plataformas causavam uma perturbação nas correntes energéticas. Assim, quando entrava em uma corrente específica, a pessoa era transportada quase instantaneamente pelo espaço até encontrar uma perturbação. Nesse ponto a pessoa era forçada para fora da corrente e a plataforma a levava novamente para o solo. O mais impressionante era que todo esse processo levava apenas alguns segundos.

De qualquer forma, não podia haver barreiras entre a plataforma de vento e o céu para que o mecanismo funcionasse e essa devia ser a razão para existir um buraco no teto.

Gram entrou na cabana e Sandora fez sinal para que ele se aproximasse dela, subindo na plataforma. Ela então abaixou-se e tocou a pedra esverdeada, ativando o portal.

◆ ◆ ◆

— Já de volta, rastreadora?

Lucine ignorou a pergunta zombeteira do soldado e dirigiu-se diretamente ao major, que conversava com alguns estudiosos ao lado da enorme pedra negra que era conhecida no Exército como "a armadilha".

O Major Iguiam era um homem corpulento, na casa dos 30 anos e que parecia ter muito orgulho de seu bigode. Ao vê-la se aproximar, ele a saudou com um gesto de cabeça.

— Encontrou algo de interessante lá?

— Com certeza tem muita coisa interessante naquele buraco. Alguém precisa descer lá e investigar aquilo.

— As ordens do capitão são para apenas manter vigilância por enquanto.

— Certo – disse ela, examinando a pedra escura. – Posso fazer uma pergunta?

— Vá em frente.

— Como, exatamente, funciona esta coisa?

— Não é minha especialidade também, então não sei muito sobre ela. O general queria fechar o cerco e não deixar o vilão escapar, por isso trouxemos isso para cá. Ela é capaz de detectar e interceptar quase qualquer tipo de transporte místico. Não que existam muitos por aí, é claro. Habilidades de transporte são muito raras, e geralmente, para usá-las, é necessário o uso de catalisadores incomuns que são muito caros. Bom, de qualquer forma, o objetivo aqui era impedir que o tal Donovan fugisse.

— E não parece ter dado muito certo.

— Na verdade, não sabemos. A pedra interceptou três pessoas que utilizaram habilidades de transporte, e acredito que você já tenha falado com todos eles, não?

— Sim. E eles estão espalhando rumores ridículos sobre bruxas e monstros. Eu diria que eles sabem tanto sobre o que aconteceu como nós.

O major a encarou por um tempo, pensativo.

— O que foi? – Perguntou ela, levantando a sobrancelha.

— As tropas estão um tanto confusas com a sua presença aqui.

Lucine, acostumada com aquela reação, deu de ombros.

— Eu sou boa no que faço, major, mas não estou aqui por minha vontade. Por alguma razão o capitão Joanson acha que vale a pena colocar uma caçadora de recompensas como eu para investigar um evento ocorrido durante uma ação militar. Eu não sei qual a preocupação do capitão para ele ter tomado uma atitude assim, mas o fato é que fui contratada para fazer um trabalho. E pretendo fazê-lo.

— Entendo. O fato é que o capitão me pediu para compartilhar com você qualquer coisa que encontrarmos e... bem...

— Tiveram alguma pista?

— Nada muito conclusivo. Mas os estudiosos analisaram a armadilha e encontraram emanações que sugerem que houve sobreviventes.

— Então a armadilha não funcionou?

— Nossa suspeita é de que as habilidades do professor Romera são grandes demais para que essa coisa pudesse interceptá-lo. Os padrões sugerem que houve um teletransporte em massa. Se as leituras estiverem corretas, no mínimo 10 pessoas foram transportadas para fora da cidade antes do evento fatídico.

— Então os membros da guarda podem estar vivos?

— Conhecendo o general Nostarius e o resto da Guarda Imperial, eu ficaria bastante surpreso se descobrisse que eles não tinham conseguido encontrar alguma forma de escapar.

— Tem alguma ideia de para onde essas pessoas foram transportadas?

— Isso é o mais curioso. Não foram todas para uma única localidade.

— Nesse caso, me passe a localidade mais próxima.

◆ ◆ ◆

A Floresta Amaldiçoada estava exatamente como antes. Sandora saíra dali há apenas uns poucos meses, mas lhe parecia uma eternidade. Era até estranho ver que a floresta não tinha mudado em nada, enquanto ela se sentia completamente diferente.

Não querendo surgir no centro de uma cidade acompanhada por um morto-vivo, Sandora preferira vir até ali, longe de olhares curiosos, para descansar e planejar sua próxima ação.

Ao tocar a plataforma de vento, minutos atrás, ela sentira que o portal para Aldera não estava mais disponível. Portais podiam ser bloqueados, a bruxa Liseria fazia isso o tempo todo, mas Sandora podia sentir que não era o caso. A ponte para Aldera havia desaparecido como se nunca tivesse existido.

O desastre da biblioteca não poderia ter sido tão grave assim, poderia? De qualquer forma, ela precisava ver por si mesma.

Mas não agora. No momento, ela se sentia fraca, vulnerável, e odiava sentir-se assim. Precisava repousar, pensar, planejar. E também analisar as coisas que pegara naquela cabana minutos antes.

A paisagem a seu redor era familiar. E desoladora. As mesmas feias e encurvadas árvores, a mesma atmosfera sombria. Era como se houvesse uma névoa escarlate sobre o lugar. Tudo parecia frio, decadente, vazio, doente.

O céu estava encoberto por grossas nuvens, o que também era comum por ali. Provavelmente a razão para as plantas do lugar parecerem tão sem vida era o fato de nunca terem recebido nenhum raio de sol diretamente. Um vento frio soprava, castigando as folhas e troncos retorcidos, gerando um assobio sinistro.

Sandora levantou o rosto e fechou os olhos, sentindo o vento em sua pele. Meses antes, ela provavelmente estaria correndo em busca de abrigo contra o frio cortante, mas agora isso não mais a incomodava. Hoje, ela se sentia parte daquele lugar mais do que nunca. Em vez de uma ameaça, a floresta tinha se transformado em uma espécie de refúgio.

O capitão Joanson havia lhe dito meses atrás que ele e sua tropa tinham caçado os monstros que havia por ali. Tinham descoberto o ninho e acabado com todos eles. Aquilo era bom, porque, no momento, ela não estava com ânimo ou paciência para mais *rounds* contra aqueles licantropos covardes.

— Gram, eu preciso descansar por alguns dias.

A criatura assentiu com certa veemência, como se estivesse esperando que ela dissesse isso.

Seguiram em silêncio pelo caminho entre as árvores encurvadas, enquanto o vento gelado soprava, agitando-lhes as roupas.

Depois de um tempo de caminhada, chegaram às ruínas do velho castelo. Não havia restado pedra sobre pedra, os *purificadores* tinham feito um excelente trabalho de demolição. Tudo o que restava era uma enorme pilha de pedras e pedaços parcialmente queimados de madeira.

Gram alternava olhares entre ela e os destroços, parecendo curioso.

— Era minha casa. Até os caçadores de bruxas virem e destruírem tudo.

Gram assentiu e dirigiu-se para a pilha de pedras, aparentemente interessado em algo que viu ali.

Sandora lembrava-se perfeitamente da sensação de desolação, desespero e depois determinação que a havia tomado da última vez em que estivera ali. Ela imaginava que voltaria a sentir-se da mesma forma, mas não foi o que ocorreu.

Todos os assuntos pendentes que ela tinha com aquele lugar tinham sido resolvidos quando ela ajudou o capitão a prender os responsáveis pela morte de Liseria. Percebeu que o passado não mais a incomodava, o que fez com que se sentisse um pouco mais leve. Respirou fundo e deu uma volta ao redor de si mesma, observando tudo a seu redor. Não havia nada particularmente interessante, mas, de alguma forma, sentia um vínculo com aquela terra. No momento, sentia-se tão amaldiçoada quanto aquela floresta. Ambas lutavam para sobreviver apesar das diversidades.

Aparentemente sua decisão de vir até ali fora acertada, pois já se sentia relaxar. Sabia que tinha grandes desafios pela frente, como controlar melhor seus poderes e fazer com que Gram voltasse ao normal, ou, pelo menos, que recuperasse a memória. Mas o futuro, de repente, não lhe parecia mais tão sombrio.

Percebeu que Gram remexia entre as pilhas de destroços, procurando alguma coisa. Aproximando-se, ela percebeu que se tratava dos restos da torre de ferramentas. Em todos os anos que moraram ali, ela e sua mãe quase nunca faziam reparos no castelo, Liseria não se importava muito com a construção, desde que lhe proporcionasse um teto sobre a cabeça e uma cama confortável para dormir. Mas na torre norte havia uma coleção enorme de ferramentas, que Sandora nunca dera muita atenção.

Mas Gram parecia fascinado pelo que encontrava. Ele havia removido uma pilha de pedras do lugar e encontrou uma pilha de objetos de metal, que ele pegava com cuidado e colocava perfeitamente alinhados sobre as pedras ao seu lado. Havia ali martelos, machados, marretas, serrotes, cavadeiras, furadeiras, talhadeiras e outras ferramentas, cujas partes de madeira haviam sido parcial ou totalmente queimadas.

— O que pretende fazer com essas coisas? – perguntou ela, franzindo o cenho.

Ele virou-se para ela e fez um gesto, esticando as mãos esqueléticas e tocando as pontas dos dedos, representando um telhado.

— Quer construir uma casa?!

Ele assentiu e continuou a selecionar as ferramentas.

Sandora ficou olhando para ele, perplexa, por vários instantes. De repente, pensou: *por que não?*

Ainda não se sentia pronta para sair se aventurando pelo mundo novamente. E se ia passar um tempo por ali, o melhor era se dedicar a alguma tarefa construtiva.

A semana seguinte realmente foi construtiva, apesar de bastante exaustiva. A primeira etapa da construção foi preparar as ferramentas. Felizmente alguns poucos pedaços das vigas de madeira do castelo haviam sobrevivido ao incêndio. Gram se revelou um artesão muito hábil ao trabalhar lascas daquela resistente madeira até transformá-las em cabos para as foices e machados. A seguir foi a vez de derrubarem árvores, o que se mostrou um desafio, uma vez que era difícil encontrar madeira adequada naquela floresta. Depois foi o trabalho de escavar o chão pedregoso onde foram afixados os troncos que seriam as vigas mestras da construção. Uma combinação da seiva de certas árvore com lama gerava uma pasta que servia como uma poderosa cola, principalmente entre pedras leitosas. Como quase toda a muralha externa do castelo era feita daquilo, tinham material mais do que suficiente para as paredes. Para o telhado, usaram velhas telhas de cerâmica do castelo. Como a construção era grande, conseguiram encontrar número suficiente de telhas intactas e as instalaram sobre uma armação de madeira rústica.

Pela primeira vez na vida, Sandora sentiu-se feliz por todo o "treinamento" que Liseria a obrigara a fazer. Como era acostumada a carregar coisas pesadas de um lado para o outro, não teve problemas em dedicar-se àquele projeto. Claro, Gram era muito mais forte do que ela, mas Sandora orgulhou-se de poder ajudar no trabalho pesado.

Surpresa, concluiu que Gram já tinha feito aquele tipo de coisa muitas vezes antes, pois ele sabia exatamente o que estava fazendo. Passava instruções para ela por meio de gestos com naturalidade e confiança. Era surpreendente, inclusive, a forma que conseguiam se comunicar sem palavras. Formavam uma equipe e tanto.

A diferença entre ambos era que Gram podia trabalhar muito mais que ela. Ele não se cansava e não dormia, e como podia enxergar no escuro tão bem quanto ela, podia trabalhar a noite toda. Mas ela logo percebeu que as energias dele não eram infinitas. Depois de um período de seis ou oito horas, a aparência dele começava a piorar, como se os ossos fossem deteriorando-se aos poucos. Quanto mais deteriorado, mais fraco ele ficava. Então ela precisava usar seus poderes de cura para restaurá-lo novamente.

Sandora não sabia o que pensar de seus próprios poderes. Sentia por eles um misto de fascínio e terror. A aura negra, que ela não conseguia desativar por mais que tentasse, estava sempre presente. Ela e Gram ficavam protegidos o tempo todo, era impossível se machucar fisicamente. Nem mesmo calos surgiram nas mãos dela depois de manusear aquelas ferramentas rústicas ou carregar todas aquelas pedras. No entanto, cada vez que a aura a protegia, drenava uma parte de suas forças. Isso, combinado ao esforço físico e mais o cansaço gerado pelo uso dos poderes para restaurar Gram, fazia com que ela dormisse quase a noite toda.

Ela também era obrigada a comer pelos dois, uma vez que o uso constante dos poderes a deixava faminta quase que o tempo todo. Felizmente não era muito difícil de encontrar comida na floresta. Não estavam na parte mais fria do ano e existiam muitas árvores frutíferas e pequenos animais para caçar. O riacho de águas sujas também tinha muitos peixes que eram surpreendentemente saborosos.

Depois de cinco dias de trabalho quase que ininterrupto, pelo menos da parte de Gram, a cabana estava pronta. Conseguiram até mesmo fazer um revestimento de pedra para o piso. No entanto não tinham madeira ou ferramentas adequadas para confeccionar portas ou janelas e Gram acabou optando por fazer cortinas de palha.

Tiveram uma noite tranquila para desfrutar do abrigo antes que ele passasse pela prova de fogo. Ou melhor, de água. Na manhã seguinte caiu uma forte tempestade que pareceu abalar até as fundações da pequena construção. Mas, apesar de todo o vento, chuva e granizo, a cabana de pedra se manteve firme no lugar.

Sandora sentiu-se muito feliz e realizada e descansou, tranquila, pelo restante do dia e noite seguintes.

♦ ♦ ♦

— Lucine! Já de volta? – perguntou o major Iguiam, sem muito entusiasmo.

— Boa tarde – respondeu ela, com sua usual rispidez.

— Conseguiu encontrar...?

— Sim. Achei dois sobreviventes, um em cada um dos locais que você me passou. Ambos estão bem e sem nenhum ferimento. Meu palpite é que eram alunos da academia, mas não dá para saber com certeza, porque eles estão com amnésia.

— Isso é terrível!

Ela suspirou.

— Se a Guarda Imperial realmente estiver viva, pode demorar um pouco até conseguirmos encontrá-los. Podem ter sido transportados para qualquer lugar do país e provavelmente não se lembram de quem são.

Capítulo 13

Confronto

— Não! – Sandora gritou, ofegante, enquanto encarava de olhos arregalados a cena à sua frente. Se Gram não a segurasse, provavelmente teria caído de joelhos. À frente deles, o vento soprava sob as bordas da gigantesca cratera, emitindo um assobio sinistro, como se o buraco a repreendesse sem palavras por tê-lo criado.

Ela achou que estava preparada para encarar as consequências de seus atos, de sua imaturidade e impulsividade, mas descobriu que estava enganada. Não havia como evitar se sentir pequena, insignificante e inadequada ao olhar para a absurdamente grande extensão daquele buraco. Ela havia imaginado que algumas pessoas tinham morrido. Que algumas construções pudessem ter sido afetadas. Que alguns dos preciosos volumes da biblioteca tivessem sido perdidos. Mas a realidade é que não restaram livros nem construções e muito menos pessoas. A cidade inteira foi erradicada.

Sandora respirava fundo e esforçava-se para não se entregar ao desespero novamente.

Dois dias atrás, ela tinha ido a Vale Azul para conseguir um pergaminho com destino à plataforma de vento mais próxima de Aldera, bem como para comprar roupas e um elmo fechado para Gram com o que restava do dinheiro que o capitão Joanson lhe dera. As roupas e o elmo novo evitariam que Gram chamasse a atenção das pessoas, pelo menos das que não o observassem muito de perto. Depois disso os dois tinham usado a ponte de vento para chegar até uma pequena vila de agricultores ao sul de Aldera. Tomaram a estrada rumo ao norte e seguiram viagem. Amanheceu, anoiteceu e amanheceu novamente. Apenas no final da tarde haviam chegado até ali.

Ela havia analisado os livros e papéis que pegara da cabana dos *estranhos* na semana anterior e não encontrara muitas informações úteis. Alguns textos escritos à mão revelavam que o escritor era fascinado por outros mundos, principalmente pelo deserto de Chalandri. O texto confuso e prolixo dava a impressão de que havia "fontes de pesquisa" importantes lá e outras anotações levavam a crer que Mestre Gil possuía uma residência nesse lugar.

Sandora precisava encontrá-lo. Ouvir dele o que exatamente ele pretendia ao ensinar-lhe a utilizar seus poderes para criar aquele... buraco negro que destruiu a cidade toda.

De repente, ela virou-se, impulsionada pela sensação de *estranheza*. Aparentemente fora encontrada. Instantes depois, dois homens alados, bastante similares à mulher que ela vira logo que tinham saído da pirâmide, pousaram no chão à frente deles. Apesar da pele brilhante e da cor diferente dos cabelos, Sandora conseguiu reconhecê-los. Vira-os várias vezes em Aldera.

— Ah, são vocês – disse ela, apertando os olhos e os punhos, tentando controlar as emoções.

— Você conseguiu impressionar o Mestre, Sandora – falou um deles, apontando para a cratera. – Aquilo ali foi um excelente trabalho, muito melhor do que esperávamos.

— E ainda por cima conseguiu se infiltrar na pirâmide prisão! Isso foi uma surpresa e tanto – afirmou o outro. – Diga-me, como conseguiu sair da biblioteca? Não foi pela escadaria, afinal, eu mesmo coloquei aquilo tudo abaixo, não tinha como alguém conseguir escapar por ali.

— Como eu havia imaginado – respondeu ela. – Então foram mesmo vocês que me trancaram lá. Queriam me obrigar a usar aquele poder.

— Claro que sim. Tivemos bastante trabalho para conseguir abalar as fundações da biblioteca. Mas, no final das contas, tudo ocorreu como o planejado. Na verdade, você superou em muito as expectativas.

— Exceto pelo fato de ter saído de lá viva – concluiu ela.

— Sim, mas isso é algo que pode ser remediado – ele sorriu.

— É mesmo? – perguntou ela, com expressão irônica.

Cinco minutos depois, o homem alado não mais sorria enquanto recebia o golpe final de seu chicote e se desintegrava, juntamente com seu companheiro.

Ela e Gram tinham formado um vínculo impressionante. Conseguiam se comunicar sem palavras e formavam um time mortal durante uma luta. Os homens alados não tiveram a menor chance.

Infelizmente aquelas criaturas eram leais ao Mestre Gil, acima de tudo. Preferiam morrer a falar qualquer coisa que ele não tivesse autorizado. Ela não descobrira nada de novo com eles, exceto a confirmação de que fora usada de forma premeditada. Por alguma razão, Gil queria destruir aquela cidade e a tinha manipulado para fazer isso para ele.

Tinha que encontrá-lo, mas infelizmente a única pista que tinha era alguns papéis que falavam em uma hipotética residência em outro mundo.

Sandora precisava de informações. Por um momento cogitou procurar os soldados do Exército, afinal aquele capitão a tinha ajudado uma vez, não tinha? Pensando bem, não tinha sido o próprio capitão que a tinha mandado para Aldera? Teria ele alguma ligação com Gil? Ou estava apenas sendo paranoica? Dario Joanson não parecia ser um manipulador sem escrúpulos, mas o Mestre

Gil também não. Por outro lado, se o Exército trabalhava mesmo para manter a lei e a ordem no país, provavelmente a prenderiam por ter destruído a cidade.

Dando uma última olhada para o buraco escuro, ela virou-se e chamou Gram com um gesto. Não tinham mais nenhum assunto a tratar naquele lugar.

◆ ◆ ◆

A tarde já estava quase chegando ao fim quando Sandora decidiu parar para descansar. Ela e Gram tinham caminhado muitos quilômetros, mas levaria mais de um dia para chegarem até o vilarejo que tinha a plataforma de vento. E para ela decidir que caminho tomaria a seguir.

Nesse momento foram surpreendidos por uma voz feminina atrás deles.

— Finalmente a encontrei, Bruxa de Aldera!

Ela e Gram se viraram, encarando a recém-chegada. Parecia jovem, mas usava armadura e elmo e tinha uma espada longa em cada uma das mãos.

Gram imediatamente interpôs-se entre as duas, na óbvia intenção de proteger Sandora.

— O que você quer? – perguntou Sandora, pondo uma mão no ombro de Gram e ficando ao lado dele enquanto encarava a mulher.

— O Exército Imperial quer conversar com você. Mande seu amigo passear e venha comigo pacificamente que ninguém precisa se machucar.

— Você não parece oficial do Exército.

— É porque não sou. Meu nome é Lucine Durandal e estou sendo paga para levar você até o major.

Sandora recordava-se daquele nome.

— Você é a rastreadora que trabalha para o capitão Joanson.

— Oh, então minha fama me precede?

— E por que esse... major quer me ver?

— Não se faça de desentendida! Você trabalha para Donovan e está atolada até o pescoço na sujeira dele!

Sandora se surpreendeu.

— Donovan?

— O que está insinuando? Que não conhece ele?

Sandora encarou Lucine por um tempo, antes de responder com outra pergunta:

— Pode descrevê-lo?

Lucine estava claramente ficando irritada com aquela conversa.

— Claro que posso. Velho, na casa dos 70 anos, grisalho, olhos azuis, mais ou menos da minha altura, fala mansa e muito amigável, sempre rodeado por uma multidão de jovens que fazem tudo o que ele manda. – Lucine percebeu que a outra a fitava completamente boquiaberta. – Que foi, o bicho comeu sua língua?

Sandora balançou a cabeça, a sensação de irrealidade voltando a assaltá-la.

— E por que você acha que trabalho para ele?

— Ora, não me venha com conversa! O velho se sentiu encurralado pelo Exército e mandou você acabar com a cidade inteira para que ele pudesse fugir! E pare de fazer essa cara de espanto! Sabemos que foi você, temos várias testemunhas. Seu nome é Sandora, não é?

Donovan! Aquilo mudava tudo. Sandora não estava atrás de um simples velho excêntrico com uma legião de monstros a seu comando. Estava atrás de um maluco genocida, que, segundo o que lera, já havia tentado destruir metade do Império anos atrás.

— E onde ele está esse Donovan?

— Já falei para parar de bancar a inocente! Se eu soubesse onde ele está, não estaria perdendo meu tempo com você. Agora cale a boca e venha comigo!

— Não.

— Como é?!

— Não permitirei que me digam o que devo ou não fazer. Não vou aceitar isso nem de você nem de ninguém.

Lucine estreitou os olhos.

— Tudo bem, você é quem sabe. Faremos isso do jeito difícil.

Lucine Durandal era uma lutadora excepcional. Rápida e mortal com suas espadas, era capaz de lutar contra Gram em pé de igualdade. Também possuía a irritante habilidade de inutilizar os construtos de Sandora com golpes de suas lâminas.

Ela conseguia cortar ao meio o chicote, a teia e até mesmo o ferrão. Assim que os construtos eram cortados por uma das espadas de Lucine, eles se dissipavam, não causando nenhum mal a ela.

Em determinado momento Lucine atingiu Gram na cabeça e ele foi obrigado a tirar o elmo, que havia amassado e o impedia de enxergar.

Lucine não se surpreendeu ao ver a face esquelética dele. Assim como não se surpreendeu com a aura negra que protegia Gram e Sandora. Joanson provavelmente tinha dado todas as informações que tinha àquela mulher antes de mandá-la caçar a "Bruxa de Aldera".

Gram estava recebendo muitos golpes. A rastreadora era rápida demais para eles, não podiam continuar naquele ritmo por muito tempo. Sandora tentou outra técnica e materializou vários esqueletos ao redor da moça. Enquanto ela atacava um, recebia golpes dos demais e de Gram. Infelizmente seus construtos eram quase sempre derrotados com um único golpe e, quando finalmente a energia espiritual da adversária se esgotou, Sandora estava se sentindo acabada, mal conseguindo manter-se em pé.

Lucine caiu desmaiada, mas sem nenhum ferimento, graças à maldita aura negra, que protegia amigos e inimigos indistintamente.

Sandora olhou ao redor. Estavam numa estrada quase deserta, à beira de um bosque. Não podiam deixar a mulher ali, estendida no meio do caminho.

— Gram, ainda tem forças para carregá-la?

Ele assentiu.

◆ ◆ ◆

Na manhã seguinte, Lucine Durandal foi acordada por um raio de sol em seu rosto. Por um momento ficou confusa, não se lembrava de onde estava ou de como tinha chegado ali. Percebeu que estava confortavelmente recostada ao tronco de uma árvore, na qual ela estava amarrada por uma de suas próprias cordas. Movendo-se, ela percebeu que as cordas estavam frouxas e que podia se livrar dali sem grandes problemas.

Então lembrou-se da luta da tarde anterior e seu rosto ficou rubro de humilhação. Fora derrotada de forma vergonhosa pelos mortos-vivos comandados por aquela bruxa. E depois a filha da mãe a deixara ali, sem nenhum ferimento aparente. Até a amarrara de forma que não caísse da árvore durante o sono.

Como se tudo aquilo já não fosse humilhação suficiente para ela, de repente percebeu que não estava mais sozinha.

— Olha só, Laina! Que tipo de fruta você acha que é aquela ali?

A tenente loira olhou para onde seu colega Iseo apontava e, ao ver Lucine amarrada ao tronco com expressão contrariada, caiu na risada, enquanto chamava os demais.

— Loren, Alvor, Beni! Venham ver isso aqui!

Que ótimo, pensou Lucine. A tropa de palhaços caçadores de monstros do capitão Joanson. Suspirou e recostou-se novamente ao tronco da árvore. Aquela não era a pior manhã da sua vida, mas com certeza passava perto.

◆ ◆ ◆

Depois de lhe tirarem da árvore, os soldados fizeram questão de examinar Lucine e garantir que ela estava bem. Prepararam-lhe uma pequena refeição matinal improvisada e não a deixaram ir embora antes que comesse e estivesse novamente corada e bem disposta. Essa era a parte boa. A parte ruim é que não pararam o tempo todo de fazer gracinhas e piadinhas com ela. Riram e caçoaram o quanto puderam.

— Essa é a Sandora que nós conhecemos! – dizia Laina, enquanto tomava um gole de seu café. – Luta como uma...

— Bruxa – completou Lucine, mal-humorada.

Todos os outros riram.

— Temos que ir, pessoal – comentou Iseo. – Temos bastante trabalho pela frente.

— Então, quer dizer que o capitão quer que eu esqueça da bruxa e vá caçar monstros com vocês? – Lucine perguntou.

— Sim – respondeu Iseo. – Nós vamos precisar muito de você. Parece que novos portais andaram se abrindo recentemente, já recebemos alertas de monstros em vários locais diferentes. E o capitão colocou isso como prioridade máxima para todos.

— E precisava de cinco de vocês para vir me passar a mensagem?

— Não, exatamente – respondeu a ruiva. – Mas como nosso primeiro alvo é aqui perto, achamos melhor virmos juntos para poupar tempo.

— Vamos nessa, pessoal! Acabou o recreio! – Iseo terminou de arrumar as coisas na mochila e levantou-se.

— Me deem um tempinho, pessoal, já alcanço vocês – disse Laina, embrenhando-se no mato.

Gritando algumas gracinhas para a loira, os demais juntaram suas coisas e partiram.

Após alguns minutos, quando Laina já estava retornando à estrada, arregalou os olhos ao ver quem bloqueava seu caminho.

— Sandora!

— Olá, Laina.

A loira pareceu genuinamente feliz em vê-la.

— Há quanto tempo! Você parece estar muito bem – disse Laina, com um sorriso caloroso.

— Para uma bruxa assassina destruidora de cidades, você quer dizer?

O sorriso da loira desapareceu.

— Não, eu não quis dizer...

— Eu ouvi a conversa de vocês – Sandora a interrompeu, seca. – E tenho algumas perguntas.

◆ ◆ ◆

Meia hora depois, Laina finalmente conseguiu alcançar o resto da tropa, tendo que ouvir diversos gracejos sobre "intestino mal-humorado" e coisas do gênero. Ela tratou de entrar na brincadeira e fazer algumas sugestões insinuantes para os homens, o que acabou arrancando gargalhadas de todos. Exceto de Lucine, que ignorava a conversa e exibia apenas sua expressão habitual de poucos amigos.

Laina sempre se considerou uma pessoa leal. Leal a seus superiores, leal a seus companheiros, leal a seus amigos e fiel a cada um dos diversos namorados que já teve. Se seus amigos lhe pedissem qualquer coisa, ela sempre fazia o possível para ajudar. E sabia muito bem guardar segredos.

Olhando para trás por alguns instantes, ela silenciosamente desejou boa sorte a Sandora. Com certeza aquela era uma mulher que precisava desesperadamente de amigos.

Capítulo 14:

Reviravoltas

Três dias depois, Sandora olhava para os familiares e extensos bosques entremeados de plantações de trigo e cevada. Ela, definitivamente, não esperava retornar àquele lugar.

Após vencerem a última colina, ela avistou o vilarejo. Continuava igual ao que ela se lembrava: cerca de uma dúzia de casas alojadas dentro de um cercado de madeira. A diferença é que o cercado parecia estar bem mais danificado do que antes.

Segundo Laina, um dos chamados que o Exército recebeu a respeito de ataque de monstros tinha vindo deste local. Mas como apenas uma criatura havia sido avistada nesta região, foram designados somente alguns soldados de baixo escalão para proteger o vilarejo, enquanto as tropas de elite foram enviadas para outras cidades, onde a ameaça aparentemente era bem maior. As tropas de "caçadores de monstros" viriam para cá assim que tivessem controlado a situação nas demais localidades.

Sandora estava muito interessada em ver o portal por onde esses monstros supostamente saíam. Poderia encontrar pistas valiosas sobre seus próprios poderes. Talvez pudesse até mesmo achar algo que a levasse ao Mestre Gil. Ou melhor, a *Donovan*. Pelo que ela sabia dele, o homem era maluco, mas não era burro. Já a havia subestimado duas vezes, portanto era pouco provável que ela tivesse sorte uma terceira vez. Sandora precisava virar o jogo. Se ficasse parada ou se não fosse esperta o suficiente, o homem a encontraria de novo e dessa vez jogaria sobre ela muito mais do que apenas alguns capangas molóides.

Ela avançou pela estrada na direção do vilarejo, onde parecia estar tendo alguma comoção. Diversas pessoas estavam reunidas próximo ao portão.

Sandora olhou para o lado e percebeu que Gram a acompanhava andando por entre as árvores do bosque à direita da estrada, a cerca de cinquenta metros de distância. Ele havia adquirido, ou talvez reaprendido, uma interessante e eficiente habilidade de camuflagem. Ele agora podia se tornar quase invisível quando andava por entre as árvores. *Mimetismo Empático*, era como alguns autores chamavam esse tipo de poder e era uma técnica bastante usada por sacerdotes da Irmandade da Terra. Quem usava essa camuflagem só podia ser detectado por pessoas que sabiam o que estavam procurando. E como ninguém esperava encontrar um esqueleto humano caminhando pelo meio do mato, aquela técnica era perfeita para Gram.

Ela, sinceramente, esperava que a descoberta daquele novo poder significasse que ele estava aos poucos recuperando a memória. A pobre criatura era outra vítima de Donovan, pensou ela, com raiva. Pensar em tudo o que Gram devia ter passado durante os anos que ficou preso naquela forma, fazia com que seus próprios problemas parecessem insignificantes.

Ela tinha plena ciência de que Gram a tinha ajudado muito mais do que ela a ele. Gram estava sendo seu suporte emocional no pior momento de sua vida. Sua presença silenciosa e às vezes irreverente a acalmava e a ajudava a se focar no que realmente interessava.

A bruxa e o morto-vivo, pensou ela, ensaiando um sorriso. Parecia até título de livro.

Desde que adquirira aquela aura negra, Sandora não sofria mais com variações de temperatura, mas de alguma forma ainda podia sentir o frio e o calor. Naquele dia, o sol brilhava intensamente, afastando um pouco do frio do inverno. Como estava na região tropical do Império, o clima não era muito rigoroso por ali. Inclusive, hoje devia ser um dos dias mais quentes dos últimos meses. E mais brilhantes também.

Sandora nunca gostara muito de tomar sol. Seus olhos sempre foram muito sensíveis e ela sempre tivera preferência pela sombra e por lugares escuros. Mas depois de todas as viagens que fizera ao lado de Gram, ela percebeu que estava acostumando-se a sentir os raios de sol em seu rosto e que aquilo não era nada ruim. Claro, levava um tempo para acostumar os olhos à claridade, mas depois disso a sensação era agradável.

Era curioso como uma parte dela parecia buscar a luz enquanto a outra se agarrava cada vez mais à escuridão. A pequena cabana que construíram na Floresta Amaldiçoada se parecia cada vez mais com uma casa, um refúgio para onde ela sempre poderia voltar.

Nesse momento, as pessoas que conversavam no portão da vila obviamente a viram, porque dois dos soldados começaram a marchar em sua direção. Sandora continuou seguindo em frente e, cerca de cinco minutos depois, encontrou-se com eles.

— Boa tarde – saudou um dos soldados.

— Olá – respondeu ela.

— Desculpe a pergunta, moça, mas por acaso você tem algum assunto a tratar nesta vila?

— Não exatamente.

— Estamos em estado de alerta no momento, não é muito seguro permanecer por aqui. Para sua própria segurança recomendamos que dê meia volta e deixe para tratar dos seus assuntos numa outra ocasião.

Sandora olhou por cima do ombro do soldado, o que não era muito difícil, já que ele devia ser uns dez centímetros mais baixo do que ela. Parecia estar havendo uma discussão na entrada do vilarejo. A velha de cabelos brancos neste momento apontava sua clava para um dos soldados, visivelmente contrariada.

Ela voltou sua atenção para o soldado.

— E é isto que estão tentando convencer os aldeões a fazer? A abandonar suas casas, fugindo como covardes?

O homem se irritou.

— Escute, moça, não sei quem você pensa que é, mas nós somos a autoridade por aqui. Somos responsáveis pela segurança dessas pessoas e...

— E eu não tenho que ficar ouvindo isso – disse ela, afastando os homens do caminho e andando, decidida até a vila.

Os soldados se entreolharam, surpresos e depois vieram andando atrás dela, sem saber direito o que fazer. Eram muito jovens e obviamente muito inexperientes. Sandora lembrou-se dos bem treinados e eficientes soldados do capitão Joanson e pensou que, definitivamente, aquela vila merecia mais do que isso. Aqueles aldeões eram durões e provavelmente tinham mais experiência em combate do que esses novatos que o Exército enviou para protegê-los. E, para esses aldeões orgulhosos e de cabeça dura chegarem a ponto de pedir ajuda, deveriam ter tido uma razão muito, muito forte.

Ao se aproximar, atraiu os olhares de todos que estavam ali. A velha a reconheceu rapidamente.

— Você de novo? O que houve, não encontrou seu caminho? Ou se perdeu de novo?

— Na verdade, eu vim agradecer pelo mapa. Me foi muito útil, obrigada.

— Moça. – Um dos soldados dirigiu-se a Sandora. – Você realmente deveria voltar. Aqui é muito perigoso e...

— Os monstros – disse Sandora à velha, virando as costas ao soldado. – De que direção eles vêm?

— Então você voltou aqui procurando encrenca, hein? – respondeu-lhe a velha, antes de apontar a direção com o dedo. – Noroeste. Demos conta do último que quebrou nossa cerca, mas sabemos que tem mais deles lá.

— E qual a aparência deles?

— Grandes. Muito grandes. Parecidos com rinocerontes, a diferença é que são carnívoros.

Sandora franziu o cenho.

— E como vocês conseguiram matar uma criatura assim?

— Você está caçoando de nós, mocinha?

— Estou fazendo uma pergunta. Como se mata uma criatura dessas?

A velha encarou-a por um longo instante, antes de finalmente decidir responder:

— Com muita sorte. Esse que atacou a vila estava muito ferido, deve ter se metido numa briga ou algo assim. Nós só tivemos que acabar com o sofrimento dele.

— Entendo. E como sabem que há mais deles?

— O caolho ali seguiu a trilha que o bicho deixou no mato. – A velha apontou para o garoto que usava um tapa-olho. – Ele ouviu os rosnados. Deve ter uma família inteira lá.

— Obrigada – disse Sandora, começando a se afastar, mas um dos soldados a segurou pelo braço.

— Moça, é sério, não podemos permitir que vá naquela direção! Não sabemos exatamente o que tem lá. Eles alegam que mataram uma criatura, mas não têm nenhuma prova disso! E nós...

Sandora estacou ao ser abordada, mas não se deu sequer ao trabalho de virar-se para ele.

— É melhor tirar as mãos de mim, a menos que esteja disposto a ficar sem elas.

O soldado recuou imediatamente, como se tivesse sido picado por uma cobra.

Os aldeões riram e começaram a fazer comentários divertidos entre si. Sandora voltou-se para a aldeã idosa.

— O monstro se transformou em pó depois de morto?

A velha senhora assentiu. Os aldeões olharam para Sandora, visivelmente impressionados.

Despedindo-se com um gesto de cabeça, Sandora começou a se afastar.

A velha senhora ficou observando-a caminhar por um momento, depois gritou:

— Ei!

Sandora voltou-se e esperou, em silêncio.

— Você tem reforços?

— Tenho – respondeu Sandora, sabendo que Gram estava por perto.

— Então que os céus protejam vocês.

Sandora assentiu e deu-lhes as costas novamente.

◆ ◆ ◆

Não foi muito difícil encontrar a trilha deixada pelo monstro que atacou o vilarejo, mesmo o ataque tendo acontecido há quase uma semana. O animal descontrolado deixou marcas no chão, nas árvores, nas pedras e em tudo o que encontrou pelo caminho. Era uma trilha de destruição.

Depois de cerca de meia hora de caminhada, Sandora e Gram chegaram a uma região da floresta onde as árvores eram muito altas. A vegetação rasteira era escassa, de forma que era possível enxergar bem longe por entre os grossos troncos das sequoias.

Então ouviram o forte rugido vindo por trás deles.

Os aldeões não mentiram. A criatura era maior que um rinoceronte. Tinha os dois chifres acima do nariz, o corpo coberto por uma grossa pele acinzentada e patas grossas e poderosas. Mas, ao contrário do rinoceronte, esse monstro possuía olhos voltados para a frente em vez de para os lados. E também tinha enormes e afiadas presas, que se projetavam para fora da boca.

Era uma criatura impressionante. E parecia estar com fome. Com uma agilidade fora do comum para um animal daquele tamanho, o monstro disparou na direção deles. Sandora virou-se e correu alguns passos ao mesmo tempo que lançava o chicote em direção ao primeiro galho que encontrou, projetando-se para cima. Com habilidade e um pouco de sorte, ela conseguiu pousar sobre o tronco, escapando por muito pouco de ser atingida pelos chifres do monstro.

Ela procurou por Gram, notando que o monstro o ignorava completamente. Aparentemente a criatura estava interessada apenas em carne. Logo Sandora percebeu que o galho sobre o qual estava não era alto o suficiente. O monstro ficou em pé nas patas traseiras e tentava alcançá-la com o chifre, dando pequenos saltos.

Era absurdo. Não havia nenhuma explicação lógica para uma criatura daquele tamanho e com aquele peso conseguir fazer tudo aquilo. Mas o fato é que estava acontecendo e ela foi obrigada a lançar o chicote novamente e içar-se para o galho de outra árvore antes de ser derrubada.

Aproveitando-se que o monstro estava distraído, Gram correu na direção dele, tomando impulso em um grosso tronco caído e saltou sobre as costas da criatura. O monstro começou a saltar e a se balançar, tentando derrubar o peso inesperado sobre suas costas. Gram tentou cravar os dedos na pele do monstro para se segurar, mas a maldita aura negra já estava ativa, protegendo a criatura de danos físicos. Como resultado, Gram foi lançado para longe, caindo no chão e rolando sobre um colchão de folhas secas.

Sandora saltou para um galho mais baixo e tentou chamar a atenção do monstro.

— Ei! – Gritou ela, balançando os braços.

O monstro então soltou um rugido e avançou na direção dela. Ela então lançou o feitiço da teia de aranha, que o envolveu, mas não teve efeito, pois não era forte o suficiente para impedir o movimento das poderosas patas. Sandora precisou usar novamente o chicote para voltar para um galho mais seguro.

Enquanto isso, Gram já tinha se recuperado do tombo e atacava furiosamente a parte traseira do monstro. Quando a criatura virou-se para ele, Gram tratou de usar sua própria agilidade para colocar-se a uma distância segura.

Dissipando o encantamento da teia, já que estava se mostrando inútil, Sandora saltou para o chão. O monstro imediatamente esqueceu-se de Gram e partiu para cima dela. Sandora então levantou a mão e invocou o ferrão.

O encanto do ferrão normalmente tinha o efeito de paralisar os oponentes, mas aquele rinoceronte supercrescido era grande e forte demais, de forma que apenas se desequilibrou por alguns instantes.

Mas foi tempo suficiente para Gram voltar ao ataque, atingindo-o com uma sequência de golpes no flanco. O monstro se recuperou e tentou atacar Gram, que tratou de correr, escapando por um triz. Sandora aproveitou a oportunidade e invocou o ferrão novamente, com efeitos similares à tentativa anterior.

Foram necessárias mais sete tentativas até que o ferrão finalmente fez efeito e o monstro caiu, paralisado. Sem querer correr riscos, Sandora sinalizou para Gram continuar atacando-o até que a aura negra perdeu o efeito e o monstro se desintegrou, transformando-se em uma pilha de pó branco, similar às que ela já tinha visto antes.

Gram tinha sido atingido pelo monstro algumas vezes, sem contar o violento tombo. Sua aparência estava lastimável. Sandora aproximou-se dele e usou sua habilidade de cura para restaurá-lo. Naquele momento, ela desejou que fosse tão fácil restaurar a si própria, já que suas energias estavam no fim.

Ela tratou então de recostar-se em uma árvore e tomar um pouco de água e mastigar um pouco de carne seca. Já estava guardando as coisas de volta na bolsa quando ouviu rugidos vindo da parte mais densa da floresta. Dirigindo-se para lá com cuidado, Sandora e Gram descobriram o resto da família de monstros: no meio de uma grande clareira, três filhotes do tamanho de um cachorro grande, que mastigavam o que restava dos ossos de algum infeliz animal.

Não foi difícil derrubar os filhotes, uma vez que eles eram pequenos o suficiente para serem envolvidos completamente pela teia.

O mais interessante naquela clareira, no entanto, estava a cerca de 20 metros dos filhotes. Ali havia uma grande pedra, de mais de cinco metros de altura. Bem no meio da pedra, parecia ter sido escavado um grande buraco circular de cerca de três metros de diâmetro. E a floresta que se via por meio do buraco da rocha era completamente diferente da floresta onde eles estavam.

Sandora aproximou-se com cuidado. Então aquilo era um dos famosos portais, de onde os monstros saíam. Por um instante, ela considerou a ideia de entrar por aquele portal e explorar aquela estranha floresta. Mas então percebeu no horizonte amarelado, visível pela passagem no meio da rocha, a silhueta de grandes pássaros. E pássaros muito familiares, eram harpias. Do mesmo tipo contra o qual ela havia lutado antes.

Tinha que dar um jeito naquela passagem. Ela lembrou-se das conversas que tivera com Alane. O portal precisava de um objeto para servir de catalisador. Se o objeto fosse destruído, o portal se fecharia.

Concentrando-se, ela tentou sentir alguma energia incomum ao redor. Não foi difícil encontrar. Uma emanação incomum vinha dos galhos superiores de uma das árvores próximas.

— Gram, coloque os filhotes na passagem – instruiu ela, apontando para a abertura circular na rocha. – Vou tentar fechar essa coisa.

Então ela tratou de prender o chicote no galho mais alto que conseguiu e usou-o para escalar o tronco da enorme árvore. O catalisador era um pequeno monte de palha e folhas grudadas com teias de aranha. Um ninho de pássaro.

Sandora apoiou os pés e segurou num galho com uma das mãos. Ao ver que Gram já tinha colocado o último filhote dentro da passagem e se afastado, ela usou a outra mão para conjurar o chicote e golpear violentamente o ninho, lançando palha e folhas para todos os lados.

Lentamente a passagem circular começou a se fechar.

Ela enrolou uma ponta do chicote em um dos galhos e a outra ao redor da cintura e saltou, descendo suavemente até o chão graças à capacidade de alongamento da arma mística. Gram esperava-a na clareira e ambos observaram o portal se fechar lentamente até que, após alguns minutos, restasse apenas a enorme rocha, totalmente intacta.

Missão cumprida, pensou ela. O problema agora seria determinar se outros monstros, além da família de rinocerontes mutantes, haviam atravessado a passagem.

Como que para responder a sua dúvida, um barulho de bater de asas chamou sua atenção e ela olhou para cima. Um grupo de harpias mergulhava na direção deles.

Por instinto, ela jogou-se para trás e invocou o ferrão, atingindo em cheio e derrubando a harpia que veio na direção dela. Gram, no entanto, não reagiu rápido o suficiente e foi atingido pelas outras duas e arremessado a alguns metros de distância. Os monstros então pousaram e correram para cima dele.

Sandora tentou ajudá-lo, mas, nesse momento, mais uma leva de harpias apareceu e ela precisou efetuar uma série de manobras evasivas para evitar ser atingida. O número de monstros era muito grande. Sandora derrubou algumas, mas não conseguia abrir caminho até onde Gram estava. Depois de derrubar mais um monstro com golpes certeiros do chicote, ela viu um grupo de harpias levantando voo e carregando algo grande. Instantes depois, os monstros que ainda atacavam Sandora também recuaram e saíram voando. Só então ela conseguiu ver com clareza e percebeu que o primeiro grupo carregava Gram, envolto no que parecia uma rede rústica.

Sandora usou o máximo de energia que conseguiu no seu chicote e conseguiu estendê-lo o suficiente para agarrar as pernas do monstro mais próximo. Ela então encurtou o chicote na intenção de ser içada para cima e se aproximar o suficiente do grupo que carregava Gram, mas infelizmente o monstro que ela enlaçou não tinha força suficiente nas asas para lhe permitir aquela manobra. Ao mesmo tempo que Sandora começou a subir, a harpia foi violentamente puxada para baixo, em rota direta de colisão com dela. Num reflexo, Sandora soltou aquele chicote e materializou um novo, enlaçando o tronco da árvore mais próxima e então puxando-se naquela direção, escapando por muito pouco de ser atingida pelo monstro que caía. Para evitar trombar com o tronco da árvore, ela lançou a teia de aranha para frente, de forma que ela se prendesse entre os galhos mais próximos.

Enquanto a harpia desabava no solo com grande impacto, desintegrando-se quase imediatamente, Sandora chocou-se com a teia e, de alguma forma, conseguiu segurar-se nela, evitando por pouco ser lançada para trás depois que a teia se esticou e se estendeu novamente, como uma espécie de cama elástica.

Censurou-se mentalmente por ter tentado uma manobra tão estúpida. Olhou para o céu, mas não viu mais sinal das harpias ou de Gram. Com um suspiro de desânimo, ela usou o chicote novamente para enlaçar um galho acima dela e desceu devagar até o chão.

Algumas das harpias que ela e Gram tinha atingido ainda estavam vivas. Algumas desmaiadas, outras poucas movendo-se com dificuldade, sem forças para se levantar e uma última ainda estava presa numa teia. Não havia como seguir aquelas criaturas, e com certeza elas não iriam querer lhe dar uma carona. Como os bichos também não falavam, ela não conseguia ver nenhuma utilidade em mantê-los vivos.

Dando vazão a toda a frustração que sentia no momento, ela gritou enquanto começava a atacar com seu chicote impiedosamente até ter chacinado todo o bando e restarem apenas pilhas de poeira no chão.

◆ ◆ ◆

O clima na enorme sala de conferências do palácio imperial era de tensão. Todos olhavam com diferentes graus de expectativa para o oficial que se levantava e se preparava para tomar a palavra. O silêncio era total.

— Com a autoridade a mim concedida pelo general Leonel Nostarius, eu me recuso a obedecer a esta ordem. – A voz de Dario Joanson soou alta e clara pelo salão, deixando perplexos muitos dos presentes. Afinal, como ele, um simples capitão, ousava desafiar o Conselho, o órgão de autoridade máxima do país?

Por sua vez, Joanson não era nenhum estúpido. Ele sabia muito bem o que pensavam dele e o preço que teria que pagar por aquela decisão. Mas não tinha escolha. Tinha que ganhar tempo, até que a Guarda Imperial retornasse e consertasse aquela bagunça. Ele não poderia fazer isso, pois não era um ícone respeitado ou temido pelos altos figurões do governo. Não era carismático como Gaia Istani ou hábil negociador como Luma Toniato. Não era excepcionalmente inteligente como Lutamar Romera nem determinado e metódico como Leonel Nostarius.

Tudo o que podia fazer era controle de danos. Evitar que o veneno correndo pelas veias do país se espalhasse. Ao menos, Joanson era bom em fazer amigos. Tinha muitos oficiais leais a ele e que ajudariam a levar até o fim aquela tática que manteria temporariamente as mãos gananciosas do Conselho longe dos cofres públicos e das riquezas imperiais que eles tanto cobiçavam. Que os céus abençoassem seus amigos. Tinha total confiança neles, o que era muito bom, porque ele sabia que ele próprio não tinha muito tempo. Acidentes inexplicáveis tinham ocorrido com os homens de confiança dos generais Toniato e Lemara. E Joanson provavelmente seria o próximo.

◆ ◆ ◆

Os aldeões conversavam nos portões da pequena vila, ao lado dos soldados, quando a velha senhora olhou para a estrada e comentou:

— Ora, ora, vejam quem está voltando. E não parece nada feliz.

Sandora aproximou-se, em seu costumeiro andar determinado, saudando os aldeões com um gesto de cabeça.

— Devo presumir que nossos problemas estão resolvidos? – perguntou a velha.

— Fechamos o portal e demos um jeito em todas as criaturas que encontramos. Acredito que o maior perigo já passou.

Os aldeões começaram a murmurar entre si, alegres. No entanto a senhora idosa continuou encarando Sandora, séria.

— Mas...? – perguntou, em voz bem alta, obrigando todos a ficarem em silêncio.

Sandora suspirou.

— Mas algumas harpias conseguiram escapar voando. E levaram meu amigo.

— Seu amigo, hein? História estranha. Nunca tinha ouvido falar de harpias que capturam pessoas vivas.

Sandora olhou para ela, surpresa.

— Como assim?

— Harpias são conhecidas por devorarem suas presas no lugar onde as encontram.

Sandora suspirou novamente.

— Talvez seja alguma espécie nova. Com tantos portais se abrindo por aí...

— Esses portais estão "se abrindo por aí" desde que eu era criança, mocinha. Já ouvi muitas histórias escabrosas sobre monstros, mas, na minha opinião, não existem tantos mundos por aí como as pessoas parecem pensar.

Sandora apenas assentiu, em silêncio. Estava exausta demais para continuar aquela conversa.

— Venha, garota, você parece prestes a desmaiar. Vamos arrumar uma refeição e uma cama para você.

♦ ♦ ♦

Na manhã seguinte, Sandora sentia-se bem melhor.

— Você conseguiu mesmo derrubar um rinoceronte daqueles? – perguntou um menino de cerca de 13 anos de idade.

— Não – respondeu ela, entre uma mordida e outra do farto café da manhã que ofereceram a ela. – Tudo o que eu fiz foi distraí-lo, pulando de um galho para outro enquanto meu amigo o atacava pelas costas.

— Esse seu amigo parece muito interessante – comentava a senhora idosa, que ainda parecia desconfiada.

— É um bom amigo – respondeu Sandora, simplesmente, antes de voltar a atacar a comida com vontade.

— Deve ter sido uma luta e tanto! – exclamou o menino. – Considerando o quanto você come, deve ter muita energia!

As outras pessoas que estavam por perto riram. A velha abriu a boca para repreender o menino, mas Sandora fez-lhe um gesto com a mão, indicando que não se importava.

— Eu realmente gastei muita energia. E sempre que isso acontece, eu fico com muita fome.

— É difícil imaginar para onde vai toda essa comida num corpinho como esse seu – comentou uma aldeã, o que gerou uma nova rodada de risadas.

Sandora deu de ombros e continuou comendo.

— Sandora – começou a velha senhora –, sei que está preocupada com seu amigo. Pretende partir imediatamente?

Sandora assentiu antes de tomar mais um longo gole de leite de cabra.

— Sinto não podermos ajudá-la.

— Não se preocupe. Não foi por isso que eu vim até aqui – respondeu Sandora, antes de voltar a atenção a seu prato.

— E qual exatamente é a sua intenção? Você não é do Exército. Por que se arriscaria para ajudar pessoas simples como nós?

Sandora pensou por alguns instantes, enquanto terminava de mastigar.

— Tenho minhas razões. Digamos que pessoas já sofreram por minha causa. Além disso eu tenho contas particulares para acertar com algumas dessas criaturas.

— Sabe, quando você apareceu por aqui da primeira vez, eu tinha certeza de que você era uma bruxa.

— Verdade? – perguntou Sandora, nem um pouco surpresa.

A velha deu de ombros.

— Seu jeito de andar, se mover e até de falar lembrava muito um grupo de mulheres malvadas que aterrorizaram esta região há uns quinze anos ou mais.

Sandora deteve-se com um pedaço de pão a meio caminho da boca.

— É a primeira vez que ouço algo assim – admitiu ela.

— É verdade. Eu lembro bem daquela época, bem como da desgraçada que quase arrancou um braço da minha irmã mais velha, que os céus a tenham.

— E o que aconteceu com elas?

— O Exército aconteceu. Os figurões em pessoa, pelo que me contaram. Atacaram tão rápido e com tanta força que as infelizes nem souberam o que as atingiu. Imagino que queriam que ficássemos gratos a eles e parássemos de lutar pela liberdade.

— Não me importo com a tirania do Império – comentou a outra aldeã. – Desde que eles nos mantenham em segurança.

— Basta olhar para os incompetentes que eles mandaram para nos proteger para ver o quanto eles se importam – retrucou a velha.

— Na verdade, eles mandaram suas melhores tropas para cá. – Sandora pensou em Laina e seu grupo e sentiu-se na obrigação de defendê-los. – Mas esse portal não foi um caso isolado. Diversos outros abriram ao mesmo tempo e as tropas receberam alertas de dez cidades diferentes na região.

— É mesmo? Você me parece muito bem informada – disse a velha, desconfiada.

— Eu conheço alguns deles. Foi quando ouvi que não havia tropas disponíveis para mandarem para cá que eu decidi vir.

— Junto com seu amigo.

— Claro. – Sandora olhou para a velha por um momento. – Posso fazer mais uma pergunta?

— Faça.

— O que houve com as bruxas? Quero dizer, depois que o Exército as derrotou?

— As que eles conseguiram pegar foram presas e depois de um julgamento foram condenadas à morte.

— Então nem todas foram capturadas?

— Não, ouvi dizer que uma delas escapou. Era a desgraçada que sempre andava carregando um bebê no colo, acho que era filha dela. Devem estar aterrorizando cidades por aí até hoje.

— Lembra do nome dela?

— Como eu iria esquecer? Ela se chamava Liseria.

Sandora esforçava-se para permanecer calma e controlada, mas descobrir que sua mãe adotiva praticara atos como aqueles era muito perturbador. Decidiu continuar falando, para esconder o próprio nervosismo.

— Se achava que eu era uma bruxa, por que permitiu que eu passasse aquela noite aqui?

— Quantos anos acha que eu tenho, mocinha? Já tenho idade suficiente para ter aprendido que aparências enganam e que rotular pessoas é um dos piores erros que alguém pode cometer. As circunstâncias da sua chegada foram muito... incomuns. Mas fora isso, você não se mostrou agressiva ou indelicada em nenhum momento, mesmo quando nós nos mostramos hostis.

— Entendo – disse Sandora, voltando a comer.

— O que você estava fazendo por essas bandas naquela época, afinal?

— É uma longa história – disse Sandora, antes de pôr mais um naco de pão na boca. Depois de alguns instantes, ela continuou. – Estava tentando voltar pra casa depois de... ter passado por uma situação bastante incomum.

— Entendo – disse a velha senhora, repetindo de propósito a expressão que Sandora tinha usado antes.

Após a refeição, a velha senhora a acompanhou para fora da vila. Após andarem o suficiente para não mais serem ouvidas pelos aldeões nem pelos guardas, a velha senhora apontou para a direção das montanhas ao longe.

— Se procura por harpias, eu sugiro que você vasculhe lugares altos. É lá que elas gostam de fazer seus ninhos.

— É o que eu farei, obrigada.

A velha assentiu e começou a se afastar.

— Ah, e mais uma coisa – Sandora a chamou.

A velha voltou-se para ela, franzindo o cenho.

— Não precisa mais se preocupar com a velha bruxa. Ouvi dizer que um grupo que se intitulava *os purificadores* a capturou e queimou na fogueira meses atrás no Vale Azul.

— E eu ouvi dizer que esse grupo era tão ruim ou até pior do que as bruxas de quinze anos atrás. – Retrucou a velha.

— Eles também já foram todos presos pelo Exército.

— E imagino que você tenha algo a ver com isso?

Sandora deu de ombros e encarou a velha senhora enquanto dizia:

— Um bom homem uma vez me disse que as pessoas devem ser julgadas não pelas cartas que recebem, mas, sim, pelo uso que fazem delas durante o jogo.

— Então esse era um homem sábio – a velha senhora sorriu para ela pela primeira vez desde que a conhecera. Então, sem dizer mais nada, virou-se e voltou para a vila.

◆ ◆ ◆

Longe dali, um membro da Irmandade da Terra olhava para o céu, apreensivo. Um grupo de harpias dirigia-se para o topo da montanha onde ele estava, e pareciam carregar alguma coisa. Aquilo não fazia parte da missão dele, mas não podia ignorar o fato daquelas monstruosidades carnívoras estarem livres para atacar pessoas. Era hora de fazer uma pequena caçada.

Capítulo 15:
Esperança

Sandora levou mais de um dia para chegar ao sopé da montanha mais próxima. Encontrou algumas pessoas e fez perguntas sobre as harpias, mas ninguém tinha visto nada tão grande voando por ali.

Ela ponderava se deveria subir a montanha mesmo assim ou se deveria seguir em frente até a próxima, quando percebeu que havia um riacho não muito longe dali e fazia dias que ela não tomava um bom banho.

O sol começava a se pôr no horizonte quando, após longos e relaxantes momentos numa pequena piscina natural de águas límpidas, ela finalmente se sentia limpa de novo. Quando pensava em acender uma fogueira para ajudar a enxugar os cabelos, ela ouviu ruídos vindos de algum local não muito distante dali. Desconfiada, ela deixou os úmidos cabelos soltos sobre os ombros e foi investigar.

Não precisou caminhar muito para descobrir a origem dos sons que lhe chamou a atenção. Após espiar por entre a vegetação, descobriu que havia um homem ali, em pé sobre uma formação rochosa não muito longe da margem do riacho.

Era um rapaz bonito, devia ter mais ou menos a idade dela e parecia em ótima forma física, considerando a facilidade e familiaridade com a qual ele manuseava um bastão, obviamente em algum tipo de treinamento de combate.

Ele era loiro e usava o cabelo comprido amarrado num rabo de cavalo. O belo rosto estava concentrado, enquanto se exercitava de olhos fechados, como se tivesse feito aquilo a vida inteira. Ele parecia militar, apesar de não estar usando um uniforme. Em vez disso, ele trajava uma vestimenta reforçada, não exatamente uma armadura, e sobre ela um sobretudo branco, que esvoaçava com seus movimentos. As botas iam até o joelho e pareciam ser muito caras. Para falar a verdade, tudo o que ele usava parecia ser de ótima qualidade, incluindo até mesmo a fita curta que ele usava para prender os cabelos.

O bastão era obviamente uma arma mística, pois o rapaz conseguia aumentar e diminuir o comprimento da arma conforme sua vontade. A forma como a arma reagia aos comandos dele era bastante familiar. Era como se...

Espere, pensou ela, arregalando os olhos, *aquilo é o que eu penso que é?!*

O rapaz, concentrado, levou alguns segundos para perceber sua presença quando ela saiu detrás das árvores e se aproximou. Ao abrir os olhos, ele olhou para ela, muito espantado e atrapalhou-se com o bastão, que voou de suas mãos e girou no ar por vários metros, acabando por cair caindo dentro das águas do riacho.

Os olhos de um castanho quase dourado a fitaram, arregalados por um momento. Então, como que levados por uma força irresistível, desceram por toda a extensão do corpo dela, surpresos, admirados, quase... famintos.

Ela sentiu uma onda de calor envolvê-la ao ser examinada daquela forma e olhou para baixo, verificando se não havia esquecido de materializar suas roupas após o banho. Mas percebeu que tudo estava no seu devido lugar, então voltou a encará-lo, curiosa.

Ele abriu e fechou a boca algumas vezes, alternando o olhar entre o rosto e o busto dela. Naquele momento, ele parecia muito jovem e muito constrangido. Sem conseguir se conter, ela sorriu. Imediatamente ele pareceu perder todo o interesse no que quer que estivesse vendo nas roupas dela e ficou olhando, como que fascinado, para seu rosto.

— Você é linda! – disse ele num tom de voz rouco e baixo, como que se as palavras tivessem sido arrancadas dele.

Ela não entendia o que havia de errado com ele, mas aquele galanteio inesperado a fez se sentir bem.

— Ora, obrigada.

Sacudindo a cabeça, de repente, ele bateu a mão na testa e virou-se para o rio.

— Ah, não, meu bastão!

Então ele se afastou, saltando de pedra em pedra até chegar à margem do riacho.

Sandora olhava para ele, completamente intrigada. Aquilo realmente era o que ela pensara que era. Agora que estava mais próxima, podia ver com toda clareza que ele tinha a mesma maldição que ela. A aura ao redor dele era quase palpável, substancial. Exatamente como a dela. Com uma única diferença: enquanto a dela era escura, sombria, a dele era branca e brilhante. Parecia pura, imaculada.

Ele estava esquadrinhando as águas do riacho, aparentemente procurando pelo bastão. Ela se aproximou devagar, enquanto diversas indagações passavam por sua cabeça. Quem seria ele? De onde viera? Teria alguma ligação com ela? Poderia lhe dar respostas?

— Por que simplesmente não o invoca de volta? – perguntou ela.

Ele sobressaltou-se ao vê-la ali, tão perto, e imediatamente deu-lhe as costas.

— Puxa, moça, poderia, por favor, vestir alguma coisa?

Ela olhou novamente para si mesma, antes de voltar a encará-lo, cruzando os braços.

— Por acaso você tem a habilidade de enxergar através das coisas?

— Não! Claro que não! – disse ele, de forma não muito convincente.

Ela agarrou-lhe a mão e a colocou sobre o próprio peito. Pôde então ver a miríade de sentimentos passar pelo rosto dele. Primeiro veio a surpresa pela atitude dela, depois a excitação pela situação inusitada e novamente a surpresa ao perceber que estava tocando em tecidos e não em pele nua.

— Hã... E-eu... – gaguejou ele, encabulado, retirando a mão dela, rapidamente.

Os olhos dele eram diferentes do todos os que ela já vira. Emanavam uma energia suave, que parecia atravessá-la. Ela estava perplexa consigo mesma, por se sentir tão intensamente afetada por alguém. Principalmente alguém que acabara de encontrar.

— Seus olhos são incomuns. Algo me diz que você possui, sim, habilidades visuais.

— É... mais ou menos.

Ela sabia que deveria se sentir envergonhada. Afinal ele ficara longos instantes encarando o seu corpo. Devia ter visto cada detalhe dela. Mas a expressão e a linguagem corporal dele davam a impressão de que ele estava tão constrangido e afetado por tudo aquilo que a única coisa que ela conseguia sentir era divertimento.

— Então, sinto muito, meu amigo – disse, num tom provocante. – Se quiser parar de se sentir desconfortável ao olhar para mim, vai ter que desativar isso.

— Mas eu não sei desligar essa coisa!

Ela riu. Não se sentia tão leve assim havia muito, muito tempo. Ela não reconhecia a si própria. Nunca se imaginara lançando provocações para um homem, mas naquele momento aquilo parecia tão certo, tão necessário, e ao mesmo tempo tão divertido que era impossível resistir ao impulso.

— Tudo bem, eu não me importo – disse ela, com sinceridade, parando ao lado dele e olhando para a água. – Mas você ainda não me respondeu. Por que simplesmente não invoca o bastão de volta em vez de ficar procurando por ele?

— Como é que é? – perguntou ele, perplexo.

— Você não sabe?! – exclamou ela, surpresa, lembrando-se da forma como ele manipulara a arma minutos antes, de maneira muito similar ao que ela fazia com seu chicote.

— Meu bastão é bem versátil, mas duvido muito que teletransporte esteja entre os poderes dele.

— Quer que eu lhe mostre?

Ele olhou para ela, aparentemente confuso. Ela podia perceber a confusão de emoções que ele estava sentindo. Aquela miríade de sensações parecia afetar a ambos da mesma forma. A situação era tão confusa e atordoante quanto terna e excitante.

Por fim, ele acabou assentindo ao oferecimento dela.

— Levante sua mão direita com a palma para cima – ela disse, aproximando-se mais.

Ele obedeceu, relutante, ainda tentando evitar contato visual com o corpo dela.

— Assim?

— Isso mesmo. Agora feche os olhos e imagine que tem uma folha sobre seu ombro. Uma folha pequena. Imagine que ela está quente, muito quente, chamas saem dela. Você pode sentir o calor, mas ele não pode te ferir. Agora imagine essa folha se deslocando pelo seu braço, devagar. Imagine ela deslizando suavemente, passando pelo interior da articulação e chegando ao antebraço e depois chegando ao centro de sua mão.

Ele concentrou-se nas instruções, focado e com uma expressão de surpresa no belo rosto.

— Está sentindo, não está? – perguntou ela. – Agora, feche a mão e sinta as chamas entre seus dedos. Molde a chama e a deixe fluir, se modificar, se solidificar. Imagine a forma cilíndrica que está procurando e sinta a folha se desintegrar em sua mão, o fogo se apagando e o calor desaparecendo.

Após algum tempo, ele abriu os olhos cautelosamente.

— E agora?

Ela fez um gesto de cabeça na direção da mão dele, onde o bastão tinha surgido. Ele tomou um susto e largou a arma, que caiu sobre o chão de pedra com um pequeno ruído e depois se transformou num suave brilho antes de desaparecer completamente.

— Como você fez isso? – perguntou ele.

— Eu não fiz nada. Seus poderes é que são bastante similares aos meus.

— Mas isso não faz sentido – reclamou ele. – Minha mãe me deu aquele bastão, tenho certeza disso. Ele não era um...

— Construto místico?

— Isso.

Havia um tom de pesar na forma como ele referia-se à própria mãe. De alguma forma, era muito fácil perceber os sentimentos dele.

— Tente de novo – disse ela. – Mas dessa vez mantenha os olhos abertos.

Ele olhou para ela por alguns instantes, inseguro. Confusão, excitação, divertimento, constrangimento, tudo isso parecia misturar-se numa dança caótica que envolvia a ambos.

Ele não teve muita dificuldade em materializar a arma de novo, e, dessa vez, ele não a deixou cair. Então lançou a Sandora um sorriso hesitante antes de analisar melhor o objeto.

— Não é possível! – exclamou ele. – É ele mesmo. As marcas de batalha estão todas aqui.

Surpresa, ela se aproximou e olhou para o bastão.

— Interessante. Essa arma deve ter uma grande importância para você.

— É claro que tem!

— Deve ser por isso que você consegue criá-la com tantos detalhes assim.

— Eu não criei isso! Não entendo o que está acontecendo, mas esse bastão não pode ser um mero construto. Lembro muito bem quando minha mãe o passou pra mim, me pedindo para cuidar bem dele.

Ela encarou-o por um tempo, pensativa.

— Sua mãe tinha as mesmas habilidades que você?

— Não! Quer dizer, não sei. Algumas, talvez.

— Isso explicaria algumas coisas.

Ele ficou em silêncio por um longo tempo, tentando absorver tudo aquilo.

— Me diga uma coisa – disse ele, por fim. – Como foi que você aprendeu tudo isso?

Ela deu de ombros.

— Por instinto, eu acho.

— Você está zoando comigo!

Ela sorriu e balançou a cabeça.

— Imagino que seja tudo uma questão de afinidade. E afinidade mística é algo imprevisível, pode surgir a qualquer momento da sua vida. A minha se manifestou alguns meses atrás. Talvez a sua tenha surgido só agora.

Ele a olhou, pensativo por alguns instantes, então subitamente ficou com as faces vermelhas e virou de costas, constrangido.

— Já que você sabe tanta coisa, moça, poderia me ensinar também a enxergar essas suas roupas?

— Isso eu não saberia ensinar. Mas imagino que tenha a ver com força de vontade. Muitas das minhas habilidades surgiram nos momentos em que eu mais precisava delas. Talvez seja o caso de você focar sua vontade e desejar com intensidade.

Ele voltou a olhar para o corpo dela.

— Se for assim, sem chance. Conscientemente ou não, vai ser impossível eu desejar parar de ver tudo isso...

Sandora ainda não havia se recuperado completamente do trauma de Aldera e também ainda sentia muita culpa e preocupação pelo destino de Gram. Mas, por um momento, ao olhar nos olhos dele, ela sentiu, pela primeira vez na vida, como se as coisas estivessem todas em seus devidos lugares e que o mundo estava completo, íntegro.

— Como disse antes, eu não me importo.

Não que ela tivesse simplesmente esquecido das próprias preocupações, mas era como se subitamente tivesse percebido que havia outras coisas acontecendo no mundo a seu redor. A vida continuava, cheia de reviravoltas e encruzilhadas, com encontros e desencontros. Agora tudo parecia mais brilhante, mais emocionante. Parecia que havia muito, muito mais a descobrir e a viver, e o pequeno mundo que ela havia construído para si mesma de repente havia se tornado pequeno demais.

Ela lhe estendeu a mão.

— Eu sou Sandora.

Ainda vermelho, ele apertou a mão dela e, pela primeira vez, sorriu. Um lindo e caloroso sorriso.

— Evander. Evander Armini Nostarius.

◆ ◆ ◆

Algum tempo depois, Sandora observava Evander se aproximar e acomodar-se do outro lado da fogueira, sobre um velho tronco caído.

Sentada confortavelmente sobre um de seus cobertores de viagem e recostada em uma rocha, Sandora mordiscava um pedaço de pão, embora a última coisa em que conseguia pensar no momento era em comida.

— E então? – perguntou ela.

Ele balançou a cabeça.

— Nem sinal. Procurei por toda parte, mas nem sinal dele.

— Como eu pensava.

— Ainda acho difícil acreditar que o bastão que usei por tantos anos não seja real.

— Ele é real. A diferença é que ele é feito de energia, e não de matéria tangível. A propósito, já não estava muito escuro para procurar por qualquer coisa dentro da água?

— Ah, eu tenho meus recursos – ele sorriu, levantando o dedo indicador, que começou a emitir um tênue brilho amarelado.

— Impressionante – disse ela, distraída pela forma como aquele pequeno brilho reluzia nos olhos dele.

Ele também a olhava quase como se mal acreditasse no que estava vendo. A atração mútua era óbvia e inegável para ambos.

— Essa sua sacola sem fundo é muito útil – disse ele, de repente, forçando-se a dizer alguma coisa para interromper a súbita sensação de intimidade entre eles.

Ela deu de ombros.

— Imagino que eu possa lhe mostrar como invocar uma.

— Sério?

— Claro. É um encanto simples e que absorve energia da minha aura mística. Como você tem uma aura similar, deve funcionar com você também.

Ele franziu o cenho.

— Quer dizer que essa aura de proteção tem outras utilidades, hein?

Ela voltou os olhos para o fogo e ficou em silêncio.

— Hã... – disse ele, interpretando corretamente a hesitação dela. – Deixa eu adivinhar... algumas utilidades são melhores que outras?

Ela sorriu e fez um gesto de pouco caso, voltando a atenção para o pão.

— Digamos que sim – disse ela, mastigando meio sem vontade.

— Às vezes tenho a impressão de que você carrega o peso do mundo sobre os ombros – falou ele, com um sorriso gentil.

— Curioso você dizer isso, porque essa é a exata impressão que tenho de você.

Ambos se encararam novamente por alguns instantes e então caíram na risada.

Sandora sentia-se como se não coubesse mais dentro de seu corpo, sua vida parecia ter ficado pequena, entediante, claustrofóbica até. Queria sair, libertar-se, mergulhar naquele mar de... do quê? Ela não tinha ideia do que era tudo aquilo. Bom, pensando melhor, ela sabia muito bem, já havia lido inúmeros romances, mas nunca teria imaginado que a atração entre duas pessoas pudesse ser algo tão grande, tão básico, tão crucial a ponto de eclipsar tudo o mais. E conhecia aquele rapaz a o quê? Uma hora, duas, talvez?

— É, acho que você já conseguiu bater o recorde de Gram em me fazer rir – comentou ela, divertida.

— Gram?

— É um amigo meu.

Ele levantou uma sobrancelha.

— Amigo? Que tipo de... amigo?

Ela pegou uma pequena pedra do chão e jogou nele.

— Ei! Cuidado com isso! – disse ele rindo, após agarrar a pedra no ar com facilidade.

— Ele é um bom amigo. Estou tentando encontrá-lo. Foi capturado por um grupo de harpias.

— Pela Fênix! – exclamou ele, deixando a pequena pedra cair. – Não é de admirar que você pareça tão preocupada.

Ela deu de ombros.

— Não tenho muito o que fazer, infelizmente. A única pista que eu tenho é que os monstros vieram na direção destas montanhas. E eu também preciso de uma boa noite de sono para poder recuperar as forças e estar preparada para a batalha.

— Desculpe a pergunta idiota, mas ele foi capturado *vivo*?

Ela voltou a rir, o que o deixou ainda mais curioso.

— Não é uma pergunta idiota – ela disse depois de um tempo. – Mas é bastante engraçada. Vai entender quando conhecer Gram.

— Nesse caso, partiremos na primeira luz da manhã.

— Mas e quanto a você? Também não tem uma missão ou algo assim para cumprir?

Ele ficou sério.

— Sim, estou perseguindo um criminoso. Mas no momento tenho ainda menos pistas dele do que você tem sobre seu amigo. E como o assassino que procuro parece estar associado a esses monstros invasores, talvez eu possa descobrir alguma coisa enquanto depeno alguns passarinhos.

Ela assentiu e deu mais uma mordida, encarando-o pensativa.

— O que há de errado com seu nome? – perguntou ela, por fim.

Ele olhou para ela, confuso.

— Como?

— Seu último nome. Você não parece gostar muito dele.

— Ah, é? – respondeu ele, olhando para as árvores que se tornavam mais escuras a cada momento, conforme os últimos raios de sol desapareciam no horizonte.

— Nostarius – disse ela, pensativa. – Você por acaso é parente do general Leonel Nostarius? Aquele da Guarda Imperial?

Ele suspirou, desanimado.

— Ele é bem famoso mesmo, não é? – Ele torceu os lábios.

— Ele é um dos maiores heróis do país. O próprio imperador respeitava e seguia os conselhos dele.

— Não sabia que você era perita em história política.

— E não sou. Mas eu leio muito.

Ele aproximou-se para colocar mais um galho seco na fogueira, antes de voltar para o tronco, sobre o qual se deitou com os braços atrás da cabeça.

— Guerreiro, estrategista, herói. Esse é o meu pai.

— E você não gosta muito dele.

— Não é isso. É que ele é... sei lá, tão distante, tão... inacessível. É um relacionamento estranho.

— Entendo. Você despreza seu último nome porque ele o lembra de seu pai.

— É por aí.

— Isso dizer que você não vai querer seguir os passos dele?

— Hã? Como assim?

— Você sabe. Entrar para o Exército, seguir carreira, se tornar herói.

Ele soltou uma risada sem humor.

— Já estive no Exército, mas minha carreira já era. Fui exonerado com desonra.

— Sinto muito – disse ela, voltando a comer devagar.

— Não vai querer saber o motivo? – perguntou ele, amargo.

— Não.

Ele virou a cabeça para ela, surpreso.

— E por que não?

— Porque isso parece recente e doloroso – respondeu ela, sincera. – Não sei como, mas eu posso sentir isso emanando de você.

Na verdade, ela sentia muito mais do que isso. Sentia que ele estava sob uma forte tensão, como um vulcão prestes a entrar em erupção. Ele devia estar passando por maus bocados e era bastante óbvio para ela que ele não queria falar sobre o assunto.

— Eu sei como é isso – disse ele. – Sinto sofrimento em você também. Como se fosse uma nuvem negra sobre a sua cabeça.

Ficaram em um silêncio por vários minutos, perdidos em pensamentos. Até que ela voltou a olhar para ele, sorrindo e mudando de assunto.

— Você se veste bem demais para estar simplesmente caçando bandidos. Tem certeza de que não está indo para alguma festa?

Ele olhou para ela, fingindo-se ofendido.

— Olha só quem fala! Se não é a gótica mais adorável do mundo. Você se daria muito bem numa festa a fantasia.

Ela inclinou a cabeça para o lado.

— Ah, olha só! Como eu não uso pinturas ou tatuagens nem penduricalhos pelo corpo, só posso concluir que esteja se referindo às minhas roupas.

— Ora, e ao que mais poderia ser?

— As mesmas roupas – continuou ela, ignorando-o – que o senhor disse várias vezes, de forma enfática, que era incapaz de ver.

— Ora, eu...

Sandora encarou-o por algum tempo, enquanto ele ficava mudo, sem saber o que dizer. Então ela caiu na risada.

— Ah, sua danada! – Disse ele, rindo também. – Eu não podia mesmo ver antes. Mas depois, sei lá, acho que me acostumei com sua presença e... bem...

Ela riu novamente. Não conseguia resistir ao impulso de provocá-lo. Às vezes, ele parecia tão tenso, tão sobrecarregado, tão infeliz e, ao mesmo tempo, tão determinado. Ao deixá-lo constrangido e inseguro, ela se sentia tão viva, tão completa, de uma maneira como nunca havia se sentido antes.

Depois daquilo ambos ficaram ali parados, em um silêncio cúmplice, confortável. A sensação era tão sublime, tão relaxante, que não quiseram interrompê-la. Ao longe, próximo ao horizonte, uma estrela cadente passeou pelo céu por um breve momento. Era a última coisa da qual Sandora se recordava ao acordar na manhã seguinte.

Sentando-se, ela alongou os músculos e olhou ao redor, surpresa. O sol já havia nascido há algum tempo, o que queria dizer que ela havia dormido, no mínimo, doze horas seguidas.

Sentia-se revigorada, cheia de energia. Era estranho ter dormido tanto, considerando que o dia anterior não tinha sido tão cansativo assim. Mas a conversa com Evander a havia feito relaxar, esquecer-se de seus problemas, pelo menos por algumas horas, e aquilo tinha sido muito bom. Agora, olhando para aquele novo dia, suas preocupações não pareciam tão sérias. Ela sentia-se capaz de dominar o mundo.

Levantando-se em silêncio, ela olhou para Evander que, em algum momento, havia descido do tronco e se acomodado no chão, onde se encontrava agora, deitado sobre um velho cobertor e com a cabeça apoiada numa trouxa de roupas.

Sem conseguir se conter, ela se aproximou e ajoelhou ao lado dele, admirando aquele rosto jovem e as marcas na testa que sugeriam que ele se preocupava demais com as coisas. Estava prestes a estender a mão para tocá-lo, quando ele acordou e abriu os olhos devagar. E sorriu. Aquele sorriso que mexia com ela.

— Bom dia! – Disse ele, alegremente.

— Oi. – Disse ela, incapaz de desviar o olhar daquele sorriso.

— Eu poderia me acostumar com isso. – Disse ele, mudando a posição da cabeça sobre a trouxa, para observá-la melhor. – Facilmente.

Ela suspirou e deu uma última olhada para ele, antes de se levantar.

— Acho que dormimos um pouco mais do que combinamos – ela comentou, enquanto se afastava e procurava alguma comida na bolsa.

— Céus, tem razão! – disse ele, levantando-se de um salto e começando a arrumar suas coisas. – Desculpe, eu deveria ter acordado antes, perdemos um tempo precioso. Deveríamos estar procurando seu amigo há horas.

— Não se preocupe. Tenho certeza de que Gram sabe se virar.

— Espero que tenha razão. Engraçado, nem me lembro de ter improvisado essa cama aqui ontem.

— Não olhe pra mim! – Disse ela, com um sorriso. – Eu nunca teria coragem de me aproveitar de um garoto cansado e fazer coisas com ele enquanto dormia.

— Nesse caso, devo avisá-la de que não tenho certeza se compartilhamos dessa determinação altruísta. – Ele dirigiu a ela um olhar intenso. – Se você vier para o meu lado com a mesma expressão no rosto de quando me acordou agora há pouco, olha, eu nem sei o que eu faço.

Ainda com o sorriso no rosto, ela inclinou de leve a cabeça para o lado.

— Ora, está dizendo que devo temer por minha segurança perto de você? – O sorriso desapareceu. – O poderoso ex-oficial do Exército está tentando me assustar para me proteger de mim mesma?

Aquilo pareceu pegá-lo completamente desprevenido.

— Hã... eu acabei de falar algo que não devia, não é?

— Desde que você esteja ciente de que eu não tenho medo e nem preciso da proteção de ninguém, pode dizer o que quiser.

— Adiantaria se eu dissesse que nunca duvidei disso e que só passei vergonha agora porque você me deixa nervoso a ponto de eu falar coisas sem pensar?

Ela deu uma mordida num pedaço de pão e mastigou por alguns instantes antes de responder.

— Talvez.

◆ ◆ ◆

Lucine Durandal estava exausta. Havia monstros causando pânico e destruição por toda parte. Ela e o resto da tropa estavam lutando sem parar há uma semana. Parecia que mal fechavam um portal e outro já se abria. As notícias vindas da capital também não eram boas. O fenômeno parecia estar ocorrendo no país todo. Não havia tropas suficientes para proteger a todos.

Que os céus nos ajudem, pensou ela.

Capítulo 16:
Pânico

Passaram a manhã em um silêncio tranquilo interrompido vez ou outra por provocações e brincadeiras leves. Era como se ambos estivessem tentando se acostumar à presença um do outro e temessem quebrar o encanto se iniciassem uma conversa mais séria. Além disso, eles pareciam se entender muito bem mesmo sem palavras.

Caminhar daquela forma, um ao lado do outro, sem expectativas, sem necessidade de entabular conversa, sem nenhum tipo de pressão ou ansiedade, tudo aquilo era uma novidade para Sandora. Ambos pareciam andar no mesmo ritmo, com passos longos e determinados. Naquele momento, ela sentia-se cheia de energia para gastar e aquela caminhada estava indescritivelmente agradável.

Encontraram aldeões cuidando de suas plantações que afirmaram terem visto pássaros grandes em certa montanha mais ao norte. Rumaram para lá e subiram por uma trilha acidentada. Já passava do meio-dia quando finalmente encontraram o ninho das harpias. Ou, pelo menos, o que um dia deveria ter sido um ninho. Restavam apenas palha e ossos espalhados por todo lado, bem como diversas pequenas pilhas de poeira branca, que o vento levava embora aos poucos.

Sandora abaixou-se e pegou um pequeno pedaço de metal vermelho.

— O que é isso? – perguntou Evander. – Parece uma parte de uma placa peitoral antiga.

— É da armadura de Gram. – Ela olhou ao redor, sentindo-se aliviada. – Aparentemente eu estava certa, ele deve ter conseguido se virar muito bem.

— É – concordou ele, observando a poeira branca sendo levada pela brisa. – Aparentemente as harpias não foram páreo pra ele. A julgar pelas marcas no chão e nas rochas, eu diria que a luta deve ter ocorrido há uns dois dias.

— Ele deve ter descido a montanha, provavelmente me procurando.

Evander ajoelhou-se e tocou um certo ponto no chão.

— Acho que você devia dizer que *eles* desceram a montanha. Estou vendo duas marcas de botas aqui, e são bem diferentes uma da outra.

Sandora aproximou-se e percebeu que ele tinha razão. Numa parte mais profunda do platô rochoso, protegida do vento, havia uma pilha de poeira sobre a qual podiam ser vistos dois pares de pegadas.

— As marcas não são recentes. Devem ter sido feitas logo após a batalha – concluiu ela.

— Isso quer dizer que seu amigo deve estar bem. Acho que você já pode parar de se preocupar agora.

Ela olhou para ele com expressão irônica.

— No meu lugar, você deixaria de se preocupar?

— Eu? Bem, eu... Hã... Acho que não, não deixaria.

— Mas não quer que *eu* me preocupe?

— É claro que não quero que você se preocupe.

— E por que não? – provocou ela, com um sorriso zombeteiro.

— Porque... ora, sei lá! Porque não quero e pronto!

— Você parece um daqueles velhos que pensa que ainda estamos na era ancestral e que as mulheres são frágeis e precisam ser protegidas.

Ele sorriu e balançou a cabeça.

— Agora você está exagerando. Eu querer cuidar de você não tem nada a ver com o fato de você ser mulher.

— Ah, não? Tem certeza? E se eu não fosse?

— Sandora, eu já vi *cada pedacinho* do seu corpo. Na verdade, estou olhando para ele agora mesmo. E se você não for uma mulher, eu sou um urso-coruja.

— E isso não tem nada a ver com o fato de você querer me proteger de mim mesma?

— Você é uma gracinha mesmo. Vai dizer que não gosta de ter alguém se preocupando com você e querendo protegê-la?

— Posso muito bem cuidar de mim mesma, obrigada.

— Ah, é? *Tem certeza*? – perguntou ele, imitando o tom de voz dela.

— Por que, machão? Por acaso está me desafiando para uma luta?

— E se eu estivesse?

Ela materializou o chicote e o fez estalar no chão próximo aos pés dele.

— Estaria procurando encrenca – disse ela, com uma expressão entre divertida e excitada.

— Certo – disse ele, materializando o bastão. – Então vamos ver quão bem você consegue se virar sozinha.

Então ela aplicou o primeiro golpe, que ele aparou facilmente e a batalha teve início.

A brisa ficou mais intensa, levantando a poeira do chão e sacudindo--lhes as roupas e os cabelos enquanto eles se estudavam, atacavam e recuavam, dando voltas sobre a plataforma de pedra e ignorando a magnífica vista do vale abaixo deles.

No começo, a luta teve um ritmo lento, com ambos analisando as forças e fraquezas do adversário. Conforme eles foram ganhando confiança, os golpes foram ficando mais fortes e mais agressivos. Depois de dez minutos, ambos sorriam enquanto usavam seus melhores golpes, esquivavam-se, às vezes rolando pelo chão para depois voltar a atacar, no que parecia uma coreografia sincronizada.

Para cada ataque, ocorria um bloqueio ou uma esquiva perfeita, seguida por um contra-ataque. E a dança continuava, cada vez mais intensa. Era como se estivessem fazendo um show para exibir-se um ao outro.

— Você é boa com esse negócio – disse ele a certo momento, tentando recuperar o fôlego.

— Você também não é dos piores – retrucou ela, com a respiração igualmente pesada.

— Já treinou com espadas longas e com lanças, não é?

— Como sabe?

— Seu estilo de ataque e de defesa. Você usa esse chicote místico para simular golpes de outras armas. É impressionante.

— Obrigada. E parece que você fez a sua lição de casa nas aulas de combate defensivo.

— Ora, eu nem precisava disso. Posso prever cada movimento seu.

— Que coincidência. Posso dizer a mesma coisa a seu respeito.

Então voltaram a se enfrentar, num ritmo mais intenso do que antes.

Evander parecia leve, despreocupado, contente. Muito diferente de como ele estava quando eles se conheceram. Ao perceber que ele tinha baixado a guarda e relaxado por causa *dela*, Sandora sentiu-se em êxtase. Ele parecia tão maravilhado quanto ela com o que estava acontecendo entre eles.

Então, uma ideia insana passou pela mente dela. Uma vontade de se aproximar mais, de deixar rolar, de ver até onde aquelas sensações seriam capazes de levá-la. De levar a ambos. Podia mesmo ser uma ideia insana, considerando que eles nem se conheciam direito, mas ela tinha que admitir que era muito agradável.

Nesse momento, um grito desesperado de socorro veio de não muito longe, fazendo com que eles interrompessem a luta e se encarassem por um breve instante, antes de saírem correndo montanha abaixo.

Mais gritos puderam ser ouvidos e ambos aproximaram-se de um barranco. Cerca de quinze metros abaixo deles, um grupo de criaturas de aparência lupina havia encurralado algumas pessoas. Um casal estava à frente dos outros e parecia estar lutando contra os monstros, mas ambos estavam feridos.

Evander e Sandora olharam-se por um brevíssimo instante, antes de entrarem em ação. Ela enlaçou uma grande pedra com uma ponta do chicote e envolveu a própria cintura com a outra ponta, preparando-se para escalar a encosta, barranco abaixo. Enquanto isso, Evander saltou para a frente, expandindo o bastão até encostar no barranco e lhe dar mais impulso. Sandora olhou surpresa enquanto ele caía e uma espécie de concha de energia dourada aparecia sob ele. Ao mesmo tempo, ele soltou um grito a plenos pulmões, o que chamou a atenção dos lobos que trataram de esquecer o casal ferido e se afastar.

Ele caiu cinco metros adiante do casal. Um homem de quase oitenta quilos caindo de uma altura de quinze metros causa um impacto e tanto. A concha de energia protegeu Evander, mas não o solo arenoso-rochoso. O estrondo foi forte e provavelmente ouvido a quilômetros de distância. Pequenos pedregulhos foram lançados para todos os lados e uma pequena nuvem de poeira se ergueu ao redor da área de impacto, enquanto o solo tremeu sob os pés das pessoas e sob as patas dos lobos. O casal foi protegido da chuva de pedregulhos por uma concha de energia similar à que Evander usou em si próprio durante a queda.

Enquanto descia pela encosta, Sandora olhou por sobre o ombro e viu que, ao longe, os monstros se reagrupavam, obviamente assustados.

Possuir um poder que lhe permita se proteger de um impacto como aquele era uma coisa, mas usá-lo de forma rápida e eficaz para proteger pessoas de um ataque iminente era outra completamente diferente, pensava ela, impressionada.

As pessoas ainda estavam sem reação, sem entender direito a cena que presenciavam. Ao chegar ao solo e correr na direção de Evander, passando por entre elas, Sandora viu que os lobos se preparavam novamente para atacar, a atenção deles totalmente voltada para Evander, que avançava devagar na direção deles.

Quando a alcateia avançou, Evander invocou cópias luminosas de si mesmo, que bloquearam os ataques e deixaram as criaturas confusas. Sandora chegou em seguida, imobilizando dois dos lobos com uma teia de aranha. Um dos monstros tentou atacá-la, mas Evander se adiantou e atingiu-o com uma série de golpes que fez com que ele recuasse. Outro lobo tentou atacá-lo pelas costas, mas Sandora o nocauteou com ferrão.

E assim a batalha prosseguiu, com ambos lutando em sincronia, um guardando as costas do outro, enquanto lentamente iam derrotando os adversários um a um. Sandora percebeu, impressionada, o quanto era acurada sua percepção sobre Evander. Ela conseguia perceber as emoções e as reações dele sem sequer precisar olhá-lo. E ele, obviamente, reagia a ela da mesma forma. Eles sabiam muito pouco da vida um do outro, mas mesmo assim tinham atingido um nível extremo de empatia. Naquele momento, ela tinha certeza de que seria impossível um deles esconder qualquer coisa do outro.

Ela percebeu também que a pequena luta que os dois tiveram antes não tinha sido nada além de um pequeno treinamento amistoso, em que nenhum dos dois estava particularmente interessado em lutar pra valer. Esta batalha era completamente diferente.

Evander era, de longe, muito mais habilidoso e experiente do que ela. Impressionada, Sandora seguiu a liderança silenciosa dele de forma natural e espontânea. Ao se dar conta do que fazia, ela ficou surpresa com a própria atitude. Afinal, sempre tinha visto a si mesma como uma pessoa solitária e autossuficiente. Com Gram, ela estava sempre na liderança, e achava que aquilo era o natural, que era assim que ela era e que sempre seria, em qualquer situação. Mas, lutando ao lado de Evander, ela viu-se ficando em segundo plano, deixando que ele a protegesse e seguindo seus comandos silenciosos como se aquilo fosse a coisa mais natural do mundo. Como se estivesse dentro de um casulo seguro e acolhedor, do qual ela não conseguiria sair mesmo se quisesse.

Quando o último lobo se desintegrou, ela percebeu que estava sorrindo, assim como ele. Eles encararam-se por alguns instantes, ambos surpresos com seu desempenho na batalha. Juntos, eles pareciam insuperáveis.

— Bom trabalho! – disse ele.

Ela apenas assentiu e aproximou-se do casal ferido, utilizando seus poderes para curar os cortes e arranhões.

As pessoas amontoaram-se ao redor dos dois, quase todos falando ao mesmo tempo, impressionados. Evander lidou com a situação como qualquer líder militar competente faria. Tratou de assegurar-se de que todos estavam bem. Apresentou a si mesmo e a Sandora e perguntou os nomes de todos. Falava usando uma linguagem simples, mas com poucas palavras e exigindo respostas também curtas. Rapidamente, descobriu onde as pessoas moravam e qual caminho tinham usado para chegar até aquele local. Também conseguiu obter informações sobre a direção de onde os monstros tinham vindo. Descobriu que ataques como aquele nunca tinham ocorrido naquele lugar, pelo menos não que qualquer uma daquelas pessoas tivesse conhecimento.

Tudo isso em uma conversa rápida e com um sorriso no rosto o tempo todo, o que tranquilizou a todos. A forma como ele lidava com as pessoas era muito similar à do capitão Dario Joanson. Calmo, paciente, simpático e perspicaz. Sandora sentia-se quase explodir de admiração e orgulho por ele.

Até que percebeu a forma como as mulheres olhavam para Evander e seu sorriso desapareceu. Subitamente, sentiu-se ameaçada, agredida. Um impulso quase incontrolável se abateu sobre ela, de colocar-se entre ele e a loirinha curvilínea que fazia um óbvio esforço para impressioná-lo com elogios e gestos insinuantes. Ela chegou a dar um passo na direção da moça, determinada a colocá-la em seu devido lugar, quando se deu conta do que fazia e deteve-se, mortificada.

Que raios estava fazendo? As coisas pareciam estar acontecendo rápido demais, os sentimentos aflorando de forma instintiva, irracional, descontrolada.

Ela sentia-se cavalgando a crista de uma onda gigante, sendo levada sem hesitação, sem direção e sem controle.

Ela já havia se sentido daquela forma antes. Em Aldera.

Ao se lembrar do terrível episódio no qual perdera totalmente o controle e tirara a vida de tantas pessoas, o pânico apossou-se dela, forte e intenso. Ela sentiu o peito se apertar e sentiu como se o ar ao seu redor tivesse acabado. Ouviu Evander a chamando, preocupado, mas não se importou. Apenas saiu correndo na direção da encosta e usou o chicote para se içar para cima, escalando o paredão o mais rápido que podia. Precisava sair dali, afastar-se daquelas pessoas, ir para bem longe, desaparecer.

Chegou ao topo do barranco e saiu correndo pela trilha, não se importando para onde ia desde que impusesse a maior distância possível entre ela e aquelas pessoas.

◆ ◆ ◆

Evander a encontrou uma hora depois. Ela fora obrigada a parar sob algumas árvores para descansar e comer algo para repor as energias. No momento, ela lutava bravamente para banir a imagem da tragédia de Aldera de sua mente e manter sob controle o desespero e a sensação de impotência.

— Sandora? – perguntou ele, aproximando-se devagar. – Você está bem?

— Vá embora – respondeu ela, em um tom de voz que lhe pareceu vergonhosamente débil.

Ele, no entanto, obedeceu imediatamente, parando onde estava.

— O que houve? Está com algum problema? Precisa de ajuda? Sabe que pode contar comigo, seja para o que for.

Sentindo-se cada vez mais próximo daquele precipício emocional, ela levantou-se, sem se importar com a comida que caiu pelo chão.

— Não preciso de você! – ela gritou. – Não quero você! Tudo o que eu quero é ser deixada em paz!

Ele encarou-a, chocado. Mas ela percebeu claramente que ele não acreditava nela. Que ele estava cada vez mais preocupado e mais determinado em fazê-la se sentir melhor.

A preocupação dele a deixou ainda mais confusa. O turbilhão de emoções que a varria era grande demais. Ela sentia como se estivesse se afogando.

Então ela deu-lhe as costas e saiu andando, determinada, lutando como nunca contra as lágrimas que teimavam vir a seus olhos. Não iria chorar. Não importava o que acontecesse, ela *não iria chorar!*

Sentiu um pouco de alívio ao perceber que ele não a seguira, provavelmente concluindo que ela precisava de um tempo sozinha. Sim, ela precisava de muito tempo sozinha. *Toda a eternidade, de preferência.*

Em determinado momento, ela percebeu que se dirigia para a região de onde os lobos vieram, de acordo com as pessoas que eles salvaram. Sem saber o que fazer com aquele turbilhão incontrolável de emoções, ela decidiu concentrar-se em perseguir e eliminar aquela ameaça. Tudo o mais em sua vida tinha se tornado turvo e confuso, mas uma coisa ela sabia com toda certeza: que iria fazer aquele trabalho. Ela queria, *podia* e *precisava* fazer aquele trabalho.

Não tinha experiência alguma em seguir trilhas pela floresta, mas em certo ponto topou com um rastro óbvio de morte e destruição. Muitos sinais de luta e animais da floresta dilacerados e largados de lado. Ela foi seguindo aqueles sinais, cada vez mais revoltada com a ousadia e crueldade dos monstros que fizeram aquilo.

Logo ela percebeu que seus sentimentos anteriores de confusão, medo e repulsa por si mesma haviam se canalizado e se transformado em uma fúria cega, incontrolável. Já não havia mais hesitação, dúvidas ou arrependimentos, apenas um impulso irresistível de matar, de destruir.

Como para espelhar seu estado de espírito, o céu, que tinha estado nublado desde manhã, estava sendo tomado por nuvens grossas, escuras. Trovões podiam ser ouvidos a distância. Não demoraria muito a começar a chover.

Sandora chegou a um pequeno vilarejo, onde dois grandes monstros parecidos com ursos, mas de aspecto demoníaco com chifres e grandes presas andavam por entre as casas. Algumas pessoas estavam sobre os telhados de palha, tentando ficar fora do alcance das criaturas. Dois rapazes se equilibravam precariamente sobre um dos telhados, tentando invocar bolas de fogo e descargas elétricas sobre as criaturas, mas as habilidades deles deixavam muito a desejar. Mesmo quando acertavam o alvo, tudo o que conseguiam era enfurecer os monstros.

Sem hesitar, pensar ou sequer interromper o ritmo em que caminhava, Sandora dirigiu-se diretamente ao centro do conflito. As criaturas a avistaram de longe, rugiram e correram na direção dela.

Nesse momento, a chuva começou, forte, violenta. Ela puxou o capuz sobre a cabeça, enquanto relâmpagos cruzavam o céu repetidamente e o chão parecia estremecer com o barulho dos trovões.

Focada, impiedosa e implacável, Sandora liberou toda a sua fúria sobre os monstros, atacando-os repetida e violentamente. Por puro instinto, acabou descobrindo que podia materializar um chicote em cada mão e usou essa nova habilidade para lutar contra os dois ao mesmo tempo, através de uma saraivada de golpes impressionante e assustadora. E mesmo aquilo ainda era pouco para extravasar a fúria que sentia.

Uma das cabanas, construída inteiramente de palha, não resistiu quando um dos monstros foi violentamente jogado contra ela e acabou desabando sobre a criatura.

Após atordoar o outro urso com um golpe de ferrão, Sandora invocou o máximo de construtos que conseguiu e então o mostro atordoado se viu cercado por meia dúzia de esqueletos armados com espadas e lanças, que o atacaram repetidamente, sem piedade.

Duas das mulheres que estavam sobre um telhado próximo gritaram, aterrorizadas, ao ver a cena.

O outro monstro conseguiu sair debaixo do telhado de palha, mas apenas para ser preso numa espécie de cama de gato que Sandora criou lançando várias teias de aranha ao redor dele, que se prenderam nas casas e árvores próximas.

Assim, enquanto um dos monstros era dilacerado pelo grupo de construtos, o outro recebeu uma sequência fulminante de ataques dos chicotes de Sandora, que continuou atacando com toda a força que podia e até que a energia espiritual do monstro se esgotou e ele foi literalmente cortado ao meio por um ataque mais intenso. Sandora ficou coberta de sangue e viu que o mesmo acontecia com os construtos, que continuavam esfaqueando o cadáver da outra criatura.

Ela fez um gesto furioso com uma das mãos sem nem mesmo soltar os chicotes e os construtos desapareceram, restando apenas ela e os corpos mutilados dos dois monstros, sob o olhar estupefato e apavorado das pessoas da pequena vila. Ela se surpreendeu um pouco ao perceber que as criaturas não se desintegravam como a maioria das outras que tinha enfrentado até então, mas decidiu deixar para tentar entender isso mais tarde.

A chuva continuava caindo, cada vez mais forte, lavando suas roupas e espalhando o sangue das criaturas, formando uma enorme poça vermelha no chão ao redor dela.

Ela olhou para as pessoas sobre as casas. Todos a encaravam assustados. Uma menina que não devia ter mais do que cinco anos, que assistira a toda a luta quase sem se abalar, caiu num choro desesperado ao perceber que Sandora olhava para ela.

Naquele momento, Sandora se sentiu digna da alcunha "Bruxa de Aldera". Mas isso não importava agora, ainda tinha trabalho para fazer. Sua sede de destruição ainda estava longe de ser satisfeita. Ela desmaterializou os chicotes que ainda segurava. O sangue que havia sobre eles caiu no chão sobre a enorme poça e começou a ser levado pela enxurrada. Então ela deu as costas para os aldeões aterrorizados e voltou pelo caminho de onde tinha vindo.

Era hora de destruir aquele maldito portal.

Enquanto caminhava, resoluta, seguindo a trilha, Sandora sentia a própria respiração acelerada e o sangue correndo nas veias, o ódio era como uma coisa palpável, querendo sair, libertar-se. Sentia uma revolta insana contra tudo e todos. Contra os seus pais biológicos por terem-na trazido ao mundo e a abandonado. Contra Liseria, por ter mentido para ela e a tratado como filha, sendo que o tempo todo estivera apenas interessada em seus poderes. Contra Donovan, por tê-la usado e manipulado como bem entendeu para atingir a algum propósito insano. Até mesmo contra Gram, por ter se afastado dela, mesmo contra a própria vontade.

Então, sem conseguir se conter, ela caiu de joelhos e levantou a face contra a chuva torrencial e soltou um grito, como uma fera ferida. Seguiu-se uma sequência de relâmpagos e trovões, como se o universo a tivesse ouvido e compartilhasse de sua revolta.

Sentindo-se um pouco melhor depois daquilo, ela se levantou e continuou seu caminho, resoluta.

Não levou muito mais tempo para encontrar o portal, novamente encravado numa enorme rocha. Ela não conseguia sentir a presença do objeto catalisador em local nenhum e concluiu que ele deveria estar do outro lado, no outro mundo.

Sem hesitação, ela marchou pela abertura, invadindo o mundo natal dos monstros sem pensar duas vezes.

O outro mundo não era muito diferente do dela. Após passar pela abertura, ela viu-se numa região montanhosa e bastante acidentada, cheia de vales e precipícios. Grandes criaturas voadoras podiam ser observadas ao longe em diversos pontos no céu. Como ali não estava chovendo, a visibilidade era muito boa.

Ela voltou a olhar para o portal, para a incrível forma como ambas as realidades se encontravam naquele ponto. Do lado de lá continuava caindo uma chuva torrencial. Inclusive uma pequena enxurrada entrava por ali, passando próxima aos pés dela e caindo no abismo alguns metros à frente.

Sentindo a emanação mística do catalisador, ela seguiu determinada pela estreita passagem à beira do precipício e escalou até o cume da montanha. E topou com um ninho de harpias. Mais de meia dúzia de monstros, de diversas idades e tamanhos, estavam ali entre montes de palha e pilhas de ossos.

Liberando toda a sua fúria novamente, Sandora avançou e começou uma nova carnificina. Pensava no rosto de Donovan ao dilacerar os primeiros oponentes. Pensava na falsidade de Alana ao derrubar uma fêmea e quebrar os ovos que ela protegia. Pensava nos malditos caçadores de bruxas ao encarar uma nova leva de monstros que chegou voando. Pensava em Evander e em todos os sentimentos insanos e descontrolados que ele provocava nela ao lançar o chicote para capturar um dos monstros que tentava fugir voando... e para sua surpresa, errou o alvo.

Então ela ficou ali parada, coberta de sangue, apenas observando enquanto os monstros sobreviventes fugiam. E deu-se conta de que era impossível odiar Evander ou qualquer coisa relacionada a ele. Percebeu que naquelas poucas horas em que passaram juntos, ele havia se instalado permanentemente dentro dela, e que odiá-lo seria como odiar a si mesma.

Então ela foi até o centro do ninho e encontrou o objeto catalisador, um pequeno fragmento de osso, quase no formato de um dente. Jogando o objeto sobre uma pedra, esmagou-o com a sola da bota, de repente dando-se conta de que, durante o acesso de raiva, ela havia inconscientemente modificado as próprias roupas.

Estava usando botas e luvas pesadas, que tinham decorações negras similares a espinhos. A túnica e as calças estavam decoradas com símbolos astrológicos similares aos que ela e Liseria usavam antes daquela noite fatídica muitos meses atrás. E ela também usava uma capa na qual os símbolos astrológicos se alinhavam para formar uma assustadora imagem de um crânio humano. Até mesmo o capuz que usava estava adornado com símbolos e com pequenos espinhos.

Devia ter modificado as próprias vestimentas inconscientemente, de forma a que representassem seu estado de espírito.

Uma sensação de atordoamento abateu-se sobre ela. Dessa vez, diferente do que ocorreu em Aldera, ela não podia dizer que perdera totalmente o controle. Tivera plena consciência de tudo o que fizera durante o seu ataque de fúria. E apesar de toda a selvageria e de toda a destruição que provocou, dessa vez nenhuma pessoa saiu ferida.

Esquadrinhou novamente o horizonte daquele mundo estranho. Do topo da montanha podia ver tudo num raio de muitos quilômetros. Era uma visão de tirar o fôlego... se não fossem os indícios claros e inequívocos da existência de milhares de criaturas monstruosas e hostis por ali.

Sentindo-se subitamente suja, ela saiu do ninho e desmaterializou as próprias roupas, botas e luvas, fazendo com que a sujeira e o sangue impregnado nelas espirrassem para longe. Então materializou um conjunto de roupas simples de cor preta e um par de botas comum, o que a fez sentir-se melhor.

Dando as costas para a cena sangrenta que restou após a batalha, ela dirigiu-se novamente para o portal.

Ainda atordoada com a descoberta da intensidade dos sentimentos que passara a nutrir por Evander em tão pouco tempo, ela caminhou sob a chuva torrencial por um bom tempo, sem prestar muita atenção para a direção que estava tomando.

Estava cansada e faminta, e, de certa forma, surpresa com a própria resistência. Afinal, lutara várias batalhas consecutivas sem poupar energia e ainda não se sentia completamente esgotada. Para falar a verdade, ainda não estava completamente satisfeita. Ainda existia raiva e frustração dentro dela, apenas esperando a oportunidade para serem liberadas novamente.

De repente, ela parou e olhou para a sua direita, intrigada. Alguma coisa estava acontecendo naquela direção. Algo que lhe causava uma sensação diferente de tudo o que já sentia. Era uma sensação visceral, atordoante. Ela tinha que ir pra lá, descobrir do que se tratava.

Após alguns minutos, ela chegou a um vilarejo. O mesmo no qual ela estivera antes. Lá estavam as mesmas cabanas cobertas com palha com pessoas em cima. Lá estava a cabana destruída com o cadáver de um monstro ao lado. E lá estava Evander, enfrentando sozinho uma grande alcateia composta por aqueles mesmos lobos monstruosos que ambos enfrentaram juntos antes.

Ele parecia tão heroico e valente, mas ao mesmo tempo tão vulnerável. Viu que ele estava muito cansado, mas não foi aquilo o que mais a surpreendeu. O que realmente a tocou foi a sensação de infelicidade, de derrota, em seu olhar e em seus gestos, algo muito diferente da expressão que ele exibira na maior parte do tempo desde que o conhecera.

Então, uma nova determinação cresceu dentro dela. Entrando na batalha, abriu caminho por entre os monstros, atacando furiosamente até conseguir se juntar a Evander. Tratou então de usar seus poderes de cura para restaurar as energias dele. O efeito foi imediato. O cansaço desapareceu e os movimentos dele ficaram muito mais precisos e eficientes.

Não disseram nada um para o outro. Não havia necessidade de palavras, nem mesmo de olhares. Ambos estavam felizes por estarem juntos novamente.

Ela então partiu para a ofensiva com força total. Liberou novamente toda sua fúria, atacando de forma brutal e impiedosa. Mas agora as coisas eram diferentes. Ela não se sentia mais sozinha.

Assim como antes, ela ainda seguia a liderança silenciosa dele de forma natural, como se ambos tivessem feito aquilo a vida toda, mas agora os ataques dela não se assemelhavam a nada do que ela já tinha feito antes. Ela agora concentrava toda a sua energia em cada ataque, em cada encantamento, em cada movimento. Sem medo, sem hesitação e, abençoadamente, sem o receio de perder o controle.

O medo de se descontrolar, que a assombrara por tanto tempo, parecia finalmente ter sido exorcizado. Além disso, a presença de Evander ao lado dela dava-lhe uma incrível sensação de segurança. Ela podia usar toda a sua força para destruir aqueles oponentes o mais rápido possível, sem precisar preocupar-se com o "depois".

Ela viu seus ataques dilacerarem as defesas das criaturas. Suas habilidades pareciam dez vezes mais eficientes do que o normal. Assim ela continuou atacando, ocasionalmente mudando de posição e se esquivando, conforme as orientações silenciosas que recebia de Evander, antes de voltar a atacar com força total, até que o último monstro se desintegrou sob a chuva.

Ela e Evander finalmente se olharam, cercados de lama branca por todos os lados.

Então a energia de Sandora finalmente acabou e ela cambaleou, sem equilíbrio. De repente, percebeu que estava abraçada a ele, que a segurava com cuidado, de forma protetora e preocupada.

Toda a raiva e indignação das últimas horas pareceram evaporar-se naquele momento e ela finalmente se sentiu em paz. Mal ouviu os aplausos e comemorações dos aldeões, tudo o que importava para ela era a sensação de preocupação e de alívio que podia ler nas feições dele. Evander agora exibia uma expressão sonhadora, bem diferente de como estava minutos atrás e também sem traços da ansiedade e tensão que ela sentira nele quando se encontraram pela primeira vez.

Naquele momento, uma onda de felicidade a invadiu. Infelizmente ela não tinha mais forças para dar vazão ao sentimento e tudo o que foi capaz de fazer foi acariciar o rosto dele por alguns instantes antes de cair no sono.

◆ ◆ ◆

O Major Iguiam olhava para o professor, incrédulo.

— Como assim, professor Isidro? Achei que essa coisa fosse infalível.

— Não, não é – respondeu o professor. – A armadilha atua numa faixa vibracional específica. Na verdade não há como cobrir todo o espectro energético. Para isso, você precisaria de uma armadilha maior do que o tamanho do mundo.

— Então você está me dizendo que Donovan escapou da cidade usando energia em uma frequência fora dessa faixa?

— Sim, com razoável certeza. Captamos diversos indícios que comprovam essa teoria. Mais ou menos umas cem pessoas foram transportadas no que chamamos de faixa 2, e cerca de mais dez usaram a faixa 94. Na faixa 2, conseguimos distinguir a assinatura energética do professor Romera, ele deve ter tentado transportar o maior número possível de pessoas para fora da cidade no último minuto. Mas a assinatura da faixa 94 é desconhecida. E seria muita coincidência o fato de a armadilha estar calibrada da faixa 3 até a 93.

— Isso só pode significar que o vilão sabia que estávamos preparando uma armadilha para ele.

— Exato – afirmou o professor. – Agora o que me deixa intrigado é como ele pode ter descoberto a faixa que vocês estavam monitorando, a fim de usar a frequência mais baixa disponível, pois quanto menor o número da faixa, maior a eficiência. Por acaso algum de seus homens...?

O major sacudiu a cabeça.

— Eu confio nos meus homens, estamos juntos há mais de 10 anos, conheço cada um deles, bem como suas famílias. Acho altamente improvável ter um traidor entre eles.

— E quem escolheu esse intervalo de faixas? Quem passou as instruções para preparar esta armadilha?

— Foi o professor Romera, da Guarda Imperial.

— Em pessoa?

— Não, claro que não, a ordem veio por mensageiro e... Ah, não! Seria possível que...?

— Sinto dizer isso, major, mas são grandes as chances de existir um traidor no Exército. Recomendo iniciar uma investigação, começando por esse tal mensageiro.

Capítulo 17

Aproximação

Ao acordar, Sandora sentia-se leve, animada e extremamente faminta. Não se lembrava de como tinha ido parar naquele quarto e naquela cama, mas não se importava. Já fazia semanas que não aproveitava o conforto de uma cama de verdade, mesmo uma simples como aquela. A sensação de contentamento foi multiplicada várias vezes quando Evander entrou pela porta exibindo um sorriso tranquilo e segurando uma enorme bandeja de comida. Não se lembrava de já ter visto algo mais belo e atraente em sua vida. Tinha certeza de que iria recordar daquele momento para sempre.

— Bom dia, dorminhoca. Com fome?

Ela saltou da cama e tratou de agarrar um pedaço de carne da bandeja e dar uma grande mordida, antes de voltar a se sentar e fechar os olhos, saboreando o gosto por um momento e depois mastigando com vontade.

Ele ampliou o sorriso enquanto colocava a bandeja sobre um móvel de madeira que fazia as vezes de criado-mudo na modesta cabana.

— Você realmente tem um apetite incrível.

— Tenho que repor minhas energias – disse ela, entre uma mordida e outra. – Onde estamos?

— Numa das cabanas do vilarejo. Parece que a família que morava aqui foi embora para a cidade há alguns dias, então o lugar estava desocupado. Eu trouxe você para cá ontem à tarde.

Ela parou de comer e olhou para ele, fingindo indignação.

— E passou a noite aqui comigo?

— Bem, sim... Não tinha outro lugar, então...

— Depois de ter jurado que não seria capaz de se conter se tivesse a oportunidade de pôr as mãos em mim?!

Ele a olhou, perplexo, por um momento, então lembrou-se da conversa anterior deles e caiu na risada.

— Bom menino – disse ela, após encará-lo por alguns instantes, o que fez com que ele risse ainda mais. Então voltou a atacar a comida.

Depois de algum tempo, ele respirou fundo, e a encarou, sério.

— Se sente melhor agora?

Ela engoliu o que mastigava antes de responder.

— Com certeza. Acho que eu tive um ataque de pânico ou algo assim. Mas agora estou bem. Na verdade, me sinto ótima. – Afirmou ela, voltando a comer.

— Desculpe.

Ela parou de mastigar e olhou para ele, surpresa.

— Pelo quê?

— Eu sabia que você tinha passado por uma situação bem ruim, talvez até traumática. Mas não imaginava que tivesse sido algo tão... intenso, que tivesse marcado você tão profundamente. Parece que, no momento em que mais precisava de mim, eu não pude fazer nada.

— Do que você está falando? – disse ela, num tom de voz sincero. – Quando eu precisei de espaço, você me deu e quando eu precisei de você de volta, você estava lá. Ou melhor, *aqui.*

— Não imagina o quão aliviado eu fiquei ao perceber que você estava de volta, sã e salva. Quando os monstros atacaram, eu queria ir atrás de você, ver se estava bem, mas não podia deixar as pessoas daqui sem proteção.

Ela terminou de comer um pedaço de carne e tratou de pegar outro.

— Eu fechei o portal. Provavelmente ainda têm alguns monstros por aí, mas o pior já passou.

— É mesmo? – disse ele, com um sorriso. – Essa é minha garota.

Ele então tratou de se servir da bandeja antes de voltar a falar.

— Foi você quem matou os dois grandões antes, não foi?

Ela assentiu.

— Pela descrição que os aldeões fizeram, eu não consegui reconhecê-la.

— Imagino. Nem eu mesma me reconhecia.

— Roupas diferentes, cabelos diferentes, expressão selvagem, ataques implacáveis, invocação de mortos-vivos...

— Não são mortos-vivos de verdade. Apenas construtos como meu chicote, minhas roupas e o seu bastão.

— Impressionante. Parece que você é mais versátil do que eu pensei a princípio. Mas você fez um belo estrago. As pessoas ainda estão um pouco assustadas.

Ela deu de ombros novamente.

— Sinto muito, mas eu estava abalada demais para me preocupar com a sensibilidade deles.

— Imagino. Como conseguiu matar os monstros sem que eles virassem pó?

— Continuando a atacar repetidamente, mesmo depois da energia vital deles ter acabado.

— Isso é meio... assustador.

— Eu sei.

— Por outro lado, eu gostei muito de ver você lutando sem se conter. Você parecia a encarnação daquela antiga deusa da destruição, trazendo caos e morte.

— Imagino que seja uma forma de ataque eficiente – disse ela. – Mas não posso usar sempre, porque esgota minhas energias e eu acabo desmaiando.

— Foi o que pensei. – Ele voltou a ficar sério. – Sabe, se precisar... sabe como é... conversar, eu sou todo ouvidos. Imagino que você tenha passado por poucas e boas.

Sandora balançou a cabeça, negando. Definitivamente não se sentia pronta para conversar sobre seus traumas. Nem com ele nem com ninguém.

— Tudo bem – disse ele. – Estarei sempre por perto se precisar de mim.

◆ ◆ ◆

Após terminarem a refeição, saíram da cabana e encontraram com os aldeões, que trataram Evander de maneira amigável e descontraída. Sandora percebeu que eles evitavam olhar para ela e procuravam se manter fora de seu caminho.

Ela nunca imaginou que seria capaz de causar tanto medo em outras pessoas. Ela lembrava-se de ter sido tratada com reservas por ser a filha de uma bruxa e nunca se incomodara com aquilo, achava até mesmo divertido. Mas nada daquilo se comparava com o que estava acontecendo por ali. As pessoas desta vila não estavam com medo de sua mãe ou de algum conceito abstrato como a palavra "bruxa". Estavam com medo *dela*. Viram do que ela era capaz e ficaram aterrorizados.

Curiosamente, ela não se sentia mal com aquilo. De uma forma estranha, o medo deles fazia com que ela se sentisse importante, respeitada.

Evander era um líder nato. Carismático, ele fez com que todos se sentissem seguros ao garantir que permaneceria por ali até que todos os monstros fossem erradicados e que reforços do Exército chegariam em breve. Apresentou Sandora aos aldeões como sua "companheira", o que tocou fundo no coração dela.

Agora que a chuva tinha passado, os aldeões trabalhavam para reconstruir a cabana sobre a qual Sandora jogara um monstro no dia anterior. Evander foi ajudar, praticamente proibindo Sandora de até mesmo se aproximar de qualquer trabalho que envolvesse esforço físico.

— Quero você em forma, alimentada, descansada e com tudo em cima. – Ele piscou pra ela. – Estou doido pra ver você se soltando de novo quando mais monstros aparecerem. E, para isso, preciso de você em plena forma.

E assim ela acabou concordando em ficar sentada observando Evander e os outros trabalharem.

A certo momento, a menina de cerca de 5 anos veio falar com ela. Era a mesma que havia caído no choro quando Sandora olhara para ela no dia anterior.

— Minha mãe disse que você estava doente ontem – disse a menina.

A mãe aproximou-se imediatamente, chamando a menina.

Sandora ignorou a aldeã e dirigiu-se à menina.

— Não, eu não estava doente. Eu estava com medo.

A mãe da menina e diversos outros aldeões que estavam por perto pararam o que estavam fazendo e ficaram olhando para Sandora, surpresos.

— Você não parecia com medo. Parecia brava.

— Eu sei – respondeu Sandora. – É que, um tempo atrás, aconteceu uma coisa muito ruim e que me deixou muito triste. Aí sempre que eu me lembro daquilo, eu fico com muito medo de que volte a acontecer de novo. Eu fiquei brava ontem, porque estava com muito medo de ver pessoas se machucando.

— Eu também estava com medo.

— Sim, eu sei.

— Tio Dato fala que quem fica com medo é covarde.

— Eu acredito que seu tio não estava se referindo exatamente a sentir medo. Apenas pessoas doentes não sentem medo. Covardia, para mim, é usar o medo como desculpa para deixar de tentar ajudar as pessoas.

— Eu também quero ajudar as pessoas quando eu crescer.

— Para que esperar tanto? Sua mãe está ali, trabalhando, e eu acho que ela precisa de muita ajuda.

— Ah, mas o trabalho da minha mãe é só fazer comida e lavar roupa. É muito chato!

— Sim, eu sei. Mas se ela tiver um pouco de ajuda, a parte chata acaba rápido. – Sandora se levantou. – Vamos lá, eu vou ajudar também.

Ela percebeu que Evander prestava atenção a cada palavra que ela dizia. A certo momento ele olhou para ela e sorriu, dando-lhe uma piscadela, antes de voltar ao próprio trabalho.

Depois daquilo, os aldeões passaram a tratar Sandora de forma muito melhor.

O restante do dia foi passado de forma tranquila. Ao contrário de Evander, Sandora não era exatamente uma pessoa sociável, mas não teve grandes problemas em se relacionar com aquelas pessoas, que se sentiam em dívida para com ela.

À noite, deitada na cama ao lado de Evander, ela sentia uma incrível sensação de paz e completitude. Podia sentir o calor do corpo dele e aquilo a fazia se sentir segura e relaxada.

Mas ele não parecia nada relaxado.

— Tem certeza de que é uma boa ideia eu dormir aqui?

— Não é melhor do que dormir no chão? – perguntou ela, sem abrir os olhos.

— Bom, você não é exatamente a mulher menos desejável do mundo, então, não consigo deixar de me sentir... desconfortável.

Ela adorava quando ele falava daquele jeito.

— Eu não estou inclinada a romance no momento. Não se preocupe, manterei minhas mãos longe de você.

— Não é exatamente essa a minha preocupação.

— Relaxe. Eu sei como você se sente. E até gosto disso.

— Hum... – gemeu ele. – Agora sim ficou bem difícil eu conseguir pegar no sono.

Ela riu.

— Sabe – disse ele, mudando de assunto –, eu gostei muito da forma como você falou com aquela garotinha hoje cedo. Você tem jeito com crianças.

— Não sei – respondeu ela. – Acho que nunca tive uma conversa de verdade com uma criança antes. Passei praticamente a vida toda entre as paredes de um castelo, tendo apenas a velha Liseria como companhia. Então fui expulsa do castelo e meus poderes se manifestaram, o que transformou minha vida num caos.

— Você falou com a garota de forma séria e espontânea, usando palavras que ela compreendia. Acho que foi instintivo. Imagino que você daria uma ótima mãe.

Ela abriu os olhos e encarou-o, perplexa.

— Não tenho pretensões de embarcar *nesse* tipo de aventura – disse ela, enfática.

Ele riu.

— Eu também não. Para falar a verdade, nem imagino como eu consigo conversar assim com você. Nunca falei esse tipo de coisa para ninguém.

Ela voltou a fechar os olhos.

— Acredito que isso seja natural. Afinal, nós temos uma conexão, formada, provavelmente, desde o nascimento.

— Como assim, *desde o nascimento*?

Sandora voltou a olhar para ele.

— Minha aura energética é muito similar a uma habilidade desenvolvida pela antiga civilização Damariana.

— Sério?

— Sim, e 17 anos atrás havia um verdadeiro perito no que dizia respeito a essa civilização. Conhece a história do homem chamado Donovan?

— Acho que todo mundo conhece. Velho pirado que queria destruir o mundo, blá-blá-blá. Meu pai chutou o traseiro dele uma vez, ele ficou mordido e tentou envenenar o país inteiro.

— Sabia que ele fazia experimentos com crianças para dar-lhes poderes?

— Ouvi algo a respeito mas... espera aí! Por acaso acha que *você* é uma dessas crianças?

— Sim. E você também.

Ele sentou-se na cama.

— Como é que é?!

— Quantos anos você tem?

— Dezessete.

— A mesma idade que eu. Pelo que me contaram, a guarda resgatou dois bebês 17 anos atrás. Um deles ficou sob a proteção da guarda enquanto o outro, quero dizer, a outra, foi raptada e criada por uma bruxa.

— Ok, isso bate com a sua história, mas por que você acha que *eu* seria o outro bebê?

— Nossos poderes são muito similares. Não pode ser mera coincidência.

— Eu não sei lutar como um polvo, nem curar ferimentos e muito menos invocar mortos-vivos.

— Como assim, "lutar como um polvo"? Isso foi rude, sabia? De qualquer forma, a maneira como usamos nossos poderes é uma mera questão de afinidade.

— Você está dizendo que me raptaram quando eu era bebê para fazerem experimentos comigo?

— Imagino que quem tenha sido raptada foi sua mãe. Enquanto ainda estava grávida.

— Isso é horrível!

— Donovan, definitivamente, não é conhecido pela sua sanidade mental.

— Tudo isso é muito perturbador.

— Eu sei.

Ele voltou a se deitar e ficou em silêncio por um longo tempo.

— Sabe – disse ele, finalmente –, ainda não sei se consigo acreditar nessa história toda. Mas de certa forma me agrada pensar que nós dois temos uma conexão como essa.

— A mim também – admitiu ela, sonhadora.

— E como eu disse antes, se quiser conversar, isso faz bem, sabe? Colocar para fora. Compartilhar o peso que você está carregando...

— Desculpe – cortou ela, tensa. – Não estou preparada para falar sobre isso.

— Tudo bem. Nós temos todo o tempo do mundo. Não há razão para apressar as coisas.

Ela suspirou, voltando a fechar os olhos. A aceitação dele causava nela uma sensação indescritível de bem-estar.

— Obrigada, Evander.

— Uau! Ela lembra o meu nome!

— Hã? – Ela levantou a cabeça, olhando para ele, confusa.

— É a primeira vez que você me chama pelo nome.

— É mesmo? Não me surpreende. Parece que, na maior parte do tempo, nos entendemos sem precisar de palavras.

— É verdade, somos uma dupla e tanto. Mas você pode me chamar de Évan.

— E por que eu faria isso?

— Ora essa, porque meus amigos me chamam assim.

Ela voltou a fechar os olhos, sorrindo.

— Não sou sua amiga.

— Ah, aí você parte o meu coração! O que eu sou para você, então?

— Não sei. O que você quer que eu seja?

— Você sabe muito bem o que eu quero, mulher malvada!

Ela riu.

— Eu gosto do seu nome. Evander Armini Nostarius. É um nome bonito. E "Evander" tem muito mais personalidade do que "Évan".

— Bom, já que você colocou as coisas dessa forma... Aliás, você ainda não me disse seu nome completo.

— Sim, eu disse. Meu nome completo é "Sandora".

— Está brincando comigo?

— Não, é sério. Nunca precisei de um sobrenome até que comecei a perambular pelas cidades do Império, onde todos me olhavam como a uma aberração toda vez que alguém perguntava o meu nome e eu respondia.

— Então você *realmente* viveu sua infância totalmente isolada do mundo, hein?

— Com certeza.

— Ei! Eu tenho uma ideia! Já que você não tem sobrenome, que tal usar o meu? Você mesma disse que acha bonito. "Sandora Nostarius". Que tal?

— Você por acaso está pensando em me adotar como sua filha?

— Quê?! Claro que não!

— Porque, pelo que eu entendo de relacionamentos, nós dois ainda estamos muito longe de chegar ao ponto de eu assumir seu nome.

— Ei! Não distorça minhas palavras. Não estou pedindo você em casamento.

Ela o encarou.

— Evander, você *odeia* seu sobrenome. Poderia, por favor, me explicar por que você desejaria que *eu* o use?

— Eu com certeza passaria a gostar dele se você o usasse.

— É mesmo? E por quê?

— Porque, quando alguém me chamasse pelo sobrenome, eu me lembraria de você em vez do general – disse ele com uma sinceridade tocante.

Sandora voltou a fechar os olhos, suspirou e sorriu. Ser aceita incondicionalmente daquela forma era maravilhoso. Deixou que a sensação a inundasse e percebeu que diversas outras emoções juntaram-se à primeira. Admiração, respeito, anseio, completitude, segurança, desejo. Um coquetel e tanto de sentimentos para alguém como ela. E apesar de tudo o que pensava sobre si mesma, o quanto se achava indigna daquele tipo de emoção, apesar da certeza de que ela poderia voltar a ter outros ataques de pânico e de que era uma espécie de bomba ambulante que poderia perder o controle e abrir uma outra cratera como a de Aldera a qualquer momento, apesar de tudo aquilo, ela teve que admitir que estava apaixonada. Não havia mais como negar.

Apesar da atração intensa que sentiam um pelo outro, e que parecia crescer a cada minuto que ficavam juntos, a noite foi passada em silêncio, ambos desfrutando da companhia do outro de forma tranquila e reconfortante.

Sandora dormiu por algumas horas e passou o restante do tempo de olhos fechados, saboreando os sentimentos recém-descobertos e imaginando o que o futuro reservava para ela.

Na manhã seguinte, quando Evander despertou, encontrou a refeição matinal à sua espera. Sandora estava sentada no chão, perto da porta, de pernas cruzadas em posição de meditação. Ao ouvi-lo se mexer, ela abriu os olhos e o saudou com um sorriso.

— Bom dia!

— Bom dia – respondeu ele, bocejando e sentando-se na cama. – Uau! Tudo isso pra mim? – Perguntou, apontando para a comida.

— Nada disso, metade é meu! – disse ela, levantando-se com agilidade e aproximando-se da bandeja.

— O que estava fazendo?

— Tentando expandir meus horizontes – disse ela, enigmática, dando uma mordida em uma maçã.

— Da última vez que expandiu seus horizontes, você aprendeu a partir seus oponentes ao meio. Devo ficar preocupado?

— Depende. Vai querer se opor a mim?

— Não sei. Você pretende se tornar uma vilã?

— Muitos acham que eu já sou uma.

— Há! Muito engraçado!

— Não estou brincando. Fui criada por uma bruxa e, sabe como é. Filho de peixe...

— Você só está me enrolando com toda essa conversa mole. Desembuche. O que estava fazendo ali na porta?

— Bom, eu encontrei um tipo de criatura um tempo atrás. Bem diferente desses monstros que enfrentamos. Eram inteligentes e conseguiam se disfarçar, se passando por pessoas normais.

— Uau! Nunca ouvi falar de nada parecido.

— Nem eu. Até que alguns deles tentaram me matar.

— Certo. E o que isso tem a ver com você sentar no chão fazendo pose? Quem a visse ali pensaria que você realmente é uma bruxa.

— Eu *sou* uma bruxa.

— Não vou nem começar a discutir essa besteira. E você está desviando do assunto de novo.

Ela sorria enquanto comia, gostando da sensação de ser capaz de provocá-lo daquela forma.

— Aquelas criaturas me causavam desconforto. Eu era capaz de sentir a presença delas de longe. E como eram seres de outro mundo, que também tinham vindo pra cá através de um portal, eu estava imaginando se eu não conseguiria pressentir a presença de outros tipos de criaturas também. Então eu tentei abrir a mente e usar toda a energia possível na minha habilidade de percepção.

— Assim como você fez com seus poderes de ataque certo? Agora isso sim é algo muito interessante. Conseguiu detectar alguma coisa?

— Acho que sim. Faço uma boa ideia de onde os monstros estão se escondendo.

— Que ótimo! Assim poderemos partir para a ofensiva e erradicar logo essa ameaça. Vamos partir imediatamente!

— Na verdade, acho que *eu* devo partir imediatamente.

— Como assim? Não posso deixá-la ir sozinha!

— Mas também não pode deixar essas pessoas sozinhas. E minhas habilidades são voltadas para ataque e não para proteção.

— Não pode estar falando sério!

— Mas estou.

— Não posso permitir que você vá lá sozinha arriscar a vida lutando contra sei lá o quê!

— Prefere que o "sei lá o quê" apareça por aqui e encontre essas pessoas desprotegidas?

— Você não sabe como eu me senti quando você partiu sozinha da outra vez! Eu quase morri de preocupação, não quero passar por isso de novo!

— Eu voltei, não voltei? Ilesa. Mesmo naquele estado de espírito... caótico, eu fui, fiz o que tinha que fazer e voltei.

Ele sacudiu a cabeça.

— Escute, eu não posso, está bem? Simplesmente não posso deixar você fazer isso! Vamos conversar, podemos achar uma solução...

— Evander, eu não vou conversar. Não sei o que aconteceu para você achar que é responsabilidade sua proteger a tudo e a todos, mas você tem que superar isso!

— Mas você...

— Eu sei cuidar de mim mesma. Me virei muito bem nos últimos dezessete anos, obrigada. E eu já matava monstros muito antes de conhecer você. Também não sou nenhuma idiota querendo apenas me exibir, eu vou porque confio nas minhas habilidades, porque sei do que eu sou capaz e do que eu não sou. Não pretendo me colocar em perigo desnecessariamente, mas me considero mais do que apta a concluir essa tarefa sozinha.

Ele parou e ficou olhando para ela por um longo tempo.

— É melhor não deixar que eles toquem num fio de cabelo seu, senão você vai se ver comigo!

— Pode contar todos os fios de cabelo do meu corpo quando eu voltar. Garanto que estarão todos aqui.

— Céus! Acho que nunca recebi uma proposta tão tentadora na minha vida. Vou cobrar essa promessa!

◆ ◆ ◆

Sandora retornou no final da tarde. Os aldeões a saudaram alegremente, enquanto Evander apenas a observava de cima de um telhado que estava ajudando a consertar.

— Olá – disse ela, levantando a cabeça para ele.

— Psiu! – ralhou ele, compenetrado, enquanto olhava descaradamente para o corpo dela. – Vai me fazer perder a conta!

Ela sorriu.

— Vai ter bastante tempo para isso mais tarde. Agora preciso tomar um banho.

— Opa! – disse ele, saltando para o chão com agilidade. – Eu não perderia isso por nada no mundo. – Ele parou perto dela e ficou sério de repente. – Como está a situação lá fora?

— Sob controle. Não consigo detectar mais nenhum perigo num raio de uns oito ou dez quilômetros. Acredito que seja o suficiente para que todos possam dormir tranquilos essa noite.

Os aldeões suspiraram aliviados e agradeceram efusivamente.

— Encontrou muitos deles?

— Cerca de uma dezena, e dos mesmos que já enfrentamos antes. Pode contar, se quiser, mas meus fios de cabelo estão todos aqui.

— Veremos. Que tal um banho de rio? O pessoal aqui me mostrou um lugar interessante.

— Vamos lá.

♦ ♦ ♦

Sandora se surpreendeu quando chegaram ao local. Ela havia atravessado aquele riacho duas vezes durante a ronda que fizera durante o dia perseguindo os monstros, mas não tinha estado nesse ponto em particular.

O local era muito bonito. Cercado por altas árvores por todos os lados, havia uma piscina natural de cerca de dez metros de diâmetro na qual as águas límpidas do riacho caíam formando uma pequena cachoeira.

— Lugar interessante – comentou ela, admirando cada detalhe daquele pequeno paraíso.

— Vamos lá, pode falar!

Ela olhou para ele.

— Falar o quê?

— Que esse lugar é maravilhoso! Como um paraíso!

— Como é?

Ele soltou um suspiro frustrado.

— Você devia liberar suas emoções um pouco mais, sabia? Eu sei que você adorou o lugar. Não lhe faria nenhum mal colocar isso em palavras.

— Você não precisa que eu lhe diga o que eu sinto. Na verdade, nenhum de nós dois precisa.

— Eu sei. Mas eu adoraria ouvir você dizer algo como "obrigada, Evander, nunca vi algo tão bonito na minha vida, vou lembrar deste momento para sempre" – disse ele, tentando imitar a voz dela.

Sandora sorriu, balançou a cabeça e aproximou-se da água, transformando suas roupas em trajes de banho.

— Ah, assim não vale. Achei que você fosse tirar tudo.

— Você pode ver através de qualquer tecido que eu crie, não pode? Então do que está reclamando?

— Eu queria que você tomasse a iniciativa de se mostrar para mim.

Ela deu alguns passos para dentro da piscina.

— Já que você está tão interessado, que tal *você* se mostrar para mim primeiro? – disse ela, chamando-o para perto dela com um gesto.

Sem esperar um segundo convite, ele tratou de se livrar da maior parte de suas próprias roupas e entrou na água com ela.

Sandora tentava se comportar como se tudo aquilo fosse natural para ela, mas as familiares e intensas sensações que ele lhe despertava estavam ali o tempo todo, deixando-a nervosa e excitada. A fadiga que sentia pareceu se dissolver naquelas águas limpas e calmas enquanto ela se lavava e observava ele fazendo o mesmo. Evander estava em excelente forma física, com um corpo bem proporcionado, bem torneado sem ser musculoso demais. Era magro o suficiente para parecer humano, acessível, vulnerável e ao mesmo tempo forte o suficiente para fazer com que ela se sentisse protegida ao lado dele.

Por um momento, o olhar dela capturou o dele e eles ficaram ali parados, mergulhados naquela onda atribulada de emoções. Era óbvio que ele se sentia tão afetado quanto ela por aquela situação, aquela proximidade. Por um momento, ela desejou fervorosamente que sua vida não tivesse sido tão atribulada, que ela não tivesse tantas reservas em relação a se aproximar de outra pessoa. Parecia ridículo que ela pudesse ler os pensamentos dele de forma tão simples e ao mesmo tempo não conseguisse confiar nele.

Conseguindo ler os pensamentos dela com a mesma facilidade, ele sorriu e disse simplesmente:

— Nós temos todo o tempo do mundo.

Ela sorriu também, sentindo uma bem-vinda sensação de paz e tranquilidade envolvê-la como se fosse um cobertor.

Então ela virou-se e saiu da água, criando uma pequena toalha negra que usou para enxugar os cabelos. Evander saiu também, mas ficou parado observando-a friccionar a toalha nas madeixas negras por um tempo, antes de desmaterializá-la e criar uma nova, repetindo o processo.

— Uau, esses seus poderes são mesmo muito práticos.

Ela olhou para ele enquanto continuava se enxugando.

— Tenho certeza de que você tem os mesmos poderes que eu.

— Tenho minhas dúvidas.

Ela largou a toalha, que se desintegrou no ar, e jogou os cabelos para trás, enquanto aproximava-se dele.

— Me dê sua mão – pediu ela.

Ele colocou a mão entre as dela e depois de alguns segundos, ele viu surgir uma pequena toalha branca.

— Como eu pensei – disse ela. – Sua aura é tão intensa que até mesmo eu consigo manipulá-la se você permitir.

Durante a meia hora seguinte, eles ficaram ali em pé, ela tentando ensiná-lo e ele tentando acompanhar o raciocínio dela, sem muito sucesso.

— Não faço ideia de como você conseguiu aprender algo tão complicado assim por puro instinto – disse ele, finalmente. – Até consigo entender como você faz, mas parece haver centenas de obstáculos para eu conseguir fazer isso funcionar.

— Eu creio que a sua afinidade com a aura se manifeste de outras formas.

— Como assim?

— Você consegue materializar e manipular o bastão. Também consegue criar cópias de si mesmo ou conchas de energia para proteger seus aliados. Também tem essa habilidade visual... incomum. Imagino que todas essas coisas devam ser tão complicadas para mim quanto criar roupas o é para você.

— Talvez tenha razão.

— Mas isso não impede que *eu* crie algumas coisas para você. Tire o resto da sua roupa.

— Quê?! Por quê?

— Vamos, você já olhou para mim o quanto quis, quero olhar para você também – disse ela, irônica.

Fingindo um suspiro desanimado, ele abaixou-se para se livrar da roupa de baixo.

— Está feliz agora? – disse ele, abrindo os braços.

— Um pouco – disse ela, olhando para o corpo dele, sonhadora. – Me dê sua mão novamente.

Eles se deram as mãos e ela se concentrou, recriando, ao redor dele, um traje similar ao que ele usava quando eles se encontraram pela primeira vez. Então ela soltou-se dele e deu alguns passos para trás.

— Uau! – exclamou ele, olhando para si mesmo. – Qual é a duração disso?

— Até onde eu sei, é permanente. Pelo menos enquanto você tiver essa aura branca ao seu redor, pois ela alimenta o construto continuamente. Mesmo que alguém utilize algum encanto de *expurgo* para tentar destruir o construto, ele se recria tão rapidamente que é como se esse tipo de habilidade não tivesse efeito nenhum.

— Incrível.

Após algumas tentativas, Evander conseguiu aprender a dissipar e criar novamente as roupas. Infelizmente ele não tinha afinidade suficiente para conseguir moldar o que criava, tudo o que ele conseguia era reproduzir o construto que Sandora havia criado para ele.

— Isso é prático, mas se você não estiver por perto, eu vou ter que ficar com a mesma roupa o tempo inteiro.

— Não se preocupe – disse ela, em tom sonhador. – Não pretendo ir a lugar nenhum sem você.

Mais tarde naquela noite, ela mostrou a ele como criar uma bolsa de fundo infinito. Esse truque ele aprendeu com relativa facilidade.

Então, exaustos, depois daquele dia interminável e das tentativas de utilizar os poderes da aura dele, o que consumiu uma quantidade considerável da energia mística de ambos, eles se jogaram na cama um ao lado do outro e caíram num sono profundo em questão de segundos.

♦ ♦ ♦

O dia seguinte foi um dos mais tranquilos e prazerosos da vida de Sandora. Como ela não detectava mais a presença de monstros nas proximidades da vila, Evander saiu com ela para vasculharem as regiões mais distantes. Encontraram algumas poucas criaturas desgarradas, das quais se livraram com facilidade. Após uma volta completa ao redor da região, concluíram que o perímetro estava seguro. A certo momento Sandora sentiu a presença de um grupo grande ao leste, numa região afastada, e ambos concordaram que devia tratar-se de um novo portal.

Sandora ainda se surpreendia com a forma com que a mera presença de Evander ao seu lado a fazia se sentir bem. Ela estava acostumada a se virar sozinha, sem depender de ninguém, nem mesmo de Liseria. E agora se via presa àquela necessidade, àquela dependência da proximidade dele. Ela tentava se acostumar com a sensação, tentava esquecer-se de seus medos e inseguranças, mas a maneira como confiara em alguém e fora usada de forma tão vil e egoísta ainda doía dentro dela. Assim, ela tentava aproveitar tudo o que podia daquele momento, sem tentar pensar no futuro.

Voltaram para o vilarejo onde passaram a última noite antes de partirem para o leste. As pessoas demonstraram muito carinho ao se despedir deles, a pequena garota chegou até mesmo a dar um abraço em Sandora, o que a deixou muito constrangida. Evander conseguiu um enorme e pesado embrulho com um dos aldeões e guardou-o na própria bolsa.

— O que é isso? – perguntou ela, curiosa.

— Um presente para você. Vamos embora, quando chegar a hora eu lhe mostro – respondeu ele, misterioso.

◆ ◆ ◆

A gigantesca criatura de aspecto reptiliano soltou um urro que pareceu fazer a terra tremer, antes de cair sobre as árvores da floresta, que não suportaram o peso e se quebraram. O monstro então desabou no chão, fazendo a terra tremer de verdade e levantando uma nuvem de poeira.

Após alguns momentos, o monstro pareceu mudar de cor enquanto suas escamas ficavam cada vez mais claras, até se transformarem em pó. Logo o resto do corpo da criatura também começou lentamente a se desintegrar.

Laina e os outros membros da tropa "caça-monstros" apenas observavam a cena, completamente aturdidos.

— Tá brincando que ela derrubou aquela coisa com *um golpe*?! – exclamou Loren, a guerreira ruiva.

— Caraca! – disse Iseo.

— É, Alvor. E você querendo saber por que o capitão colocou *justo ela* na liderança desta equipe, hein? – comentou Beni, o careca musculoso.

— Cara... – disse Alvor, o arqueiro de cabelos castanhos. – Não consigo acreditar que eu vi aquilo!

— Ela está ferida! – gritou Laina, correndo na direção de Lucine, que largava as espadas enquanto caía de joelhos com uma grande mancha vermelha no abdômen. – Me ajudem aqui!

— Estou bem – disse Lucine, tentando afastá-los, mas sem forças para isso. Logo uma dor dilacerante a fez gemer e se curvar.

Laina e Iseo a ajudaram a se deitar de costas, com cuidado.

— Céus! É um ferimento muito sério! – exclamou Laina, após fazer um rápido exame usando sua varinha mística. – Não temos como cuidar dela aqui, precisamos levá-la para a cidade.

— Não! – reclamou Lucine, com um gemido. – Não dá tempo! Temos... que... perseguir o... – Dizendo isso, ela desmaiou.

— Acho que posso estabilizá-la por algum tempo – disse Laina. – Mas temos que levá-la para um curandeiro o mais rápido possível.

— Argh! – Iseo fez uma careta ao olhar de perto para o ferimento de Lucine. – Parece que o bicho a pegou de jeito. Ela vai ficar fora de combate por um bom tempo.

— Ela vai é ganhar mais algumas cicatrizes para a coleção – comentou Beni.

— Mas ela tem razão – disse Alvor, sacudindo a cabeça. – Temos que continuar a perseguição.

— Concordo – respondeu Iseo. – Não há mais dúvidas de que estamos perto de pegar o responsável por toda essa confusão.

— Certo – disse Laina. – Não posso fazer mais nada por Lucine agora. Iseo e Loren, vocês levam ela para a cidade. Avisem o major que Lucine conseguiu rastrear o traidor e que nós estamos indo prendê-lo.

— Tudo bem – respondeu Iseo.

— Deixa com a gente – disse Loren.

— Alvor e Beni vêm comigo para o leste – continuou Laina. – Vamos pegar o pulha que está abrindo esses portais e jogando todos esses bichos no nosso colo. Não faço ideia do como Lucine fez aquilo, mas ela livrou nossos traseiros de uma roubada. E quando eu pegar o filho da mãe desse traidor, ele vai desejar ter nascido *sem traseiro*!

— Falou como uma verdadeira tenente – comentou Loren, com um sorriso.

— Isso é porque eu *sou* uma tenente de verdade, coisa que vocês vivem se esquecendo. E no momento sou uma tenente muito injuriada. Vemos vocês mais tarde.

Capítulo 18:

Escolhas

No final da tarde seguinte, Sandora e Evander pararam para descansar após um longo dia de caminhada. As florestas verdes tinham dado lugar a uma região pantanosa e desolada, por isso optaram por parar entre as rochas de um local alto e isolado, onde, além de terem um chão sólido sob os pés, ficariam livres dos insetos, que eram abundantes na região.

— Não deve faltar muito agora – comentou Sandora. – Melhor descansar bastante esta noite, pois amanhã vamos ter um dia atribulado.

— Parece uma ótima ocasião para eu lhe entregar seu presente – disse ele, retirando o pesado embrulho da bolsa.

Ela aproximou-se, curiosa, e o observou desamarrar os cordões e afastar o tecido rústico que formava o embrulho, revelando seu conteúdo: armas.

— Lanças e espadas? – perguntou ela, espantada. – Por que acha que eu ia querer isso?

— Você sabe manusear essas coisas, não sabe?

— Sim, mas quase me machuquei seriamente da última vez que tentei usar uma espada numa luta de verdade.

— Como eu imaginei.

— O que quer dizer? Não tenho intenção de mexer com esse tipo de arma novamente.

— Você nunca deixou de "mexer com esse tipo de arma".

— O quê?!

— Olhe a forma como você manuseia o chicote. Você deixa a ponta rígida e a usa ora como espada, ora como lança, usando a energia mística para conduzir sua força física para os golpes, ao mesmo tempo que a flexibilidade da sua arma protege suas mãos e braços da maior parte do impacto.

— Eu... Nunca tinha pensado muito sobre isso.

— Eu percebi quando lutamos naquela manhã. Já treinei muito contra lanças e espadas e conheço bem a maioria dos golpes. – Ele pegou uma espada e lhe entregou outra. – Venha, vamos treinar um pouco. Acho que ainda me lembro de uma meia dúzia de movimentos que o capitão me ensinou. Se você conseguir dominar mais alguns movimentos e potencializá-los com suas habilidades, acho que você seria imbatível numa luta um contra um.

Convencida pelo charme dele, ela acabou pegando a arma e concordando em treinar.

Com a forte atração que sentiam um pelo outro combinada com outros sentimentos que ambos carregavam dentro de si, o treinamento logo se tornou uma espécie de embate, a luta ficando intensa e acirrada. Evander lhe mostrou diversos golpes com ambos os tipos de armas, que ela prontamente usou contra ele das formas mais criativas possíveis. Ela não era páreo para ele se não usasse seu chicote, sem considerar que suas mãos não estavam acostumadas a segurar aqueles objetos rústicos e sabia que se não fosse pela aura de proteção, teriam ficado cheias de calos e bolhas. Aquela desvantagem, no entanto, não a desanimou. Precisava muito extravasar suas emoções e nada melhor que um exercício físico para isso. Um impessoal e seguro exercício físico. Evander parecia pensar algo similar e assim o tempo foi passando e eles não foram efetivamente descansar antes da meia-noite.

Na manhã seguinte, partiram novamente para o pântano, seguindo a trilha de energia captada pelos sentidos de Sandora. Tiveram alguns embates com monstros agressivos, mas que não representavam grande ameaça contra as forças combinadas do casal, mesmo com a lama chegando-lhes à altura dos joelhos. Logo eles se viram frente a frente com o portal.

A abertura estava numa formação natural curiosa, abrindo-se entre os galhos entrelaçados de duas árvores de aspecto doentio que pareciam lutar uma batalha perdida para continuarem vivas. Os galhos pareciam formar uma espécie de moldura quase circular ao redor do portal.

— Não consigo sentir a presença do catalisador por perto – comentou Sandora. – Deve estar do outro lado do portal, terei que entrar lá para procurar.

— Você já fez isso antes? – perguntou ele, apreensivo.

— Sim.

— Certo. Vamos lá, estou bem atrás de você.

Em um impulso estranho à sua própria natureza, ela lhe estendeu a mão enquanto dizia:

— Prefiro que esteja ao meu lado.

Eles se olharam por um longo momento, então ele segurou-lhe a mão e a levantou, beijando-lhe os dedos antes de apertar-lhe a palma com força, numa posição de queda de braço. Aquele era um gesto de camaradagem sobre o qual ela já lera muitas vezes, mas que nunca havia experimentado. Era um gesto de confiança e apoio. Naquele momento não importava o fato de serem homem e mulher, nem a atração que sentiam um pelo outro. Eram apenas dois seres humanos, unidos por um objetivo comum, fazendo um voto silencioso de estar ali quando o outro precisasse.

Sandora percebeu que as auras de ambos pareceram se modificar e se tornar mais intensas naquele momento, mas não deu muita atenção ao fato, imaginando que se tratasse apenas de uma projeção de seus próprios sentimentos.

Então eles viraram-se para o portal. Então, de mãos dadas novamente, atravessaram o portal, invadindo o mundo desconhecido.

◆ ◆ ◆

Depois de muita investigação, Laina e sua equipe finalmente descobriram quem era o traidor. Mas havia um pequeno problema.

— Parece que a patente do infeliz é maior que a sua, Laina – comentou Alvor, desanimado. – Não podemos prendê-lo. O que faremos?

— Nós podemos prendê-lo, basta que ele faça algo estúpido.

— E como vamos conseguir que ele faça algo assim? – questionou Beni.

— Não se esqueça de que eu sou uma mulher – disse Laina com um sorriso. – Enlouquecer homens é minha especialidade.

◆ ◆ ◆

Felizmente não havia lama ali. O local onde Evander e Sandora chegaram era uma densa floresta com árvores muito altas, com o céu exibindo um curioso tom alaranjado em vez do azul que Sandora estava acostumada.

— Uau! – exclamou Evander. – Dava para ver tudo do outro lado, mas entrar aqui é uma experiência completamente diferente. Olhe só para essas árvores! Esse lugar é muito bonito.

— Realmente – concordou Sandora analisando os arredores. – Mas devo avisar de que agora nós é que somos os invasores, por isso não posso usar meus sentidos para localizar monstros aqui.

— Entendido – respondeu ele. – E a julgar pelas pegadas no chão, deve haver alguns grandões por aqui. É melhor fecharmos essa coisa bem rápido.

— Posso sentir o catalisador, mas acho que ele não está muito perto.

— Se nos afastarmos para longe daqui, mais monstros podem atravessar.

— Tem razão. Que tal bloquearmos o portal com alguma coisa?

Nos minutos seguintes, eles concentraram-se em fazer uma barricada improvisada com ramos de árvores, tentando ocultar a passagem da melhor forma possível.

— Isso deve resolver por enquanto – comentou ela.

— Qual é o problema desse céu, afinal? – perguntou ele, olhando para cima.

— Talvez seja a cor natural dele. Afinal, estamos em outro mundo.

— Por alguma razão, eu não consigo acreditar nisso – disse ele, pensativo. – Tenho a impressão de que tudo do lado de cá está doente.

— É mesmo? Não consigo sentir nada assim.

— Pois eu sinto. E, sinceramente, isso está me deixando nervoso. Melhor sairmos daqui o quanto antes.

— Tudo bem – concordou ela. – O catalisador deve estar ao norte daqui.

Após caminharem em silêncio, evitando as criaturas da floresta, chegaram até um vale isolado entre formações rochosas naturais, onde havia uma pequena e solitária cabana de madeira cercada por diferentes tipos de plantações.

Eles entreolharam-se por um momento, num acordo mútuo e adentraram o vale, caminhando devagar na direção da cabana, atentos aos arredores.

Logo avistaram um velho que arrancava algumas beterrabas de um canteiro do outro lado da casa e aproximaram-se devagar. O homem olhou para eles por um instante, mas depois voltou a se concentrar no que fazia, ignorando-os.

— Hã... bom dia? – saudou Evander.

— Vocês não são daqui, não é? – disse o velho, sem olhar para eles.

— Não, não somos – respondeu Sandora. – Sabe por que estamos aqui?

— Para salvar o seu mundo, imagino. Mas se vocês fizeram a mesma coisa que eu, devo dizer que não há esperança.

Evander e Sandora se entreolharam.

— Como assim? – perguntou ela.

O velho suspirou.

— Vocês são um povo confuso. Deveriam conversar entre si antes de saírem fazendo perguntas a estranhos.

— No momento – disse Evander, com um sorriso –, ainda estamos tentando descobrir quais são as perguntas que deveríamos estar fazendo. Sinto muito, meu senhor, mas está tudo muito confuso, por isso, se pudesse nos explicar com calma, desde o início, lhe seríamos muito gratos.

Sem dizer uma palavra, o velho colocou os legumes sobre uma velha peneira circular feita de arame com uma borda de madeira e carregou tudo para dentro da cabana. Evander e Sandora o seguiram e acomodaram-se em velhas cadeiras de madeira que o velho lhes indicou com a cabeça.

Enquanto enchia um enorme caldeirão com água e o colocava sobre a chapa de um velho fogão a lenha, ele começou a contar sua história.

— Eu era um jovem como vocês. Cheio de ideais e com muita vontade de mudar o mundo. Então fui atrás de poder para tornar meus sonhos realidade. E consegui o que queria. Obtive poder suficiente para realizar todos os meus sonhos. Mas antes que pudesse fazer qualquer coisa, o mundo começou a ruir ao meu redor. O céu mudou de cor, o mar começou a secar, os animais se tornaram selvagens, as plantas ficaram venenosas. De repente as pessoas estavam todas morrendo. Então foi aí que eu descobri que o poder que eu tinha obtido, na verdade, era o que mantinha o mundo inteiro coeso. Tentei devolver o poder para seu local de origem, mas descobri que o lugar não existia mais, tinha se transformado num grande vazio alaranjado e que estava aumentando cada vez mais, consumindo tudo em seu caminho. Tentei usar o poder para parar aquilo, para tentar restaurar as coisas ao que eram antes. Eu tentei, realmente tentei, durante muitos e muitos anos, mas sem nenhum sucesso.

Sandora olhou para Evander. Ele apenas assentiu com a cabeça, afirmando silenciosamente que o velho senhor estava dizendo a verdade.

Aquela era uma habilidade que Evander lhe confidenciou possuir durante a ronda que fizeram juntos ao redor do vilarejo dias antes. Ele era capaz de dizer com razoável certeza quando alguém estava ou não mentindo. E essa era uma habilidade que ele não conseguia desativar, o que tinha lhe causado uma série de problemas durante a infância e adolescência.

Após uma pequena pausa, o velho continuou, enquanto colocava água em uma bacia e começava a lavar as beterrabas e a remover-lhes as folhas, jogando-as dentro do caldeirão sobre o fogão.

— Agora, resta apenas este lugar, até onde a vista alcança. – Ele apontou para a janela. – E a vista está alcançando menos a cada dia que passa.

— E o que houve com as pessoas daqui? – perguntou Sandora.

— Mortas. Primeiro pelos furacões, depois pelos terremotos, então pelas tempestades e, por último, pelas bestas selvagens nas quais os animais das florestas se transformaram.

— Então o seu mundo está morrendo – concluiu Evander. – Quanto tempo o senhor acha que vai poder permanecer por aqui?

— Eu ficarei aqui até o fim, o que deve acontecer em um ou dois dias. Finalmente.

— Mas não precisa ser assim – disse Evander. – O senhor pode vir conosco. Nosso mundo pode ser um pouco confuso às vezes, mas lhe garanto que nem nós nem qualquer outra pessoa chegou a ativar o dispositivo do fim do mundo por lá.

— Entendo. Isso quer dizer que vocês não são do mesmo mundo que meu visitante anterior. Ou que talvez ele tenha se referido a algum outro mundo que não seja o seu.

— Poderia nos dizer quem foi esse visitante? – perguntou Sandora, apesar de ter certeza de que já sabia a resposta.

— Um velho da minha idade e carregando um fardo quase tão pesado quanto o meu. Pediu que o chamasse de Donovan.

Evander e Sandora se entreolharam, surpresos.

— E ele levou algo daqui? – perguntou ela.

— Eu dei tudo o que podia para ele. Todo o poder que me restava.

Sandora fechou os olhos e respirou fundo, tentando controlar a revolta que crescia dentro de si.

— Quanto tempo faz isso? – perguntou ela.

— Alguns meses, eu acho.

— Então ele veio aqui para roubar o seu poder? – perguntou Evander, também enfurecido.

— Não sei. Talvez, ele não disse. Mas ele não precisou me obrigar a nada, pois eu não queria mais aquele fardo. Tudo o que eu queria era morrer em paz.

— Mas deve ter alguma coisa que possamos fazer! – exclamou Evander. – Talvez pudéssemos ir atrás dele e pegar o poder de volta.

— E fazer o que com ele, jovem? Eu tive aquele poder por quase cinquenta anos. E olhe ao redor. Como pode ver, ele não me serviu para nada.

Evander olhou para Sandora, visivelmente abalado.

— Mas precisamos fazer alguma coisa! O portal! Podemos pegar todos os sobreviventes e levar com a gente, achar uma nova casa para todos! Não podemos deixar um mundo inteiro morrer assim!

— Evander, você não está pensando direito – respondeu Sandora. – Viemos aqui para impedir que mais monstros invadissem o nosso mundo e não para convidarmos essas criaturas para morarem com a gente.

— Mas você não entende!

— Eu entendo você, jovem – disse o velho. – Eu era exatamente como você, queria salvar a tudo e a todos. E a única coisa que eu posso lhe fazer é mandá-lo embora. Não há nada aqui que mereça ser salvo, o lugar todo está corrompido, transformado, nem de longe lembra o mundo de cinquenta anos atrás. Resumindo, este mundo já está morto. Morreu há muito tempo. Agora deem o fora daqui, vocês dois.

Sandora apontou para a mão esquerda do velho.

— Sinto muito por isso, mas antes precisamos destruir este anel que está usando.

O velho olhou para ela, surpreso.

— É o que está mantendo o portal para o nosso mundo aberto – explicou ela. – Assim que destruirmos isso, não teremos mais o que fazer aqui e o deixaremos em paz.

Evander ainda tentou argumentar, mas Sandora o calou com um gesto e um olhar, pedindo-lhe silenciosamente que confiasse nela. Depois de um longo silêncio, ele assentiu, frustrado.

— Entendo – disse o velho. – O grande vazio começou a corromper as minhas coisas. Já era hora.

Ele então levantou-se, foi até uma mesa antiga e retirou o anel de prata do dedo, colocando-o sobre uma grande bigorna. Olhou para o anel por algum tempo, perdido em pensamentos. Em seguida pegou uma marreta de metal e esmagou a pequena joia com um golpe vigoroso.

◆ ◆ ◆

Evander e Sandora correram de volta para o portal e para seu mundo. Então ficaram ali no pântano, de mãos dadas e atolados até as coxas na lama, olhando a passagem diminuir pouco a pouco, até se fechar por completo.

A seguir, ficaram ali olhando um para o outro por um longo tempo. Evander estava transtornado por não ter como ajudar aquele mundo condenado e Sandora o amava por isso.

Aos poucos, foram se aproximando até que suas respirações se misturassem. Então os lábios se encontraram, suaves, promissores. Não estavam sendo levados pela paixão. Era um momento de proximidade, de conhecimento, de renovação. A relação entre ambos sempre fora baseada em apoio mútuo e superação, e aquele momento de total entendimento foi sublime, como se estivessem selando um pacto.

Ficaram ali, compartilhando aquele momento por vários minutos, até que a real paixão começou a se manifestar e eles se separaram, a contragosto. Afinal, aquele não era o momento adequado para aquilo.

◆ ◆ ◆

— Não acredito que aquele velho não quis vir com a gente – comentou ele no fim da tarde, quando ambos já tinham montado acampamento para passar a noite.

— Ele fez a própria escolha, Evander. Sei que você gostaria de ter feito mais do que fizemos, mas simplesmente não havia o que fazer. A vida é feita de escolhas, e você não pode escolher por outra pessoa.

— É verdade, mas saber disso não faz com que eu me sinta melhor.

— Uma pessoa deve ser julgada não pelas cartas que recebe...

— Mas sim pelo uso que faz delas no jogo – completou ele, com um sorriso. – Você soa exatamente como o capitão Joanson.

— Essa era a intenção – admitiu ela.

— Você conheceu o capitão? – perguntou ele, surpreso.

— Sim, ajudei ele e sua tropa a prender alguns criminosos.

— Ele era um grande sujeito – comentou Evander, triste.

— *Era?*

— Ah, acho que você não ficou sabendo. Houve um ataque de monstros na cidade de Talas e... o capitão acabou sendo morto por uma espécie de demônio.

— Então esse é o assassino que você estava procurando?

— Exato. O capitão foi meu mentor. Acho que era a única pessoa que realmente me compreendia, antes de eu encontrar você. Eu tinha que fazer alguma coisa, devia pelo menos isso a ele.

De repente as pequenas semelhanças que ela notara entre Evander e o capitão passaram a fazer todo o sentido. Joanson o havia treinado, e tinha feito um ótimo trabalho. Pensar no grande capitão perecendo em combate causou-lhe uma sensação amarga, desagradável.

— Sinto muito – disse ela, por fim.

Ele assentiu e ficou em silêncio por um instante, antes de mudar de assunto.

— A propósito, você conheceu pessoalmente esse tal Donovan, não foi?

— Sim. É um homem cruel e desprezível.

— E ele fez algo muito ruim a você.

— Sim.

— Acho que agora é a minha vez de dizer "sinto muito".

Ela deu de ombros, sem responder, enquanto brincava com a teia de aranha mística na ponta dos dedos de sua mão direita.

— Tem alguma ideia do que ele pode estar tramando? – perguntou Evander, depois de algum tempo.

— Não. Mas ele deixou bem claro que quer me matar.

— Sabe a razão?

— Não tenho certeza. Imagino que ele me considere uma experiência fracassada ou algo do gênero. E, se eu estiver certa, ele pode estar atrás de você também.

— Nesse caso, espero que esteja errada – brincou ele.

Após um longo silêncio, ele fez uma pergunta inesperada:

— Sabe, eu adoraria ter conhecido você quando criança. Como você era?

Ela não gostava de recordar da própria infância, mas quando deu por si, estava contando tudo a ele. As lições de misticismo, os castigos, a solidão. Então ele contou um pouco sobre a infância dele, o amor da mãe, o sentimento de perda quando ela morreu, as viagens constantes de seu pai. Depois começaram a trocar confidências sobre as situações inusitadas em que ambos se meteram por causa dos próprios poderes.

Parecia incrível que ambos tivessem passado mais de uma semana juntos e tivessem conversado tão pouco até então. O problema era que ambos tinham cargas emocionais pesadas que não eram fáceis de dividir e acabaram se concentrando apenas em assuntos neutros, banais, corriqueiros.

Em certo momento Evander pediu a ela que o ensinasse a criar alguns novos modelos de traje e assim eles se distraíram por horas antes do cansaço finalmente vencê-los.

$$\blacklozenge \;\; \blacklozenge \;\; \blacklozenge$$

Sandora e Evander terminavam de fazer a refeição matinal. Como de hábito, ambos comiam em silêncio, aproveitando a companhia um do outro e se comunicando por meio de olhares e gestos. Ela começava a perceber que aquilo não era exatamente bom, pois gerava certo distanciamento entre ambos. Apesar de eles conseguirem se entender muito bem sem palavras, algo parecia ficar faltando quando eles não conversavam. Ela chegava à conclusão de que devia abrir logo o jogo e contar toda a sua história para ele, independentemente do sofrimento que isso lhe trouxesse. Ela temia que, se não fizesse isso logo, poderia perdê-lo e já estava tão apaixonada que não conseguia suportar nem sequer a possibilidade de isso acontecer.

— E então, senhorita detectora de monstros – disse ele, quebrando o silêncio. – Para que direção iremos agora?

Ela pensou por um momento.

— A energia que eu sentia ao norte se desvaneceu de repente. Ou os monstros encontraram e aprenderam a usar alguma ponte de vento...

— Ou tem outros caçadores de monstros por perto além de nós. Isso é bom.

— Sim. Mas ainda sinto alguns sinais vido do leste.

— Se andarmos mais um dia para o leste, chegaremos à costa.

— Seria uma experiência interessante.

— Nunca visitou uma praia antes?

— Não.

— Uau! Você não sabe o que está perdendo. Eu... – Ele parou de falar e se levantou, olhando para o céu.

— O que foi? – perguntou ela, levantando-se também.

— Estou vendo vocês! – exclamou Evander, ainda olhando para cima. – Os quatro vão ficar aí parados com essas caras de quem mastigou vaquinha verde ou vão dizer logo o que querem?

Então quatro figuras aladas surgiram, flutuando no ar diante deles. Tinham a exata aparência de alguns dos seguidores de Donovan, mas não causavam em Sandora a mesma sensação de desconforto que eles. Na verdade, eles não causavam nela sensação alguma. Como se... como se não fossem de outro mundo.

— Nós somos os guardiões – disse um dos homens alados. – Vivemos para garantir a proteção e o bem-estar das pessoas de bem. E você – ele apontou para Sandora – é a Bruxa de Aldera, culpada dos crimes de conspiração e assassinato. Você será levada agora para cumprir sua sentença. Deve vir conosco imediatamente.

— Que raios?! – exclamou Evander. – Nunca ouvi falar de vocês, como podem vir aqui falando essas asneiras como se fossem algum tipo de autoridade?

— E você – o alado apontou para Evander –, não tente interferir ou será tratado como cúmplice.

— Ninguém me diz o que fazer – respondeu Sandora, adiantando-se, desafiadora. – Se estiverem com algum problema, me digam qual é e tentarei ajudá-los, caso contrário, é melhor saírem da minha frente.

— A bruxa e seu cúmplice resistem à prisão e apresentam atitude hostil – disse o homem alado para os seus aliados. – Mudar para formação de combate.

Então os seres alados atacaram. Sandora e Evander lutaram com todas as suas forças, usando suas habilidades ao máximo. Mas dessa vez não tiveram sucesso. Conseguiram derrubar dois dos atacantes, mas eles eram muito ágeis e bem treinados. Depois de receber vários golpes, Sandora foi derrubada.

A última coisa que ela pensou antes de perder os sentidos foi que, se conseguisse sobreviver e Evander tivesse se ferido nesta batalha, ela nunca seria capaz de se perdoar.

◆ ◆ ◆

— Qual de vocês é esse tal tenente Imelde?

— Sou eu – disse Laina, encarando o oficial. – Tenente Laina Imelde, segunda divisão da tropa de operações especiais.

— Ótimo, já me conheceu e já falou comigo, agora caia fora.

— Sinto muito, major Faris, mas nossa missão é prioritária e...

— Eu digo o que é prioritário ou não aqui, mocinha! E quando você tiver pelo menos duas estrelas a mais na sua insígnia, você terá autoridade para se dirigir a mim de novo!

— Não me venha com essa de autoridade! Pessoas estão morrendo lá fora! Sabemos quem é o culpado por tudo isso e vamos prendê-lo.

— Não vai fazer nada por aqui, moça. Trate de sair e levar esses caras com você, antes que eu os prenda por desacato!

— Há! – zombou ela. – Aí está uma coisa que eu gostaria de ver.

— Ora, sua abusada! Vou acabar com você agora mesmo!

O major apontou a mão na direção de Laina, enquanto seus dedos começaram a brilhar e logo uma descarga elétrica saiu de seus dedos, com um estrondo. Para surpresa do major, a corrente elétrica contornou Laina, Alvor e Beni e se descarregou no chão, a dez metros além deles, sem causar-lhes nenhum dano. O major olhou para eles por um momento, perplexo. Foi tempo mais que suficiente para que Alvor lhe cravasse uma flecha no peito.

— Beni – disse Laina. – Avise os outros oficiais de que já prendemos o traidor.

— Deixa comigo – respondeu ele, saindo em disparada.

— O otário caiu direitinho – comentou Alvor, sorrindo para Laina. – Devia estar tão apavorado em ter sido descoberto que nem passou pela cabeça dele que existem formas de se proteger contra esse tipo de ataque.

— E então, meu amigo? – disse Laina, aproximando-se e cutucando com a bota o major caído, que ainda estava com a flecha cravada no peito. – Não parece tão durão agora. Sabia que você nos atacou usando força mortal sem provocação nenhuma? E que, segundo a lei imperial, isso nos dá o direito de prendê-lo e interrogá-lo?

— Ora, sua...

— Ah, e não se preocupe com a flecha. Além de uma dor agonizante, ela só causa paralisia parcial. Agora diga-me: como está o seu traseiro hoje?

— O... o que você quer? – balbuciou o major, grogue por causa do efeito da flecha.

— O nome do seu chefe – respondeu Laina. – Quem foi que a mandou sair por aí abrindo portais e soltando monstros pelo país?

— Não tenho chefe!

— Conta outra – retrucou Alvor, agarrando a ponta da flecha e com isso fazendo com que o oficial corrupto agonizasse de dor. – Você é incompetente demais, descuidado demais e estúpido demais. Nunca conseguiria obter e muito menos manipular os artefatos que andou usando se alguém não tivesse lhe passado instruções.

— P... por favor...

— O nome! – insistiu Laina.

— D... D... Donovan!

Laina e Alvor se entreolharam, sérios.

Capítulo 19

Interlúdio

Sandora recobrou a consciência lentamente. Percebeu que Evander a chamava, mas era difícil se mover ou entender o que estava acontecendo. Não sabia onde estava nem como tinha ido parar ali. Sua memória estava embotada, como se houvesse uma espécie de nuvem obscurecendo seus pensamentos. Com bastante esforço, ela abriu os olhos.

Após outro considerável esforço para focar a imagem diante de si, ela conseguiu identificar Evander, que a olhava com expressão aliviada, com olhos vermelhos e úmidos.

Ele a fez levantar a cabeça e tomar um gole de água, que escorreu por sua garganta como se fosse areia. Ela se engasgou e começou a tossir e aquilo serviu para dissipar um pouco da sonolência.

Ela respirou fundo várias vezes após se recuperar do acesso de tosse e olhou ao redor.

— Onde estamos?

— Numa praia. Não sei exatamente qual, uma vez que a única coisa que eu me preocupei na hora foi em tirar você de lá e fugir para o mais longe que consegui. Mas então você não acordava, fiquei tão preocupado...

— Quanto tempo fiquei desacordada?

Ele passou a mão pelos cabelos.

— Dezoito dias e cinco horas. Usaram algum encantamento para deixar você inconsciente.

Ela olhou para ele.

— Você está péssimo.

— Puxa, obrigado.

— Você está horrível!

— Ei, não precisa exagerar...

Ela estava chorando agora.

— Você está acabado! Cansado! Abatido! E é tudo culpa minha!

— Ei, ei! – disse ele, carinhoso, abraçando-a. – Pare com isso. Vamos. Está tudo bem agora.

Ela agora estava soluçando.

— Eu... jurei... que nunca... me perdoaria... se alguma coisa... acontecesse... a você...

— Shhh! Calma, querida. Não aconteceu nada comigo. Estou aqui, melhor do que nunca.

Ela chorou por mais um tempo. Não conseguia se controlar. Sentia-se fraca, derrotada, abatida. Evander continuou falando com ela, mas não conseguia mais distinguir as palavras. Logo, voltava a perder a consciência novamente.

Acordou mais tarde, com um gemido, quando um raio de sol incidiu sobre sua face. Mudou de posição tentando fugir da luz e ficou deitada de costas. Então abriu os olhos e ficou olhando para o teto por um bom tempo. Estava dentro de uma casa. E a qualidade das paredes e do forro do teto a faziam concluir que não se tratava de uma simples cabana de aldeões.

Depois de um tempo, reuniu suas energias e se sentou, olhando ao redor.

Esparramado numa cadeira de balanço ao lado da cama, Evander ressonava, em sono profundo.

Com um pouco de dificuldade, ela pôs os pés para fora da cama e ficou ali sentada por um longo momento, olhando para Evander enquanto esperava a leve tontura passar.

Ele estava com a barba crescida, tinha olheiras profundas e os cabelos estavam soltos, desalinhados e levemente oleosos. Parecia não ter dormido nem tomado banho há dias.

Aos poucos, as memórias do que acontecera antes foram voltando. Lembrou-se de ter acordado e de ter voltado a dormir. Lembrou-se de ter chorado nos braços dele. *Patético*, repreendeu a si mesma.

Então lembrou-se da voz triste e cansada de Evander dizendo *dezoito dias e cinco horas*. Pela misericórdia, o que teriam feito com ela durante todo aquele tempo? Lembrava-se apenas de ter sido derrotada em combate e nada mais.

Devagar, ela levantou-se e se dirigiu para a porta aberta, por onde entrava o raio de sol que a acordara. Estreitando os olhos para se acostumar à claridade, ela saiu para fora, admirando a magnífica vista.

Estava na varanda do segundo piso de um sobrado de madeira construído a não mais do que cem metros do mar. Podia ver as ondas de um lindo tom azul esverdeado banhando as areias claras. Algumas crianças brincavam, correndo e pulando pela areia. A praia estendia-se a perder de vista para ambos os lados e, acima do horizonte, o céu sem nuvens era o mais azul que Sandora lembrava-se de algum dia já ter visto.

— Você acordou! – uma voz calorosa a fez virar-se para a direita, onde a varanda terminava numa escadaria de madeira que levava ao piso inferior.

Uma mulher morena com ventre e seios volumosos sorria para ela do topo da escada. Usava um vestido verde amplo e longo, a ponto de arrastar a barra no chão.

— Olá – respondeu Sandora, protegendo os olhos do sol com a mão para poder olhar para a mulher.

— Pode me chamar de Adisa. E você deve ser...

— Sandora.

— Isso. Você parece ótima! Onde está seu marido? Ele deve estar aliviado.

Obviamente a mulher referia-se a Evander. Sandora sentiu uma emoção doce e quente espiralar por dentro de si ao ouvir a palavra "marido". Instintivamente olhou para dentro do quarto, onde ele continuava adormecido na cadeira. Adisa aproximou-se e deu uma espiadela.

— Graças à Fênix! Ele não tinha dormido nada desde que vocês chegaram, coitadinho. Venha, vamos deixar ele descansar. Está com fome?

Sandora assentiu, descendo as escadas devagar atrás da mulher e depois a seguindo para dentro da cozinha, onde foi levada até uma das cadeiras de uma grande mesa.

— Sente-se aí enquanto preparo algo para comer. Depois de ter sobrevivido por tantos dias apenas tomando sopa, imagino que deve estar ansiosa para comer um pouco de comida de verdade.

— Há quanto tempo estamos aqui? – perguntou Sandora.

— Uns quatro dias. Seu marido chegou carregando você nos braços, dizendo que a tinha salvado de um ataque de monstros. Achei tão romântico!

— Ele não dormiu por *quatro dias*?!

— Pois é, minha filha, dá para acreditar numa coisa dessas? Ele disse que tirava um cochilo de vez em quando, mas eu acho que ele falou isso só para tentar não me deixar preocupada. É um homem maravilhoso esse seu marido, nunca vi ninguém tão dedicado à esposa quanto ele.

Adisa gostava muito de conversar. Talvez um pouco demais, na opinião de Sandora. Durante a meia hora seguinte, a mulher falou sobre a vida de todos os habitantes da pequena comunidade local, bem como de seu falecido marido. Também falou de todo o trabalho que ela e Evander tiveram para cuidar de Sandora enquanto ela esteve inconsciente.

Felizmente a mulher não esperava nenhuma cooperação da parte dela naquela conversação e continuou tagarelando enquanto Sandora se alimentava. O cheiro da comida de Adisa havia despertado seu apetite e ela devorou tudo o que foi colocado diante dela.

Sandora sentiu-se muito melhor após se alimentar e atender ao chamado da natureza. Então não se conteve mais e retornou para o quarto onde Evander dormia. Adisa ficou apenas olhando para ela, com aquele sorriso maternal.

Fechando a porta, Sandora olhou para Evander por algum tempo, até concluir que aquela era uma posição muito desconfortável para alguém descansar. Então aproximou-se e levantou-o, agarrando-o por baixo dos braços e o colocou na cama. Após ajeitá-lo sobre os lençóis, ela deitou-se ao lado dele e o abraçou por trás, deliciando-se com a sensação de calor e proximidade.

E assim ficaram por horas e horas. A luz natural que entrava pela janela foi diminuindo até desaparecer por completo quando o dia deu lugar à noite.

Durante esse tempo, Sandora sentiu que algo mudava dentro de si. Uma mudança poderosa e irreversível. De repente, ela deu-se conta do quão frágil era a vida e de como podia ser fácil perder para sempre um ente querido. Lembrou-se da última noite que passara com Evander semanas atrás, quando eles ficaram por horas brincando com seus poderes, criando roupas e acessórios, divertindo-se e esquecendo do tempo completamente. Na manhã seguinte, sem aviso, foram atacados por um grupo de monstros. Ela não sabia o que havia acontecido, mas aquelas criaturas podiam muito bem ter acabado com sua vida enquanto estava inconsciente. Então nunca mais teria Evander com ela novamente, nunca mais poderia abraçá-lo dessa forma, nunca mais o veria sorrir ou se preocupar com ela.

E ele? Sandora sabia que ele sentia a mesma coisa em relação a ela. Sabia que ele ficaria devastado se alguma coisa lhe acontecesse. Sabia que ele nunca se perdoaria. Ele sofreria em silêncio até o fim de seus dias. Ela sabia disso com absoluta certeza, pois era exatamente isso que aconteceria com ela se os papéis de ambos fossem opostos.

Que sentido fazia ficar esperando que o tempo curasse suas feridas? Por que, raios, ela desperdiçara tanto tempo?

Assim, ela abraçou Evander com mais força e ficou ali, agarrada a ele, aguardando o amanhecer do próximo dia. No fim, ela acabou adormecendo também.

Acordou com um suspiro na manhã seguinte. Percebeu que ele tinha se movido durante a noite e agora estava deitado de costas e ela tinha a cabeça apoiada em seu peito e podia ouvir o pulsar firme e constante de seu coração. Sentiu a mão dele lhe acariciando os cabelos e olhou para o rosto dele. Apesar de ainda estar sonolento, a aparência dele estava muito melhor após a merecida noite de sono. O olhar dele prendeu o seu por um longo momento, até que ela se ajeitou sobre o corpo dele e se aproximou, beijando-o com paixão.

Uma paixão que nenhum dos dois podia ou queria controlar.

◆ ◆ ◆

Os dois dias seguintes foram intensos e cheios de emoções e sensações completamente novas para Sandora. Os dois agora eram um casal em todos os sentidos e aquilo era maravilhoso. Com todo o seu passado, Sandora nunca imaginou que um dia poderia vir a experimentar esse tipo de encantamento, de sintonia, de completitude.

Às vezes saíam para dar longos passeios pela praia, de mãos dadas, ignorando os olhares das poucas pessoas que moravam por ali.

— O que aconteceu depois que aqueles homens alados me derrubaram? – perguntou ela, em determinado momento, enquanto caminhavam sentindo as ondas banharem-lhes os pés.

— Eu continuei lutando e derrubei mais um deles, mas enquanto isso o outro a agarrou e saiu voando com você nos braços. Esperei até os outros acordarem e obriguei-os a falar para onde tinham levado você. Então fui pra lá e... bem... acho que... meio que destruí o lugar.

— Você deve ter ficado muito abalado.

— Eu fiquei maluco! Foram as piores semanas da minha vida. Mas a pior parte foi quando eu encontrei você inconsciente e não conseguia fazê-la acordar de jeito nenhum.

— Como fez para Adisa nos acolher na casa dela?

— Nem lembro direito. Eu sei que cheguei aqui implorando por ajuda. Ela é a curandeira da comunidade e assumiu a responsabilidade de ajudar você. E serei eternamente grato a ela por isso. Ela conseguiu reverter o que quer que seja que os guardiões fizeram com você.

— Conseguiu descobrir algo sobre esses autodenominados "guardiões"?

— Sim. Andei fazendo algumas perguntas por aí e parece que eles são meio que famosos, apesar de eu nunca ter ouvido falar deles. Dão as caras quando ocorrem catástrofes naturais e, às vezes, também prendem bandidos.

— Então são justiceiros.

— Mais ou menos. Eles parecem acreditar que são enviados do céu, e servem a autoridade maior do universo.

— Isso não dá uma imagem muito boa para a sanidade mental deles, não é? Ele riu.

— Com certeza não.

Ela parou e olhou bem fundo nos olhos dele.

— Eu amo você.

— Eu também te amo – respondeu ele, abaixando-se para beijá-la.

Assim eles passaram os dias seguintes, entre conversas, risos e amor.

◆ ◆ ◆

O oficial chegou apressado, conforme a urgência da situação exigia.

— Tenente Imelde?

— Sim? – perguntou Laina.

— Eu sou o subtenente Higino, do oitavo batalhão. O coronel Camiro mandou avisá-la que a sua estratégia deu certo. Os portais artificiais estão se fechando por todo o país.

— Graças aos céus! – disse ela, soltando um suspiro aliviado.

— Ele também disse que ainda há muitos monstros à solta por aí, por isso não vai poder enviar reforços. Ele envia suas desculpas por isso.

— Foi me dada autoridade para prosseguir com a operação?

— Sim, senhora – o soldado lhe entregou uma insígnia. – Com isso, poderá reunir as tropas que já estão por aqui e comandar o ataque assim que possível.

O soldado limpou a garganta antes de continuar.

— Se me permite, eu gostaria de lhe dar os parabéns pela promoção, capitã Imelde. O coronel disse que a cerimônia oficial será realizada assim que a atual ameaça for neutralizada, mas que a senhora está autorizada a usar a nova insígnia imediatamente.

Os amigos de Laina fizeram um coro de exclamações.

— Uau! – exclamou Iseo.

— Ooooooolha sóóóóó! – exclamou Loren, sorridente.

— Caraca! – disseram Alvor e Beni, simultaneamente.

— Tá cheia de moral, hein, loirinha? – complementou Iseo.

Todos amontoaram-se ao redor dela, abraçando-a e dizendo palavras exageradas de congratulação.

— Parem com isso! – disse ela, ainda rindo, depois de algum tempo. – Não temos tempo a perder. Temos que reunir todas as tropas que pudermos.

— Vejo que se viraram muito bem sem mim – disse Lucine, aproximando-se.

— Lucine! – exclamou Laina. – Que bom ver você! Como está?

— Enferrujada depois de tantas semanas de molho. Preciso matar alguma coisa logo ou vou morrer de tédio.

— Parece que você acabou de perder o posto de líder da equipe, Lucine – comentou Alvor, sorrindo e apontando para Laina. – Está diante da mais nova capitã do Exército de Verídia.

— Ainda bem. Liderar vocês é um saco – respondeu Lucine, antes de encarar Laina. – O capitão Joanson sempre elogiou muito você, acho que ficaria feliz em vê-la assumindo a posição dele.

— Ei, também não precisa exagerar... – disse Laina, constrangida com o elogio inesperado enquanto os demais aprontavam a maior algazarra.

— Certo – disse Lucine, depois que os comentários e brincadeiras da tropa cessaram. – E então, capitã, onde será o ataque?

— Rastreamos um suspeito que está indo para o leste, na direção do litoral. Temos motivos para acreditar que haverá um encontro entre os líderes. Talvez até mesmo o mandachuva esteja por lá. Espero que você esteja realmente pronta para outra, porque dessa vez a briga vai ser boa.

Capítulo 20

Revelações

Sandora estava sentada na areia, recebendo com prazer os raios de sol em seu rosto, enquanto Evander fazia alguns exercícios de alongamento à sua frente. Ela usava um traje mais leve do que o usual, mas comprido o suficiente para cobrir totalmente os braços e as pernas. Evander zombara dela, afirmando que aquilo não eram roupas adequadas para uma praia, mas ela o ignorara. Graças à onipresente aura de proteção, ela não sentia os efeitos da temperatura, então podia vestir-se como quisesse em qualquer situação. A única coisa de que ela tinha aberto mão era do uso das botas, já que passou a gostar muito de sentir a areia áspera sob os pés descalços.

Mesmo já se sentindo completamente recuperada dos efeitos do encantamento dos guardiões, ela ainda relutava em abandonar aquele pequeno paraíso. Sabia que teriam que partir o mais rápido possível. Precisava encontrar Gram e ainda havia outros portais para serem fechados. Não podiam ficar ali indefinidamente, por mais tentadora que fosse aquela ideia.

Subitamente ela percebeu que Evander tinha estacado de repente, e depois de olhar para os lados, virou-se na direção de Sandora e ficou encarando um ponto atrás dela.

Sandora levantou-se e olhou na direção da floresta de palmeiras atrás dela e viu que pessoas vinham naquela direção, abrindo caminho por entre a vegetação rasteira.

Ficou olhando, incrédula, por alguns momentos, antes de sair correndo naquela direção.

— Gram! É você? – exclamou ela.

O homem que caminhava ao lado de Gram parou e deixou o esqueleto adiantar-se para saudar Sandora com um gesto de cabeça.

— Você está bem? – disse ela, ao ver o aspecto horrível em que ele estava. Parecia ter envelhecido muitos anos, os ossos tinham um aspecto decadente, inclusive parecia haver muitos deles quebrados e outros faltando.

Sandora então encarou o outro homem, que olhava para ela com um sorriso.

Era jovem, não devia ter mais de 20 anos e usava trajes simples nas cores verde e marrom. Tinha olhos verdes e cabelos negros curtos. Não tinha o porte militar de Evander, mas movia-se de forma fluida, disciplinada, nem um pouco desleixada. Ela percebeu também que ele usava grossas luvas de couro e não carregava nenhum tipo de arma.

— Idan! – exclamou Evander, aproximando-se.

— Evander! Há quanto tempo, meu amigo! – Ambos se cumprimentaram animadamente, o que fez com que Sandora perdesse o interesse no estranho e voltasse a se concentrar em Gram.

Idan e Evander não tiveram muita oportunidade para trocar amenidades, pois ambos não conseguiram desviar os olhos da cena diante deles. Sandora segurou Gram pelos ombros e uma densa aura negra o cobriu por alguns instantes. Quando a aura se dissipou, a aparência dele era bem melhor, ou, pelo menos, tão boa quanto um morto-vivo poderia parecer. Os ossos foram completamente restaurados, bem como a armadura vermelha, que parecia nova e reluzente.

— Então, Idan – comentou Evander, ainda perplexo com o que acabara de ver. – Vejo que você conheceu o... hã... amigo de Sandora.

— É – confirmou Idan, com um sorriso. – Ele é um lutador e tanto. Me ajudou a confrontar uma legião de monstros que estavam aterrorizando algumas vilas a sudoeste daqui.

Evander olhou para ele.

— A irmandade mandou você para cá também? Ouvi falar que os ataques de monstros estavam ocorrendo no país inteiro, inclusive perto do santuário.

— Sim, é verdade. Mas os monges ficaram protegendo o santuário no meu lugar e me deram uma tarefa mais importante.

— Ah é?

— Sim, eu precisava encontrar você.

— É mesmo? Fico feliz em ver que alguém me considera tão importante assim.

— Pare com isso, Evander. Você deixou muita gente preocupada quando partiu de Talas. Eu não estava lá quando tudo aquilo aconteceu, mas eu sei muito bem que, se tivesse uma única pessoa naquela guarnição que realmente não gostasse de você, nesse momento você estaria preso, ou talvez até...

— É, eu sei – disse Evander, baixando o olhar.

A conversa atraiu a atenção de Sandora, que se aproximou deles, curiosa, com Gram a seu lado.

— Ah! – exclamou Evander. – Deixa eu apresentar. Essa é Sandora. Sandora, este é Idan Cariati, um paladino da Irmandade da Terra.

O paladino fez um gesto respeitoso de cumprimento.

— Muito prazer. Estou contente por finalmente tê-la encontrado. Meu amigo aqui – ele apontou para Gram – parecia muito preocupado e determinado a encontrar alguém. Vendo como a senhorita... hã... cuida bem dele, eu agora o compreendo melhor.

— Estou mais espantado pelo fato de você não ter invocado a força dos espíritos contra ele em vez de ajudá-lo. – provocou Evander.

— Hehe, admito que pensei nisso quando o vi pela primeira vez, mas então ele me salvou do ataque de uma harpia. Então nos tornamos amigos.

Evander levantou uma sobrancelha.

— Acho que a irmandade não vai ficar muito satisfeita com esse tipo de... amizade.

— Ah, mas não se preocupe, ele não é um morto-vivo de verdade – afirmou Idan. – Ele...

— Com licença – disse Sandora, interrompendo-o e voltando-se para Evander. – Por que você teve que partir de sua cidade? Está fugindo de alguma coisa?

— Ah, é uma longa história. Digamos que tem algumas pessoas no alto escalão do governo que parecem não gostar muito de mim. Quando eu encontrar o assassino do capitão, poderei esclarecer o que está acontecendo.

— Mas e quanto a seu pai? Ele não é o general?

Evander balançou a cabeça, com certa amargura.

— Não acho que ele possa me livrar dessa confusão. Na verdade, nem sei se ele tem algum interesse nesse assunto. Não vi nem sinal dele durante a corte marcial.

— Hã, Evander... – Disse Idan, constrangido. – Acho que tem algo que você precisa saber.

Evander olhou para ele, de cenho franzido.

— Bem – continuou Idan, hesitante –, o general Leonel Nostarius, ele... ele recebeu *Honra Natis* há algumas semanas.

— O que?! Como...? Quando? – exclamou Evander, chocado.

Sandora vasculhou a memória por um instante. "Honra Natis" era um tipo de homenagem prestada a grandes heróis do Exército, não era? O que havia de ruim nisso? De repente ela se lembrou e arregalou os olhos.

— Ele foi morto em combate? – perguntou ela.

— Ele foi declarado morto, uma vez que está desaparecido há um bom tempo. Vocês ficaram sabendo do desastre de Aldera?

Sandora levou a mão aos lábios e deu dois passos para trás, empalidecendo.

— Não fiquei sabendo – disse Evander, encarando Idan. – O que houve lá?

— A Guarda Imperial foi para lá para prender um criminoso, um homem muito perigoso chamado Donovan. E, bem, durante a batalha, parece que a cidade toda foi destruída, bem como boa parte dos arredores. Restou apenas uma enorme cratera no lugar.

— Céus! – exclamou Evander. – Quando aconteceu isso?

— Dizem que foi na mesma semana do seu julgamento, um ou dois dias antes, talvez. Tenho certeza de que seu pai teria estado lá por você se pudesse, Evander. Sinto muito.

— Não posso acreditar! E quanto às pessoas? Céus! Argus e a princesa estudavam lá!

— "Princesa"? – estranhou Idan, olhando para Evander como se ele tivesse um parafuso a menos e depois balançando a cabeça. – Desculpe, Evander, mas não sei de nenhuma princesa nem de seu amigo. E também não sabemos se quem estava na cidade realmente morreu, pois não sobrou nada além de um gigantesco buraco. O conselho imperial está procurando uma mulher. Supõe-se que seja aliada de Donovan e que foi a causadora da tragédia. Estão chamando-a de "Bruxa de Aldera". Têm cartazes de "procura-se" por toda parte.

Evander empalideceu e ficou rígido, virando-se para Sandora devagar. Gram imediatamente colocou-se na frente dela, numa atitude protetora.

— Então era isso – disse Sandora, visivelmente abalada. – Agora tudo faz sentido. Ele me usou para tentar matar seus velhos inimigos da Guarda Imperial.

Idan olhou para ela, espantado.

— *Você* é a Bruxa de Aldera? – Ele analisou as feições dela, que realmente batiam com os desenhos nos cartazes que ele vira. Ficara tão feliz por finalmente ter encontrado Evander que não a havia reconhecido de imediato.

— Por que não me contou?! – Evander gritou para Sandora.

— "Por quê"? – exclamou ela de volta. – *Por quê*?! Porque eu vi cada uma daquelas pessoas morrer na minha frente! Porque eu passei semanas imersa em culpa e desespero! Porque eu não conseguia sequer suportar a ideia de me lembrar do que tinha acontecido lá!

— Pela Fênix! – exclamou Evander, arrependido. – Desculpe, eu não queria...

— Fique longe de mim! – exclamou ela, tentando colocar um tom de frieza na voz apesar do tremor nos lábios e da expressão de agonia em seu rosto.

Então ela virou-se e se afastou.

— Espere! – disse ele, dando um passo na direção dela.

— Deixe ela, Evander – disse Idan, segurando-o pelo ombro. – Parece que a coitada passou por maus bocados, assim como você. Talvez seja melhor vocês dois se acalmarem um pouco antes de tentarem conversar.

Gram bateu de leve nos ombros de Idan, numa atitude de camaradagem, antes de seguir atrás de Sandora.

— Obrigado por tudo, amigo. – Idan gritou para ele, antes de passar um braço pelos ombros de Evander e o levar na direção oposta.

◆ ◆ ◆

Sandora passou um longo tempo, talvez horas, sentada na areia com as costas apoiadas em uma palmeira enquanto olhava para as ondas. Esforçava-se para banir as imagens de Aldera de sua mente, enquanto lutava desesperadamente para não chorar. Ela prometeu a si mesma que não voltaria a chorar. Nunca mais.

Gram estava recostado à mesma palmeira, do lado oposto ao dela. Ficou ali em silêncio o tempo todo, vigilante. O mesmo bom e velho Gram de sempre. Como ela sentira a falta dele!

De repente uma sensação familiar a fez arregalar os olhos e levantar-se de um pulo, olhando ao redor. Seus sentidos tinham se ampliado consideravelmente nas últimas semanas e ela conseguia sentir certos tipos de flutuações energéticas a grandes distâncias. E *essa* flutuação em particular era péssimo sinal.

— Gram, talvez fosse melhor se você fosse embora junto com seu novo amigo. – Disse ela, enquanto cerrava os punhos com força. – As coisas vão ficar muito ruins.

Ele aproximou-se dela e pôs uma das mãos esqueléticas coberta pela luva de combate em seu ombro esquerdo. Aparentemente ele estava disposto a ficar com ela para o que desse e viesse. Ela olhou para ele e assentiu, antes de sair caminhando, determinada, e se embrenhar na floresta de palmeiras.

Menos de quinze minutos depois saíram numa clareira onde um grupo de soldados do Império lutava contra o que, de longe, poderiam até parecer cavalos, mas que na verdade eram maiores, possuíam chifres no lugar das orelhas e tinham as caudas cheias de espinhos.

Devia ser a primeira leva de monstros. E Sandora podia sentir que existiam muitas outras como essa por perto.

Juntando-se à batalha, Sandora e Gram derrubaram a maior parte dos monstros em alguns minutos. Parecia que Gram tinha melhorado as próprias habilidades de combate, tanto quanto ela.

Os soldados derrubavam o último dos monstros quando Sandora aproximou-se deles.

— De que direção eles estão vindo? – Perguntou ela.

— Eu conheço você! – disse um dos soldados, apontando a espada para ela. – Você... você é a Bruxa de Aldera!

Os demais soldados todos deram um passo para trás, levantando suas armas. Todos tinham visto a maneira implacável com que ela lutava e não estavam muito entusiasmados com a perspectiva de enfrentá-la.

Sandora preparava-se para repetir a pergunta, quando ouviu uma voz atrás dela.

— Sandora! – exclamou Laina, entrando na clareira e aproximando-se, sem deixar de notar as pilhas de cinzas no chão. – Que bom ver você!

Iseo, Alvor, Beni e Loren vinham atrás de Laina, mas preferiram manter certa distância.

— Capitã! – disse um dos soldados. – Ela é a Bruxa de Aldera!

— Eu sei – respondeu Laina, sem se alterar. – Exatamente por isso, ela é a nossa melhor esperança.

◆ ◆ ◆

Diversos portais tinham sido abertos ao mesmo tempo na região. As tropas imperiais lideradas por Laina, apesar de serem em grande número, estavam tendo trabalho para conter o avanço dos monstros.

Após ouvir os detalhes da situação, Sandora já tinha uma boa ideia do que estava acontecendo.

— Então, Donovan é o responsável por todos aqueles portais?

— Sim – respondeu Laina. – Perseguimos o vilão até aqui, mas não imaginávamos que ele fosse dar tanto trabalho.

— Ele sabe que estou aqui – concluiu Sandora. – A vocês ele só quer manter ocupados. O verdadeiro objetivo dele sou eu.

— Pode ser, Sandora, mas se você lutar conosco, poderemos acabar com isso de uma vez por todas e pôr esse maluco atrás das grades.

Sandora balançou a cabeça.

— Você não faz ideia do poder que aquele homem possui. Organize as tropas e tentem cuidar dos monstros e fechar os portais. Eu cuido de Donovan.

— Mas nem sabemos onde ele está!

— Não se preocupe, eu sei. Posso sentir a presença dele. – Sandora virou-se para Gram e apontou para Laina. – Você fica com ela. Precisarão de toda a ajuda possível por aqui.

Os soldados que assistiam à conversa se entreolharam, assustados com a ideia de lutarem ao lado daquele morto-vivo.

Gram encarou Sandora por um longo tempo, como se considerasse a ordem. Mas no fim assentiu.

— Seu nome é Gram, certo? – perguntou Laina. – Estamos contando com você.

Gram assentiu novamente, enquanto olhava Sandora desaparecer por entre a vegetação.

◆ ◆ ◆

Sandora andou por algum tempo, ocasionalmente tendo que se livrar de um ou outro monstro que se colocava em seu caminho. Até que chegou aos pés de um pequeno monte, onde dava para ver alguém segurando um bastão do qual pareciam sair relâmpagos. Ela franziu o cenho e começou a caminhar naquela direção, mas estacou ao ouvir seu nome.

— Sandora! Espere!

Ela virou-se para a direita e avistou Evander, Idan e Lucine vindo na direção dela.

— Vocês não deveriam estar aqui – disse Sandora.

— É claro que sim – retrucou Evander. – Aquele infeliz fez questão de mandar um grupo de capangas atrás de mim. Capangas muito parecidos com aqueles "protetores", diga-se de passagem. De qualquer forma, ele deixou claro que quer me matar tanto quanto a você.

Sandora o encarou por um momento. Todos os sentimentos que nutria por ele continuavam ali, tão vívidos e intensos como sempre estiveram. Ele era sua metade, seu complemento. Assim como ela era o dele.

— Por mim, eu levava você para a prisão agora mesmo – disse Lucine a Sandora. – Mas se esse cabeça-dura aí – ela apontou para Evander – acha que você pode ajudar, então, vamos!

— Esperem! – disse Evander. – Tem algo vindo para cá!

Sandora levantou a cabeça e viu um dos seres alados de Donovan se aproximar. A criatura parou a uns cinquenta metros de altura e gritou para eles:

— O casal da frente pode passar. Os outros devem se afastar daqui ou mais daqueles serão enviados.

Todos olharam na direção apontada pelo homem alado e avistaram uma criatura reptiliana bípede gigantesca que caminhava por entre as árvores.

— Pela mãe Terra! – exclamou Idan.

— Miserável! – xingou Lucine.

— É melhor vocês irem ou pessoas podem morrer – disse Evander. – As tropas do Exército são bem treinadas, mas não têm chance contra algo daquele tipo. Preciso de vocês lá para ajudá-los.

— Mas, Evander – respondeu Idan –, não podemos deixar você subir lá para encarar esse maníaco sozinho.

— Aparentemente ele quer discutir um assunto pendente. Se conversarmos com ele, acho que podemos impedir que ele abra mais portais e traga mais monstros pra cá. Essa confusão toda foi apenas para nos atrair até aqui.

— Evander... – começou Lucine.

— Aquele lagarto está se dirigindo para uma vila – disse Sandora, interrompendo-a. – Quer ficar perdendo tempo aqui ou prefere salvar pessoas?

— Se vocês dois se aproximarem mais – disse Evander –, ele é bem capaz de soltar coisa pior do que aquilo por aí.

Lucine estreitou os olhos, mas não disse nada antes de virar e sair pisando duro. Idan disse um "cuidem-se", antes de sair correndo atrás dela.

— Eles confiam muito em você – concluiu Sandora.

— Sim, são boas pessoas. Não merecem estar metidos no meio disso tudo. Escute... sobre antes, me desculpe. Eu não tenho direito de acusá-la de nada...

Ela balançou a cabeça.

— Esqueça. Você tem, sim, todo o direito, apenas prefere não fazê-lo e sou grata por isso.

— É claro que prefiro. Afinal, eu a amo.

— Eu também amo você.

Eles olharam-se por um tempo, antes de se virarem e partirem, determinados, para a colina onde Donovan os aguardava.

◆ ◆ ◆

Donovan os aguardava no topo da pequena colina, segurando seu bastão. Os servos dele pareciam estar por toda parte, lançando olhares curiosos para Evander e Sandora.

— Ah, a família está finalmente reunida! – exclamou o homem que um dia se apresentou a Sandora como "Mestre Gil".

— Você deve ser Donovan – disse Evander.

— Que pena que as mães de vocês não estão mais entre os vivos. Com elas, essa reunião seria completa.

Evander arregalou os olhos.

— Então é verdade! Você fez algo com a minha mãe!

Donovan riu.

— Ora, mas é claro que eu fiz. Por acaso ninguém nunca o ensinou como os bebês nascem?

— Ora, seu...! – Evander gritou, mas Sandora o segurou pelo braço.

— Por que está chamando isso de "reunião de família"? – perguntou ela.

— Ora, porque é isso o que é. Afinal eu fiz com a sua mãe o mesmo que fiz com a dele.

Evander e Sandora ficaram mudos, olhando horrorizados para o velho vilão.

— Por que essas caras? Vão me dizer que ainda não tinham percebidos que são irmãos? Essa juventude de hoje em dia parece estar cada vez mais ignorante.

— Isso não pode ser verdade! – exclamou Evander.

— Oh, mas é, sim. Seu suposto pai, o todo-poderoso Leonel Nostarius, salvou Aurea Armini de um terrível vilão que estava fazendo experiências com ela. Nunca lhe contaram isso? Também nunca lhe devem ter dito que ela estava grávida de mais de oito meses quando ela foi resgatada, não é? Também nunca lhe disseram que o general nunca a havia visto antes, não foi? Oh, perdão, creio que estou destruindo sua ilusão de família feliz. Que pena.

— Por que está fazendo tudo isso? – esbravejou Sandora.

— E você – disse Donovan, olhando para ela. – Sortuda duma figa. Levei quase dezessete anos para encontrar o buraco onde aquela bruxa infeliz tinha escondido você.

— Você mandou aqueles "purificadores" matarem Liseria – concluiu Sandora.

— Mas é claro que sim. No entanto você, de alguma forma, conseguiu escapar e levei meses para conseguir encontrá-la de novo.

— Então resolveu usá-la para matar o meu pai! – acusou Evander.

— Como vocês, jovens, gostam de dizer, seriam dois coelhos com um só golpe.

— O que foi que ela fez a você, maldito?

— O mesmo que você. Sobreviveu. – Donovan voltou a encarar Sandora. Tinha o olhar vidrado. – Sabe qual era a probabilidade de alguém conseguir sair de Aldera naquele dia? Era quase zero. Aí o que aquele maldito Romera faz? Ele usa toda a energia dele e de toda a guarda, inclusive sacrificando suas memórias, tudo para poder salvar o maior número de pessoas possível. E você? Você estava no epicentro do fenômeno! Não há explicação possível para o encantamento do professor ter chegado até você. Você estava condenada, eu tomei todas as providências para isso. Mas aqui está você, sã e salva.

— Você é louco – disse Sandora.

— Não, eu sou focado. Eu tenho meus objetivos e vou até o fim para atingi-los. Mas com vocês dois a coisa virou pessoal. – Ele voltou-se para Evander. – Sabe quantas vezes tentei dar fim a você? Mas aquele maldito general não se descuidava um segundo. Estava o tempo todo vigiando, montando armadilhas para mim. Então eu encontrei uma brecha e joguei você e o filho do professor do alto da torre. Achei que finalmente tinha tido sucesso, mas você sobreviveu milagrosamente.

— Não acredito! Você estava envolvido naquilo?! – Evander arregalou os olhos.

— Quando eu consegui convencer os guardiões a prenderem ela – Donovan apontou para Sandora – e julgarem por assassinato, você me aparece e *destrói* o refúgio deles. Pessoas normais não deveriam ser capazes nem mesmo de achar o lugar.

— E por que toda essa raiva? – perguntou Sandora. – O que foi que fizemos para merecer tudo isso?

— Vocês são uma aberração, uma experiência fracassada. O fato de vocês estarem respirando é uma afronta à harmonia do universo!

— Cara, que viagem – disse Evander. – Você não fala coisa com coisa.

— É isso o que dizem aqueles que têm mente pequena. Eu tinha grandes esperanças para vocês. Ao unir o gene da terra com o gene espiral, deveria ter nascido uma pessoa abençoada, que conseguisse acessar livremente a energia da terra e do fogo, a força da natureza com o poder da Fênix. Mas tudo o que eu consegui foi um gene autodegenerativo que se modificou em algo inútil e perdeu a maior parte das características dos genes originais e que não consegue acessar nem 1% da energia de que eu precisava. Olhem para vocês dois! Não passam de pessoas comuns. Sabem quantas pessoas têm mais poder que vocês sem terem nenhuma herança genética?

— Acho que nunca fiquei tão feliz em ouvir alguém me chamar de inútil antes – disse Evander, irônico.

Sandora estreitou os olhos.

— Você está dizendo que 1% dessa energia é suficiente para abrir um buraco com vários quilômetros de diâmetro?

— Aquilo não foi seu poder, sua idiota! Aquilo foi a prova cabal da sua inaptidão, de quanto você é deficiente! A natureza simplesmente sabe que você é uma aberração e se tentar drenar energia demais, ela irá considerar isso uma agressão! Então ela irá se proteger e destruir o agressor, juntamente com tudo a seu redor!

O choque de ouvir aquilo, mesmo vindo de alguém obviamente insano, deixou Sandora paralisada.

— Pois eu acho que já ouvi o suficiente – disse Evander, materializando o bastão. – Agora está na hora de você parar de abrir esses portais e ir para a masmorra.

— Não me faça rir – respondeu Donovan.

Nesse momento, galhos começaram a brotar do chão e, numa incrível velocidade, envolveram Evander e Sandora, levantando-os do chão e imobilizando-os. O bastão caiu da mão de Evander e se desmaterializou no ar.

— Sabe quantas vezes eu lutei de igual para igual contra a tropa imperial inteira? Como acha que inúteis como vocês poderiam ser ameaça para mim?!

— O que você quer, afinal? – gritou Sandora. – Já não nos causou problemas suficientes? *O que mais você quer?*

— Eu quero que vocês sofram, por tudo o que me fizeram sofrer! Passei anos, *anos,* tentando livrar o mundo da presença de vocês. Sabe o quão frustrante isso pode ser?

— Tá, tá, tá bom! – exclamou Evander, enfurecido. – Você já disse isso antes, vira o disco, seu pinel!

— Ah, você quer falar de outra coisa? Então vamos falar sobre algo mais. Eu alterei *dois* genes de vocês em vez de um. A alteração no gene escorpião fez com que vocês fossem incompletos. Já devem ter sentido essa sensação inúmeras vezes.

— Primeiro você disse que queria nos fazer perfeitos e agora diz que não queria mais? – provocou Evander. – Decida-se!

— Incompletude não é igual a imperfeição, seu imbecil!

— Como é que é?!

— Com a alteração nesse gene, vocês se sentem compelidos a buscar a perfeição, a encontrar a metade de vocês que estava faltando. Vocês invariavelmente se sentiriam atraídos um pelo outro. Juntos, deveriam ser capazes de mudar o mundo e de me ajudar a salvar os oprimidos, a acabar com a escravidão. Mas a mutação do gene espiral corrompeu totalmente essa característica. Em vez de sentirem afeto fraternal um pelo outro vocês... vocês se comportam como... namorados! Mesmo sendo irmãos!

Sandora já ouvira o suficiente. A cada vez que abria a boca, aquele velho parecia destilar mais e mais veneno. E um veneno que a estava corroendo e matando aos poucos. Ela não suportaria muito mais daquela tortura antes de começar a chorar como uma garotinha. E ela tinha jurado que nunca mais voltaria a chorar.

Confiando em seus instintos, ela fechou os olhos e se concentrou. Segundos depois, centenas de construtos em forma de morcego começaram a surgir a partir de suas roupas e voaram como uma nuvem disforme, envolvendo a ela, Evander e Donovan.

Os morcegos mordiam e arranhavam, e com Donovan momentaneamente distraído, os galhos se enfraqueceram e Sandora e Evander conseguiram se soltar.

Donovan precisou usar vários encantamentos de relâmpago para se livrar dos morcegos, forçando Evander e Sandora a deitarem-se no chão para se proteger das poderosas descargas elétricas. Então o velho apontou-lhes o bastão, e quando Sandora imaginava que não teria mais como escapar, uma voz estrondosa e familiar se fez ouvir do céu.

— Basta!

— Guardiões?! – exclamou Evander, incrédulo.

— Nós somos os guardiões – disse um dos homens alados. Parecia haver uma infinidade deles. – Vivemos para garantir a proteção e o bem-estar das pessoas de bem. E você – ele apontou para o velho – é Donovan Veridis, culpado dos crimes de conspiração, sequestro, tortura e assassinato. Você será levado agora para cumprir sua sentença. Deve vir conosco imediatamente.

— O quê?! – exclamou Donovan. – Ousam se virar contra mim?

Os aliados de Donovan avançaram e a batalha mais ferrenha da vida de Sandora teve início.

◆ ◆ ◆

Lucine derrubava um lagarto gigante pela segunda vez em sua vida. Aquele tipo de criatura era incrivelmente vulnerável à técnica conhecida como *divisão*, que, segundo o falecido capitão Joanson, era dominada por pouquíssimas pessoas no Império, mas que ela havia aprendido puramente por instinto. O problema daquela técnica era que a deixava vulnerável a um ou dois ataques do adversário. Nessa batalha, no entanto, com Idan Cariati cobrindo sua retaguarda com os impressionantes poderes de suas mãos, ela não teve problema algum.

— Impressionante! – exclamou Idan, saudando-a com um sorriso.

Lucine ainda tentava recuperar o fôlego quando o show de relâmpagos e explosões começou, no topo da colina.

— Que raios...?! – exclamou ela.

— Pela Mãe Terra! – exclamou Idan, em uníssono, estendendo a mão para ajudá-la a se levantar. – Vamos, temos que nos apressar e terminar logo as coisas por aqui!

◆ ◆ ◆

Não demorou mais que alguns minutos para a capitã Laina perceber que Gram era um lutador muito acima da média. Até mesmo o capitão Joanson, que tinha sido um exímio lutador, teria problemas se tivesse um oponente como aquele. Era ótimo ter um aliado assim.

E o mais interessante era que ele entendia os gestos e formações milita-res. Laina passava instruções para ele por meio de sinais rápidos e ele obedecia imediatamente, com rapidez e precisão. Era um trunfo espetacular em qual-quer batalha.

Liderar uma tropa com mais de quinhentos soldados era um desafio e tanto, mas Laina estava se saindo muito bem. Ela gostava muito de participar das batalhas ao lado de seus amigos, mas sentia que estava fazendo algo bem mais útil ali, apenas distribuindo ordens e montando estratégias.

Já tinham fechado cerca de três quartos dos portais e derrubado a maioria dos monstros, quando o barulho e o brilho da batalha sobre a colina chamaram a sua atenção e a dos soldados.

— Mantenham o foco! – Ordenou ela. – Continuem avançando, estamos quase terminando por aqui!

Que a Fênix nos proteja, pensou ela, com um último olhar para a colina, antes de avançar para passar instruções aos demais tenentes.

Capítulo 21

Poder

Evander e Sandora lutavam pelas próprias vidas. Devido à intensidade das energias sendo manipuladas no conflito, eles tiveram que se afastar para o mais longe possível de Donovan e dos soldados de elite dos protetores.

Os aliados de Donovan eram muitos e lutavam com selvageria. Mesmo tendo a ajuda ocasional de alguns dos protetores, eles tiveram que se esforçar muito para permanecerem em pé enquanto enfrentavam um demônio depois do outro.

Ela percebeu que Evander utilizava agora uma habilidade que ela não tinha visto antes. Em certas ocasiões, ele parecia ficar imaterial, quase transparente, e os ataques dos adversários passavam através dele. Era uma técnica extremamente útil, principalmente contra oponentes que utilizavam ataques explosivos ou elétricos.

Em certo momento, quando os oponentes mais próximos estavam caídos, ela dirigiu-se a ele.

— Foi alguma dessas criaturas que matou o capitão Joanson?

— Não – respondeu Evander. – O demônio tinha aparência física similar a esses chifrudos, mas sei lá, ele tinha personalidade. Esses aí parecem uma casca vazia.

— Assim como os servos voadores de Donovan parecem vazios se comparados aos guardiões?

— Isso mesmo. É como se os guardiões fossem reais e os bichinhos de Donovan fossem apenas cópias baratas.

— Entendo. Isso quer dizer que o assassino, assim como os guardiões, deve ser habitante deste mundo, e não um invasor que veio de algum portal.

Nesse momento, um novo grupo de inimigos se aproximou e eles voltaram a se concentrar na batalha.

Apesar de tudo, Evander e Sandora ainda formavam uma ótima equipe. A confiança um no outro continuava intacta, apesar de todo o resto ter ficado muito confuso e doloroso após as revelações de Donovan. Mas mesmo abalados e feridos emocionalmente, eles lutavam melhor do que nunca.

Quando o último de seus aliados caiu e Donovan se viu sozinho diante de dezenas de oponentes, o vilão decidiu usar sua última cartada.

— Se não vão me permitir salvar vocês – gritou ele aos guardiões –, eu vou destruir esse mundo injusto que os aprisiona, nem que seja a última coisa que eu faça!

— Evander! – gritou ela, estendendo a mão para ele, sentindo que algo muito ruim estava prestes a acontecer.

Ele virou-se para ela, com a compreensão no olhar, e juntaram as mãos.

— Proteção! – ela lhe disse, antes de fechar os olhos e mais uma vez fazer uma prece silenciosa para que seus instintos estivessem corretos. Evander também se concentrou e, juntos, tentaram desesperadamente invocar todas as energias que pudessem.

Tudo ocorreu tão rápido que os guardiões não tiveram a menor chance de reagir. Num momento atacavam Donovan. No momento seguinte, o corpo do vilão flutuava no ar, emitindo uma luz alaranjada com aspecto corrupto e doentio, que começou a se expandir e a tragar todos eles.

♦ ♦ ♦

— Mãe Terra, tenha piedade! – exclamou Idan, olhando para a colina.

Lucine não conseguiu fazer nada além de ficar olhando, boquiaberta, enquanto a luz alaranjada encobria a colina, parecendo devorar tudo o que tocava enquanto aumentava a cada segundo.

♦ ♦ ♦

Laina não tinha tempo para ficar admirada ou assustada. Vidas dependiam dela.

— Debandar! – gritou ela aos soldados. – Retirada! Caiam fora daqui! Agora!

Silenciosamente, Gram virou-se e acompanhou os soldados que batiam em retirada.

A aura alaranjada subiu verticalmente até o céu e começou a se expandir lateralmente, já cobrindo toda a colina. Neste momento, uma figura solitária apareceu, voando pelo céu como uma estrela cadente.

— O que é aquilo? – perguntou um dos soldados.

Laina pegou uma luneta e deu uma olhada, antes de exclamar, perplexa:

— É o Avatar!

Os soldados que ainda corriam, pararam e voltaram-se para ver o que estava acontecendo.

A figura solitária voou diretamente para a luz laranja e mergulhou dentro dela, causando ondulações na energia. Após alguns segundos, o clarão alaranjado pareceu diminuir e escurecer aos poucos. Subitamente, diversos objetos foram arremessados para fora da energia, em todas as direções.

— São pessoas! – exclamou Laina, ainda olhando pela luneta. – Alguma coisa jogou as pessoas que estavam na colina para fora daquela luz!

Gram imediatamente disparou a correr naquela direção.

— Gram, espere! – gritou Laina, inutilmente. Em seguida, virou-se para seus antigos companheiros de equipe. – Vão com ele!

Iseo, Loren, Alvor e Beni imediatamente saíram correndo atrás de Gram.

— Mantenham formação! – gritou Laina aos outros soldados.

Ela continuou observando enquanto a luz alaranjada ficava cada vez mais escura e diminuía cada vez mais de tamanho. Em poucos minutos, ela desapareceu totalmente, mas a colina tinha deixado de existir.

◆ ◆ ◆

Sandora acordou na manhã seguinte, dentro de uma tenda com o emblema imperial. Sentia-se toda dolorida e faminta como nunca estivera antes.

Sentou-se no pequeno tapete que servia de cama improvisada e olhou ao redor. Gram estava sentado no chão do lado da entrada da tenda e a saudou com um sinal de positivo.

Ignorando a fraqueza e as dores pelo corpo, ela levantou-se o mais depressa que pôde e saiu da tenda, antes de voltar-se para Gram.

— Onde está ele?

Gram apontou para uma das tendas ao lado e Sandora marchou para lá, ignorando as pessoas que olhavam para ela e lhe faziam perguntas.

Neste momento, Evander saía da outra tenda, alongando os músculos. Mal teve tempo de se dar conta da presença dela, antes de ser enlaçado pelo pescoço, num abraço apertado, que quase o derrubou para trás.

Os soldados sorriram, aplaudiram, gritaram e assobiaram, numa grande comoção.

— Sabe – comentou Laina a seus amigos –, na minha opinião, são coisas como essa que fazem nosso trabalho valer a pena.

◆ ◆ ◆

Todos os que estavam no interior da luz laranja passaram cerca de doze horas desacordados, incluindo Sandora, Evander, os guardiões e também o próprio Donovan.

Laina reuniu Evander, Sandora e o líder dos guardiões, que se chamava Eliel para uma conversa.

— Então, o Avatar se sacrificou para salvar a gente e impedir o fim do mundo? – concluiu Evander.

— Aparentemente sim – disse Laina. – Depois que vocês todos foram arremessados para longe, ele fez com que aquela energia esquisita desaparecesse, mas a colina onde vocês estavam foi completamente destruída. No lugar dela só ficou uma enorme rocha quase plana. Bem no centro dela encontramos as partes de uma grande armadura dourada, que bate com a descrição que temos do Avatar.

— Se ele realmente precisou se sacrificar, devo dizer que foi uma grande perda para todos nós. – Disse Eliel.

— Você conhecia ele? – perguntou Laina.

— Pessoalmente não. O Avatar é uma entre várias entidades que existem para trazer equilíbrio ao mundo. Assim como a *grande fênix*, o *espírito da terra* e outros.

— Achei que ele fosse o seu chefe ou algo assim – comentou Evander.

— Não, não. Todos fomos feitos pelo mesmo Criador, com objetivos similares, mas não temos a mesma função.

— E quanto aos portais? – perguntou Sandora, encarando a capitã.

— Fechamos todos os que Donovan abriu por aqui – respondeu Laina. – Ainda existem problemas em algumas partes do Império, mas em breve tudo deverá voltar ao normal.

— Então esses portais que apareceram eram todos artificiais? – perguntou Evander.

— É difícil dizer. Prendemos um traidor que admitiu ter usado alguns artefatos de acordo com instruções de Donovan. Isso provocou a abertura de um grande número de portais, mas isso é tudo o que sabemos por enquanto.

Sandora voltou-se para Eliel.

— Por que vocês mudaram de ideia e decidiram prender Donovan em vez de mim?

— Peço desculpas pelo engodo – respondeu ele. – Nosso objetivo nunca foi condená-la. Donovan era um criminoso muito difícil de capturar. Nosso código de ética não permite que prendamos alguém sem provas concretas, conclusivas. E ele era muito hábil em se esquivar de nós. Então um dia ele decidiu nos abordar fornecendo provas contra você. Decidimos fazer o que ele pedia ao mesmo tempo que ficávamos de olho nele. Mas não contávamos com a fúria e determinação do seu companheiro ali. – Ele apontou para Evander. – Ele conseguiu invadir o nosso refúgio. Isso nos deixou perplexos, já que nossas fortalezas eram, supostamente, indetectáveis. E como não tínhamos provas contra ele, não podíamos usar força letal. Assim ele conseguiu derrotar os carcereiros e libertar você, transformando o lugar numa enorme... confusão.

— Sinto muito por aquilo – disse Evander. – Mas sou obrigado a dizer que, em circunstâncias similares, eu provavelmente faria tudo de novo.

— Compreendo – respondeu o guardião.

— E quanto a Gram? – perguntou Sandora. – Têm alguma ideia do que Donovan fez com ele? Ou como podemos reverter?

— Infelizmente não. Poderíamos acordar o vilão e perguntar a ele, mas em vista dos acontecimentos recentes, eu aconselharia a mantê-lo inconsciente.

— *Aqui jaz uma alma enclausurada e condenada ao sofrimento para expiação de seus crimes contra o universo* – disse Sandora, pensativa. – Isso foi o que Donovan escreveu na porta da tumba na qual Gram estava preso. Isso quer dizer alguma coisa para você?

— Não, sinto muito.

— Eu também gostaria de saber por que, entre tantos lugares no Império, eu fui transportada justamente para dentro daquela tumba depois do desastre de Aldera.

— Você pode visitar o santuário do conhecimento e perguntar ao xamã. Talvez assim possa encontrar algumas respostas. Desenharei um mapa para você antes de partir. Mas vou lhe dar um aviso: nem todas as revelações do santuário são boas. Para cada revelação agradável, você aprenderá algo de que não irá gostar.

— Terei isso em mente, obrigada – disse Sandora.

— E o que vai acontecer com Donovan? – Evander perguntou a Laina.

— Duvido que consigamos contê-lo numa prisão – respondeu a capitã. – Por isso, não vamos atrapalhar o trabalho dos guardiões. Se eles acham que podem lidar com ele, podem levar.

— Seu governo não aplica pena capital para crimes como o dele? – perguntou Eliel.

— Sim, mas não antes de um julgamento justo. E, sinceramente, não acho que consigamos mantê-lo preso até que o julgamento termine.

— Compreendo. Vocês o consideram perigoso demais. Nesse caso, capitã, ficaremos felizes em tirá-lo de suas mãos.

— Ótimo.

— E quanto a nós? – perguntou Evander, apontando para ele e Sandora. – Segundo Donovan, nós somos bombas ambulantes que podem fazer com que a natureza se volte contra nós a qualquer instante, destruindo a nós mesmos e a tudo o que estiver ao redor.

— Donovan perdeu boa parte de suas faculdades mentais há anos – respondeu o guardião. – Entre as coisas que ele disse, é difícil saber o que é real e o que é apenas parte da imaginação dele. De qualquer forma, o uso que vocês fizeram desse poder foi magnífico. Conseguiram manter vivos não só a si mesmos, mas também a mais de uma dezena de outras pessoas dentro de um campo de "nada absoluto". Todos os indícios que temos são de que vocês têm um enorme potencial e se esforçam bravamente para manter firme controle sobre isso.

— Certo. Isso quer dizer que Sandora está livre?

— Completamente.

◆ ◆ ◆

Os guardiões partiram, levando Donovan consigo, algumas horas depois. Sandora observou-os até sumirem de vista, recostada em uma árvore enquanto brincava com a teia de aranha entre os dedos.

Ela nunca imaginara que seria capaz de sobreviver a mais uma desilusão. Depois do que ocorrera em Aldera, ela pensava que, se voltasse a sofrer algum tipo de trauma similar, cairia num fosso de desespero e desolação tão profundo do qual nunca mais pudesse se reerguer novamente.

Para sua surpresa, no entanto, ela tinha sobrevivido. Sem lágrimas e sem autorrecriminação. As revelações de Donovan foram traumáticas, de certa forma muito piores do que o que sentira em Aldera. A dor não diminuía, provavelmente a acompanharia por muito tempo ainda. Mas o importante é que ela estava em pé. E assim ela iria continuar.

— Então, você vai mesmo embora? – perguntou Evander, aproximando-se.

— Sim – respondeu, simplesmente.

— Você sabe que ele era maluco e não falava coisa com coisa. Muito do que disse deve ser invenção da cabeça dele.

Sandora virou-se para Evander.

— Você tem a habilidade de saber com certeza quando uma pessoa está mentindo ou não. Acha que, em algum momento, ele faltou com a verdade?

Ele olhou para baixo.

— Não, não acho. Mas ele podia estar falando apenas o que ele *pensava* ser verdade.

Ela balançou a cabeça.

— Você precisa encontrar seu pai e o resto da Guarda Imperial. Seus amigos estão lhe esperando. Eu preciso ajudar Gram.

— Escute, pode ser muito idiota da minha parte dizer isso, mas... sendo minha irmã ou não, eu continuo amando você.

Ela olhou para ele por algum tempo, o coração doendo mais do que nunca.

— Eu também – disse ela. – Mas quanto desse sentimento é real? Não pretendo me curvar a algo que um malfeitor insano qualquer decidiu implantar na minha vida. E quanto a você?

Ele não tinha resposta para aquilo. Após encará-lo por alguns momentos, ela virou-se e se afastou, deixando-o ali, parado e desiludido.

Depois de algum tempo, Idan aproximou-se, dando tapinhas nas costas dele. Lucine vinha logo atrás.

— Acha mesmo seguro deixá-la ir sozinha? – perguntou Lucine, desconfiada.

Evander soltou um longo suspiro.

— Sabe... A vida não foi muito justa com ela. – Ele suspirou, olhando para o céu, pensativo. – Ela perdeu tudo o que tinha. E várias vezes. Parece que qualquer coisa que ela começa a construir, de repente lhe é tomado. Acho que, se ela decidisse dedicar o resto da vida para tentar destruir o mundo ou algo assim, nenhum de nós poderia culpá-la.

— Isso não soa nada bem. – Disse Lucine, franzindo o cenho.

— Sim, mas olhe para ela. De cabeça erguida e seguindo em frente.

— Venha, meu amigo, nunca imaginei que eu fosse falar algo assim, mas creio que você esteja precisando de uma bebida – disse Idan, empurrando-o de volta para o acampamento.

◆ ◆ ◆

Gram e Laina esperavam Sandora, na estrada que levava à próxima cidade.

— Desejo boa sorte a vocês dois – disse a capitã. – E tratem de cuidar muito bem um do outro, ouviram?

Gram assentiu, enquanto Sandora apenas sorriu de leve, antes de fazer uma última pergunta:

— Laina, você não vai ter problemas por não ter levado Donovan sob custódia?

— No momento – respondeu a capitã, apontando para o céu, na direção que os guardiões tinham tomado –, eu confio mais neles do que nos meus superiores. Tem alguma coisa estranha acontecendo nos bastidores do Império e eu pretendo descobrir o que é. Eu devo isso à memória do capitão Joanson. Diga-se de passagem, você e Evander facilitaram muito as coisas pra mim. Vou ganhar diversas condecorações por essa batalha, mesmo tendo sido vocês os responsáveis por resolver a crise. E nada como um pouco de notoriedade para conseguir os contatos certos.

— Cuide-se – disse Sandora, começando a se afastar.

— Sandora – Laina a chamou, muito séria. – Se precisar de qualquer coisa, qualquer coisa *mesmo*, me procure, está bem?

— Obrigada – Sandora respondeu. – Terei isso em mente.

Assim, Sandora partiu em mais uma jornada. Sentia uma sede enorme de independência, de poder. Queria e iria dominar seu próprio destino, independentemente dos desejos de Donovan ou de qualquer outra pessoa.

— *Fim* —